SOFIE RATHJENS
ASCHENKIND

aufbau taschenbuch

SOFIE RATHJENS, geboren 1989 in Kiel, arbeitete als freie Journalistin, bevor sie Germanistik und Soziologie studierte. Derzeit ist sie Studentin an der Hochschule für Film und Fernsehen in Potsdam-Babelsberg.

Ein verschlafenes Dorf irgendwo im Norddeutschen. Hier, so scheint es der Lehrerin Leonie Henning, ist die Welt noch in Ordnung. Bis sie eines Morgens auf einem Acker die Leiche der dreizehnjährigen Hanna Windisch entdeckt, die offensichtlich erstickt worden ist. Hannas Schwester gilt als verschwunden – und ihr Vater soll sich immer wieder an den beiden Mädchen vergriffen haben. Für den Dorfpolizisten Wahnknecht steht fest, wer der Täter ist: Hannas Vater. Doch der wird bald darauf von Leonie und Wahnknecht tot im Schweinestall aufgefunden.

Sofie Rathjens gelingt mit ihrem Debütroman »Aschenkind« ein packender, atmosphärisch dichter Spannungsroman mit intensiven Bildern, der dem Leser Schauer über den Rücken jagt. Ihr Roman ist eine Ode an die mythische Landschaft Norddeutschlands mit ihren dunklen Wäldern, weiten Feldern und ihrem dichten Nebel, garniert mit einer Prise Aberglauben.

SOFIE RATHJENS
ASCHENKIND

THRILLER

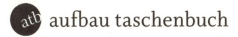 aufbau taschenbuch

ISBN 978-3-7466-3283-4

Aufbau Taschenbuch ist eine Marke
der Aufbau Verlag GmbH & Co. KG

1. Auflage 2016
© Aufbau Verlag GmbH & Co. KG, Berlin 2016
Umschlaggestaltung www.buerosued.de, München
unter Verwendung eines Bildes von
© AlterYourRealit / Getty Images
Gesetzt aus der Sabon durch Greiner & Reichel, Köln
Druck und Binden CPI books GmbH, Leck, Germany
Printed in Germany

www.aufbau-verlag.de

Wenn das Abendlicht in genau dieser Farbe ist
Dann ist ein Loch in der Luft, wo du standest
Hörst du mich, wo du bist?
Bleib genau da, bald komm ich nach
Also wart' auf mich

Prolog

Ich hatte keine Zeit mehr, zu reagieren, warum, weiß ich nicht. Ich weiß nicht, warum ich immer zu langsam bin, während meine Gedanken rasen. Ich sehe das kommen, heißt es, und ich sehe es schon kommen, jedes Mal, aber tun kann ich doch nichts; es ist wie ein Reflex, keine Reflexe zu haben. Wie die Mimose, die sich höchstens noch zusammenzieht, oder wie Erdmännchen, die sich bei Gefahr totstellen. So bin ich: meistens innerlich irgendwie tot.

Ein Stoß durchfährt mich, und ich liege auf dem Boden. Auf dem Rücken, mit dem Kopf knapp neben der Heizung. Irgendwas hat gerade geknackt. Aber wo?

Es folgt ein hämmernder Schmerz. Die Wirbelsäule glüht und dann juckt mir auf einmal der Kopf, als wäre etwas darin geplatzt, vielleicht auch nur etwas Kleines in meinem Ohr, was, aufs Ganze betrachtet, wohl noch zu verkraften wäre, denke ich und spüre meine Arme nicht mehr. Das Bild wird nun unwiderruflich schwächer. Wenn es so weit ist, sagen sie, sieht man sein Leben an sich vorbeiziehen. Oder

Sterne vor den Augen, ein kaleidoskopartiges Flimmern wie beim Einsetzen von Migräne.

Hauptsache, irgendetwas, nur nicht völlig leer ausgehen. Wie der letzte gute Film, den man sich verdient hat nach einem ehrlichen Leben, bevor dann alles vorbei sein soll. Ich hingegen sehe gar nichts. Vor meinen Augen schließt sich der Vorhang, und es wird schwarz. Vielleicht, weil ich nie ein ehrliches Leben gelebt habe, ohne es zu wissen. Oder weil das hier nicht das Ende ist. Aber wenn man sich schon so fühlt wie aus Gummi, was erwartet einen dann noch? Kann es ein Danach geben, eine Metamorphose vom Menschen zur Puppe zum Menschen zurück? Würde ich anders aussehen, wenn ich zurückkomme? Würde ich überhaupt zurückkommen? Darüber sollte ich mir jetzt wohl noch keine Gedanken machen. Eines nach dem anderen. Ich glaube, ich bin schon so dicht dran, dass ich den Atem des Todes riechen kann. Erdbeere-Holunder als Basis und Menthol in der Kopfnote. Das hatte ich allerdings nicht erwartet. Ein strenger Wurstgeruch drängelt sich dazwischen. So kann der Tod unmöglich riechen. Das heißt, ich liege falsch. Läge ich anders, also mit dem Kopf auf der Heizung, während mein Blut warm aus der Hirnrinde über die Tapete sickert, hätte dieser Tag der beste meines Lebens werden können. Raus aus der Tristesse und der dauerrotierenden Spule der Sterblichkeit. Nie wieder Langeweile, Leerlauf, Tage wie jeder andere.

Ich schnuppere noch einmal, in der Hoffnung, mich geirrt zu haben. Und dieses scharfe Knacken in der Halswirbelgegend. Das hatte ich mir doch auch nicht bloß eingebildet. Ich versuche, meine Arme zu bewegen, und stelle fest, dass das nicht geht. Mit den Beinen das Gleiche. Es ging wenigstens schnell, würde man später sagen können, und dann frage ich mich, was sie über mich sagen würden, aber mir fällt nichts ein. Ich habe keinen guten Abspann verdient, das wird mir allmählich klar, und wahrscheinlich habe ich auch noch nicht den Tod verdient, sondern ich muss ihn mir genauso erarbeiten wie alle anderen, um mich dann nicht unwürdig zu fühlen, wenn er kommt und mich abholt. Die Todessehnsucht ist süß, aber heute ist nicht mein Tag. Das hatte ich schon beim Aufstehen gemerkt.

Plötzlich greift meine Schwester in mein Haar und bohrt ihren blöden Kamm heftig in meine Kopfhaut.

»Runter von mir. Jetzt sofort!«

Kein Erfolg. Bea, meine Freundin seit unserer Schulzeit, kniet auf meinem Brustkorb und zückt einen Lippenstift, mit dem sie geradewegs auf meinen Mund zusteuert. Ich hätte versuchen sollen, sie zu beißen, als noch Gelegenheit dazu war, und es wäre nicht das erste Mal gewesen. Aber heute sind sie zu zweit. Das heißt, Bea hat nicht fair gespielt und sich Verstärkung geholt. Das lange, rotgefärbte Haar meiner Schwester fällt mir ins Gesicht. Ich muss husten.

Immer wenn ich das Haar meiner Schwester ansehe, denke ich an Ketchup. Die sechsundzwanzig Jahre, die ich meine Schwester kenne, seit ich auf der Welt bin, hat sie wenigstens immer dafür gesorgt, so auszusehen, dass niemand sie je wieder vergisst. Die Augen meiner Schwester sind schwarz wie die unseres Vaters. Er hat sie von den Rabenkrähen, die er in den Nächten auf der Jagd schießt und im Gartenhaus präpariert. Als Kinder haben wir um die Tiere geweint, bis Papa uns erklärt hat, dass die größeren Vögel die kleineren in Stücke reißen, auch die Wühlmäuse und die Kaninchen. In manchen Nächten sei er einfach der stärkere Vogel, hat Papa gesagt, und es bringe nichts, wegen des Kreislaufes der Natur zu weinen, das sei ihr nämlich scheißegal. Beas Augen funkeln, sie liebt es, Menschen herzurichten wie einen Weihnachtsbaum. Von dem rosafarbenen Rouge, das sie mir auf die Wangenknochen klopft, wird der Husten noch schlimmer. Endlich springt sie auf, und zurück bleibt der Grundriss eines Blutergusses in Form ihres Knies in meiner Elle. Sie reicht mir ihre Hand und zieht mich vor den Spiegel. Mein Stirnhaar steht dick toupiert von meinen Kopf ab. Der feuerrote Lippenstift hat beinahe schon meinen Mund getroffen, und meine Wimpern sind mit ultramarinblauer Mascara verklebt. Meine Schwester drängelt sich in den Hintergrund dieses seltsamen Bildes. Es ist ein Porträt und wird später mit dem Titel versehen:

7. September 1996 – Die Verantwortlichen für diese Scheußlichkeit gehören nicht mehr zur Familie beziehungsweise wurden unwiderruflich aus meinem Jahrbuch und Telefonspeicher entfernt.

Bea strahlt und seufzt so laut, wie ich es sonst nur von meiner Mutter gewöhnt bin.

»Ach, Mensch, toll siehst du aus! An deinem letzten Abend mit uns wirst du dich auf der Tanzfläche vor Kerlen kaum retten können, und uns vergisst du bestimmt gleich.«

Ich seufze auch, aber ohne Ton.

»Tut mir nur einen Gefallen«, sage ich, »hört mit den Drogen wenigstens auf, wenn ihr mal erwachsen seid.«

Beim Anblick meiner Schwester und Beas auf der Tanzfläche denke ich, sie hätten wenigstens ehrlich zu mir sein können. Wir haben den Club vor einer Viertelstunde betreten, und nun tanzen sie bereits seit dreieinhalb Songs mit einem zu dünnen Holger und einem schwitzenden Jörg, Jochen oder Joachim, der Bea nur bis zum Schlüsselbein reicht. Er hat unsere Getränk übernommen und Bea gesagt, sie sehe aus wie die junge Madonna. Deshalb liegt jetzt seine Hand auf Beas rechter Pobacke, während meine Schwester unterdessen noch zwei Sex On The Beach davon entfernt ist, den Beach weg- und mich hier sitzenzulassen. Mit einer Serviette wische ich den Rest des Lippenstiftes aus meinem Gesicht. Der Barmann sieht mich mit gespielt mitleidiger Miene an. Immer wenn er das tut, muss ich lächeln. Dafür gibt er mir noch eine Milch mit ohne Schuss aus. Er kippt einen Spritzer Karamellsirup hinein und verrührt alles, und ich spiele mit und tue so, als würde ich einen Weißen Russen trinken, der im Abgang etwas brennt. Wenigstens wird dieser Abend sich dem Ende neigen, sobald die erste der beiden Damen auf ihren Pfennigabsätzen mit ihrer Eroberung Arm in Arm zu mir rüberkommt, mich fragt, ob wir nicht noch ein bisschen weiterziehen wollen, Holger oder Jürgen wüssten da einen besseren Ort, und ich entgegnen werde: *Geht doch schon mal vor, ich muss bloß noch austrinken.* Ich werde sie davonziehen lassen, und jeder wird endlich in das Bett kommen, an das er schon den ganzen Abend denkt. Während ich auf diesen Moment warte, spüre ich, wie der Hocker neben mir näher an mich herangeschoben wird. Man soll gehen, wenn die Zeit reif ist, heißt es immer. Aber wenn man es im Fernsehen hört, fühlt man sich einfach nie angesprochen, bis es zu spät ist.

»Hi, na.«

Er lächelt. Sein Atem ist feucht. Misstrauisch betrachte ich den Mann aus dem Augenwinkel. Er ist nicht alt, aber seine Haut sieht unnatürlich gebräunt aus wie Leder, und seine schwarzen Strähnen glänzen im Neonlicht. Bienenwachs oder Schweinefett.

Sein weißer Kragen hat Flecken. Ich nicke ihm desinteressiert zu. Worüber er mit mir spricht, weiß ich nicht, doch meinen Namen wollen sie immer zuerst. *Janine*, sage ich. Wahrscheinlich sehe ich heute Abend auch wie eine aus. Dann fängt er an, die üblichen Fragen zu stellen. Er hat sie vorbereitet. Er spricht sie runter wie jeden Abend, den er sich an die Bar setzt zu einer Frau, die zu langsam ist für dieses Spiel.

Auf der Tanzfläche bewegt sich zwischen den übriggebliebenen Pärchen nur noch meine Schwester mit dem dünnen Holger im Arm, der sich an sie schmiegt. Ihr rotes, drahtiges Haar funkelt wie Bernstein zwischen seinen Fingern, als er sich mit seiner Zunge in ihren Rachen gräbt. Das Schweinefett kommt mir näher, bereit für die schnelle Katzenliebe hinterm Auto. Das Spiel in den dunklen Ecken, hinter der Maske der Nacht. Anonym wie die Tiere. Sein Atem nähert sich mir, und er haucht: »Ich bin Antoine, aber nenn mich Toni. Jetzt denkst du dir bestimmt, das ist ja ein interessanter Name, wo kommt der denn her?«

Unverwandt blicke ich ihn an.

»Aus dem Knast?«

Toni lacht, dann bekommt er Schluckauf.

»Nee, das ist französisch, das hättest du nicht gedacht, was? Ich bin nämlich zu zwei Vierteln Franzose, meine Liebe. Ja, genau, l'amour und so, das haben wir im Blut, so was liegt uns einfach. Und wo kommst du her, Julia?«

»Janine«, korrigiere ich.

Toni nickt.

»Ach ja, richtig excuse-moi und so weiter. Kommst du öfter her?«

Ich schüttle den Kopf.

»Ich bin auch das erste Mal hier, eigentlich komm ich aus München. Weißt du, was mich hierhergeführt hat?«

Statt zu antworten, spüle ich den letzten Schluck Milch hinunter. Der Barmann sieht mich fragend an, doch ich schüttle den Kopf.

»Nee, jetzt rate doch mal, Joey!«

Ich blicke den Störenfried unverwandt an und zucke die Schultern.

»Ein Haftbefehl?«

Toni lacht noch lauter als vor zwanzig Sekunden und haut sich vor Freude auf den Oberschenkel. Auf der Tanzfläche läuft *Wish You Were Here* von den Rednex, und statt zu schunkeln, klammert meine Schwester sich jetzt so fest an Holger, dass die zwei sich nicht einmal mehr von der Stelle bewegen. Als ich mich umdrehe, steuern Tonis gespitzte Lippen direkt auf mein Gesicht zu. Ich kann gerade noch rechtzeitig die Hand heben, die ich im nächsten Moment zur Faust forme, bis nur noch der Zeigefinger stehen bleibt.

»Niemals«, sage ich, »und unter keinen Umständen, nicht mal, wenn dein Leben davon abhängt, nä-
herst du dich noch mal einem Menschen um diese
Uhrzeit mit dieser Fahne und solch einem kompro-
mittierenden Unglück in deiner Hose.«

Toni schwankt auf seinem Hocker und überlegt.
Dann beugt er sich wieder zu mir vor und sagt:

»Was bedeutet kompromit ... kompro ... kompro-
miernd?«

»Es bedeutet, c'est fini.«

Ich stehe auf und gehe. Den Störenfried mit seiner
halben Erektion und meine Schwester mit dem halben Hemd lasse ich unter dem Strobo zurück.

Draußen vor dem Club ist die Nacht schwarz. Ich
glaube, sie ist die kälteste diesen Monat. Der Sommer geht unwiderruflich zu Ende. Er wurde zum
längsten meines Lebens von dem Moment an, als
Tims Worte den Raum erfüllten

WEIL ICH NICHT MEHR WILL

und wir auseinandergingen wie Fremde. Es waren
die fünf Worte, die monatelang in der Luft gelegen
hatten, bis wir beide daran zu ersticken drohten. Der
Sommer war da, doch ich fühlte ihn nicht. Er war
das, was ich für Tim geworden war: so weit weg.

Ich lausche dem Klang der heulenden Motoren,
den Stimmen, die in der Luft flimmern. Irgendwo

hinter mir zerplatzt Glas auf dem Asphalt. Schaum knistert und spült sich den Gully runter, jemand stößt einen Fluch aus. Und ich denke daran, dass ich das alles in der Einöde, die auf mich wartet, so wenig vermissen werde wie das Geräusch von Beas nacktem Po, der an der Scheibe ihres Wagens schrubbt. Bea mochte Katzen schon immer, ich noch nie.

1

Nicht bloß ich ziehe jetzt aufs Land, auch der Herbst zieht hier ein. Es ist die Zeit, in der die Stare in den Süden fliegen und die Fliegen auf meine Windschutzscheibe. Meine Augen tränen, bis ich gar nichts mehr sehen kann und den Wagen anhalten muss. Und dann tränen sie noch mehr, als ich mir mit dem Fingernagel eine Kribbelmücke von der Pupille kratze, während ich vor Wut stöhne. Auf der Wiese neben mir steht eine Herde Kühe und guckt mir mit großen schwarzen Augen zu. Dass ich es auf dem Land mit unförmigen, riesigen Tieren zu tun bekommen würde, hatte ich schon befürchtet. Ihre eigentlich großen Schädel wirken wie Stecknadelköpfe auf den fleischigen Körpern. Auf einmal stößt eines der Rinder einen schallenden Laut aus und reckt den Hals nach mir. Vor Schreck springe ich zurück ins Auto und werfe den störrischen Motor an. Nach drei Versuchen startet der Wagen endlich.

Auf der Hälfte der von Eichen gesäumten Allee ragt ein Schild schief aus dem Boden mit einer Schnecke drauf. *Tempo runter! Spielende Kinder.*

Ich überhole allerdings nur ein älteres Ehepaar, das sich einen Krückstock teilt, und passiere das Dorfschild wenige Sekunden später. Bunte Blumen hinter weißen Gartenzäunen. Schlafende Hunde. Hühner, Gänse, ab und zu ein Pferd vor dem Haus füllen das Bild des Dreihundertfünfzig-Seelen-Dorfes, bis ich vor meiner neuen Wohnung halte. Aber neu ist sie eigentlich nicht, das Treppenhaus stinkt nach Katzenurin. Ich finde ein kleines Fenster auf der Höhe der fünften Stufe und stoße es auf. Das Holz knarrt unter meinen Sohlen. Wie zu Hause, denke ich, aber doch ganz anders. Jedes Holz hat ein anderes Geräusch, einen anderen Duft, eine andere Farbe. Und das alles hat es, weil es zuvor ein anderer Mensch benutzt hat. Es war *sein Holz*, mit jedem Tag, den er eine neue Kerbe hineinlief. Er hat keinen Gedanken daran verschwendet, dass ich bald kommen und seine Stufen benutzen würde.

In die kleine Küche geradeaus. Das Bad links. Ein Abstellraum. Dann das Zimmer mit Bett und Schreibtisch, einem Stuhl ohne Lehne und einer Kommode. Weder mehr noch weniger, darum bat ich, sollte zu finden sein, wenn ich einziehe. Sieben Bücher zu einem Stapel getürmt, eine Petroleumlampe und eine Muschel, so groß wie meine Hand, finden auf der Kommode einen neuen Platz. Als ich aus dem Fenster blicke, das zum Hof hinausführt, bemerke ich ein schwarzhaariges Mädchen, das nach seinem großen Hund Ausschau hält, der durch das kniehohe Gras auf der Wiese mit dem Tümpel jagt. In der linken Hand hält das Mädchen eine Zigarette, während sie an ihrem rechten Daumennagel kaut. Nachdenklich läuft sie eine Weile über den Asphalt. Dann bleibt sie abrupt stehen und blickt über die Felder hinweg. Haben Dorfmenschen so etwas wie ein Gespür für das, was als Nächstes passieren wird?

Ein bebender Knall durchfährt auf einmal die Stille, so unheilvoll, dass die Krähen aus den Baumkronen fliegen und das Fensterglas unter meinen Fingern vibriert. Aus der Ferne ertönt ein wiederkehrender, hohler Schrei aus dem hohlen Bauch eines Rindes. Vierundzwanzig dumpfe, immer dünner werdende Schreie dauert es, bis die Lunge nichts mehr hergibt. Manchmal, wenn Papa von den Vögeln sprach, denen er die Augen wegnahm, hörte ich ihre Schreie noch in seiner Stimme.

Im nächsten Moment ist der Hof leer, keine Spur mehr von einem Mädchen oder ihrem Hund. Endlich finde ich das Feuerzeug in meiner Tasche und zünde mir eine Zigarette an.

Gardine kaufen!, schreibe ich hastig auf einen Zettel.

2

Argwöhnisch mustert Erpelmann mich aus dem Augenwinkel. Ihr Blick wandert langsam von meinem Knöchel bis zum Kopf hinauf. Als sie mein Gesicht zu studieren beginnt, als hätte ich die Extremitäten eines Insekts, schaue ich Erpelmann unvermittelt an, und sie zuckt zusammen. Ja, da kann sie mal sehen, wie das ist. Wir stehen in der Mitte des Lehrerzimmers, und Frau Berg, die Rektorin, stellt mir nacheinander meine neuen Kollegen vor. Es sind nicht viele, die Grundschule ist so klein wie dieses Dorf. *Britta Erpelmann,* Musik- und Religionslehrerin und Bergs stellvertretende Konrektorin. Augen wie ein Habicht, Hüften wie ein Brauereipferd. Lacht nach jedem zweiten Satz von Berg, aber falsch. Wenn Blicke töten könnten. *Wortmann, Paul.* Sportlehrer. Gelbe Trainingshose über ausgetretenen weißen Turnschuhen. Lieblingssport: Badminton. Wegen der Wendigkeit und der Dynamik. Ansonsten Tennis. Hauptsache Tempo und fester Aufschlag. Wenn Wortmann lacht, und das geschieht oft, fährt Frau *Fiebig* immer zusammen, wahrscheinlich wegen der

Lautstärke. Frau Fiebig, die eigentlich Sara ohne H heißt, hat mausgraues Haar, das sie älter aussehen lässt, als sie ist. Sie unterrichtet Kunst, aber an ihrem Körper ist keinerlei Farbe. Sogar ihre Lippen sind durchsichtig.

Frau Fiebig lächelt mich verlegen an, als sie mir zur Begrüßung ihre zarte, kalte Hand entgegenstreckt und sie ohne Gefühl in meine legt. Mich überkommt ein Schauer, aber ich versuche, mir nichts anmerken zu lassen. Handschläge ohne Druck sind trostlos wie Umarmungen, ohne einander berühren zu wollen. Es ist, als hätte der eine eine Krankheit, die der andere zu umgehen versucht.

Frau Berg sagt:

»Zum Kennenlernen gehen Sie heute mal mit den Kindern raus in den Wald, das wird Ihnen Spaß machen.«

»Wie weit ist das?«, erkundige ich mich.

Frau Berg sieht Frau Erpelmann fragend an, die mit den Schultern zuckt.

»So etwa zwei Kilometer, würde ich sagen. Aber machen Sie sich da mal keine Sorgen, Sie werden sich nicht verlaufen. Frau Erpelmann wird Sie und Ihre Klasse begleiten.«

Was? Nein, muss doch nicht sein! Erpelmann hat bereits wieder diesen Blick aufgesetzt, der mir suggeriert, einen angemessenen Mindestabstand zu ihr zu halten.

»Aber was ist mit der Versicherung?«, unterneh-
me ich einen Versuch, die Sache zu canceln. »Auf so
einem Ausflug kann ja sonst was passieren, gerade
im Wald, zu dieser Jahreszeit!«

»Alles geregelt!«, lächelt Frau Berg und widmet
sich dem Stapel Akten auf dem Tisch.

»Das passt doch wunderbar, Sie als Heimat- und
Sachkundelehrerin mit den Kleinen in der Natur.
Viel Vergnügen, Sie bekommen eine sehr nette Klas-
se.«

Sie geht zur Tür und verabschiedet uns mit einer
ausladenden Handbewegung auf den Flur. Erpelmanns hohe Absätze hallen wie Hämmerschläge in
einem Stahlwerk, als wir durch den Korridor laufen.
Ja, denke ich, genau das richtige Schuhwerk für so
einen Ausflug.

Mit zweiundzwanzig Kindern im Schlepptau erreichen wir eine Stunde später schließlich den Wald.
Auf der Landkarte, die ich mir nach meinem Einzug
angesehen habe, war kaum zu erkennen, wo der
Wald um das Dorf herum eigentlich aufhört. Wie im
Dornröschenschlaf liegt der Dreihundertfünfzig-See-
len-Ort da, den die dichten Laubbäume vor dem Rest
der Welt zu verbergen versuchen. Ich habe einen abgebrochenen Ast zu meinem Wanderstock gemacht
und führe unsere muntere, etwas zu laute Truppe vorneweg, während Erpelmann mit schmerzen-

den Füßen das Schlusslicht bildet. Neben mir läuft Marta, sie ist neun und hat blonde Zöpfe und Sommersprossen. Ich glaube, Mutter hatte einen Weihnachtsengel, der so aussah. Meine ganze Kindheit über holte sie jedes Weihnachtsfest diesen einen Engel hervor und hängte ihn an die Spitze unseres Tannenbaums. Es lag nicht an Weihnachten, sondern daran, dass sie sich immer Mädchen gewünscht hatte, die ein bisschen mehr *so* aussahen. Mit rosa Wangen und Babyspeck und in hellblauen Kleidchen, damit Mutter hätte sagen können: *Wehe, du machst dich schmutzig!* Zu ihrem Ärger hatten meine Schwester und ich da nicht mitgemacht. Aber vielleicht sollte ich Mutter Marta einmal vorstellen? Marta redet wie ein Wasserfall, ohne Punkt und ohne Komma, und es braucht nicht lange, bis ich erkenne, dass es genau diese Eigenschaft ist, die Marta von den anderen Kindern isoliert. Sie werfen ihr Blicke wie Steine zu, und wenn ich mich umdrehe, flüstern sie hinter ihren vorgehaltenen feuchten Händchen.

Marta tut mir leid – weil ich weiß, wie es ist, an ihrer Stelle zu sein, jahrelang. Als ich aufs Gymnasium kam, habe ich mir geschworen, dass ich nie mehr etwas mit der Grundschule zu tun haben würde. Vier Jahre, die sich wie ein Spießrutenlauf für mich angefühlt hatten, waren genug. Ich dachte daran, Tierärztin zu werden, aber keines meiner Haustiere hatte länger als vier Wochen bei mir überlebt, das war kein gutes Zeichen gewesen. Dann, nach dem Abitur, hatte Mutter, die es mit Kindern immer ausgesprochen eilig hatte, versucht, mir Andreas anzudrehen, der gerade geerbt hatte und bei der Bank arbeitete. Ich wusste nicht, was ich davon halten sollte, viele Worte wechselten Andreas und ich nie, und wenn, dann verstand ich ihn nicht genau. Wir schliefen dreimal miteinander in zwei Wochen. Es war nicht besonders gut, andererseits erinnere ich mich an so etwas für gewöhnlich nicht. Er lud mich zum Essen ein und zahlte jedes Mal zu wenig Trinkgeld, weswegen ich nie in dasselbe Restaurant zweimal mit ihm ging. Als wir das dritte Mal miteinander schliefen, schaute ich aus dem Fenster und beobachtete den Postboten, der einen lila Irokesenschnitt hatte und mit einem Walkman auf den Ohren gutgelaunt Briefe in die Postkästen steckte. Ich beobachtete ihn, bis jedes einzelne Haus in der Straße seine Post bekommen hatte, er wieder auf sein Fahrrad gestiegen und schließlich verschwunden war. Dann seufzte ich, und Andreas war fertig. Mutter war begeistert und stellte direkt einen Plan für meine Zukunft auf, der vorsah, dass ich noch während des Studiums unser erstes gemeinsames Kind in die Welt setzen könnte. Ja, das hätte ihr so gepasst, schon wegen des Erbes, denn Andreas' ganze Familie macht in Zahlen, von Aktien über Investmentfonds bis hin zu den Wirtschaftsprüfern, wie sein verstorbener Opa einer gewesen war. Mir wurde allein beim Gedanken an Mathematik übel, und bei der Vorstellung, Andreas' zukünftige kleine Bankiers großzuziehen, die der Bedienung im Restaurant immer genau sieben Prozent Trinkgeld geben anstatt wenigstens zehn, war das Spiel endgültig aus. Ich versuchte, Andreas an meine Freundin Bea weiterzuvermitteln, was immerhin fast drei Monate hielt, und log meiner Mutter vor, meine Berufung als Lehrerin gefunden zu haben, weswegen für eigenen Nachwuchs erst mal keine Zeit bleibe. Mutters Enttäuschung war riesengroß gewesen, wegen der Enkel und des ganzen Geldes, das uns durch die Lappen gegangen war. Ich hatte mich unterdessen mit meiner Notlüge anfreunden müssen und schrieb mich an der Uni ein für Pädagogik auf Primarstufe I – kaum war ich aus der Schule raus, kehrte ich auch schon wieder zurück. Es war ein Kompromiss gewesen, der mir ein Alibi verschafft hatte. Doch obwohl ich nach den vier unangenehmsten Jahren meines Lebens, die auf dem Gymnasium durch neun mittelmäßig unangenehme abgelöst wurden, nie mehr einen Fuß in eine Grundschule hatte setzen wollen, erwies sich meine Entscheidung für die Kinder als eine der besten, die ich in meinem Leben getroffen hatte. Die Kinder haben mir gezeigt, dass man manchmal dorthin zurückkehren muss, wo man Schmerzen erfuhr, um sie schließlich loslassen zu können. *So was nennt man Vergebung,* hat meine Schwester gesagt, *das haben wir in unserem Meditationskreis gelernt. Kann sein,* habe ich geantwortet, *aber ich komme trotzdem nicht mit dorthin.*

Erpelmann stöhnt ganz besonders erschöpft, als wir die Lichtung erreichen. Sofort beginnen die Kinder, durch das Laub zu kugeln. Wir suchen einen abgesenkten Baumstamm, und ich denke mir eine Aufgabe aus, bei der die Kinder mein Brotkästchen, das ich zu einer Schatzkiste deklariert habe, mit verschiedenen Baumfrüchten füllen sollen. Von jeder Sorte nur eine, sonst gilt es nicht. Ist die Schatzkiste voll, erwartet sie eine Überraschung. Ja, die hätte ich mir überlegen können, wenn ich mal die Zeit dafür bekommen hätte, denke ich, während ich in der Tasche nach meinen Zigaretten suche. Breitbeinig stellt Erpelmann sich mir in die Sonne und schnaubt wütend, während sie schmerzverzerrt auf ihren Fersen balanciert.

»Sie haben ja wohl nicht vor, die jetzt zu rauchen? Sie sind im Dienst, Frau Henning!«

»Dann haben Sie ja wohl auch nicht vor, *das da* jetzt zu essen«, erwidere ich und deute mit einer Kopfbewegung auf den Schokoladenriegel in ihrer Hand.

»Das ist was ganz anderes«, knurrt Frau Erpelmann. »Sie haben immerhin eine Vorbildfunktion.«

Zähneknirschend drücke ich die Zigarette in der Erde aus. Frau Erpelmann grinst zufrieden und geht endlich. Die Luft ist zum Schneiden dick, da ändert all das Blattgrün um uns auch nichts dran.

Nach einer halben Stunde ist die Schatzkiste voll. Natürlich liegt alles doppelt und dreifach drin, aber ich tue so, als fiele es mir nicht auf, und mache mich mit den Kindern daran, die einzelnen Früchte zu benennen. In einem stillen Moment vergesse ich Erpelmann und ihre bohrenden Blicke und lasse mich von dem Lachen der Kinder anstecken. Da bemerke ich, dass etwas nicht stimmt. Die Kinder – sie sind nicht mehr vollzählig. Marta, geht es mir durch den Kopf. Die ganze Zeit hatte ich sie hinter mir reden gehört, aber dann war sie plötzlich verschwunden. Auch Tom, ein blonder Junge mit Aufmerksamkeitsdefizit, und dessen Freund sind nicht mehr da. Ich laufe zu Erpelmann, um ihr die gleiche Frage zu stellen, die ich auch mir an den Kopf werfe: Warum haben wir nicht aufgepasst?

Wutschnaubend kraxelt Erpelmann über eine Baumwurzel auf mich zu.

»Ich habe es Ihnen gesagt! Weil Sie ja mit wichtigeren Dingen beschäftigt waren. Das musste ja so kommen! Die armen Kinder – es kann ihnen sonst was zugestoßen sein.«

Hilflos blicke ich mich um. Nichts zu sehen von den drei.

»Die anderen Kinder sagen, eben seien Marta,

Tom und Martin noch bei ihnen gewesen. Von einem Moment auf den nächsten seien sie verschwunden. Also weit können sie noch nicht sein, allein bis zur Straße haben wir mehrere Minuten gebraucht.«

Ist ein Auto vorbeigekommen?, jagt es mir durch den Kopf, irgendetwas, dem sie nachgelaufen sein könnten? Ein Tier vielleicht? Warum hat Marta nichts gesagt? Hätte dieses redselige Mädchen mir nicht zeigen wollen, was sie entdeckt hat?

Erpelmann kommt ächzend aus dem Graben hervor geklettert. Sie ist blass und schüttelt den Kopf.

»Weit und breit nichts. Na, das gibt Ärger.«

»Gibt es hier irgendetwas, das Kinder magisch anziehen könnte?«, frage ich.

Erpelmann überlegt angestrengt. Dann wird sie unheimlich ruhig und nickt.

»Ja, aber hoffen Sie lieber nicht, dass die Kinder es bis dahin geschafft haben. Der Waldsee ist gefährlich.«

»Ein See?«, rufe ich. »Wo liegt der?«

Erpelmann deutet mit dem Zeigefinger nach Westen.

»Wie weit?«, frage ich.

»Ein Kilometer vielleicht.«

»Scheiße.«

Ich rufe Frau Erpelmann zu, sie solle hier auf mich warten, aber die protestiert und sagt: »Sie kennen sich doch gar nicht aus, wir kommen alle mit.«

Ich greife nach meiner Tasche, und wir beginnen, über die schmalen Pfade eines Waldes zu laufen, der beinah kein Ende zu nehmen scheint. Je tiefer wir in ihn hineinlaufen, desto dunkler wird es um uns, und desto größer wird meine Angst, längst zu spät gekommen zu sein. Schließlich erreichen wir eine weitere Lichtung. Sonnenlicht schimmert durch die Bäume und bricht sich auf dem Wasser des Waldsees. Atemlos stürze ich zum Ufer hin und rufe die Namen der Kinder, aber niemand antwortet. Für einen Moment blicke ich auf den Abgrund des Sees hinab und habe das Gefühl, er starrte zurück. Mein Gesicht verschwimmt auf der Wasseroberfläche, bis alles wieder schwarz daliegt in einer in sich ruhenden, undurchdringlichen Tiefe. Der Geruch von Algen und Schlamm treibt herauf wie die aufgeblähte Haut einer toten Kröte, die im Schilf verendet ist. Mir wird übel, und in meiner Brust fühlt es sich an, als würde Blei auf meine Lunge drücken und den Atem blockieren.

Auf einmal reißt mich das Geräusch eines näherkommenden Traktors aus den Gedanken. Ein dickbäuchiger Mann in Latzhosen und Gummistiefeln sitzt oben auf dem Bock und hinter ihm Marta und die beiden Jungen. Der Bauer öffnet die Fahrertür, und die drei springen herunter.

»Hallo, Britta«, ruft der Bauer Frau Erpelmann zu, die ihm zum Gruß freundlich zunickt.

»Ich glaub, die hier hast du verloren. Hab ich an der Koppel aufgesammelt, haben Cowboy und Indianer gespielt.«

Er lacht.

»Ich muss jetzt weiter, die Claudia ist am Kalben. Also dann, hab dich wohl.«

Der Traktor brummt und stößt eine graue Rußwolke aus. Dann biegt er um die Kurve und verschwindet.

Mein Herz rast.

»Was zum Teufel habt ihr angestellt? Wieso wart ihr auf dieser Koppel?«, rufe ich.

Marta hat offensichtlich geweint. Tom hingegen verschränkt nur die Arme vor der Brust, und auch sein Freund versucht, meinen Blicken auszuweichen.

»Haben Sie doch gehört!«, bellt Erpelmann. »Ihre Schützlinge haben Cowboy und Indianer gespielt. Wahrscheinlich wollten sie neues Land erobern. Das kommt eben dabei raus, wenn man nicht richtig aufpasst.«

Ich werfe Erpelmann einen wütenden Blick zu. Marta schluchzt.

»Was habt ihr beiden mit ihr gemacht?«

Tom nuschelt etwas Unverständliches, bis er schließlich seinen Blick von mir abwendet und gar nichts mehr sagt.

»Noch mal, bitte«, fordere ich ihn auf. Wütend sieht Tom mich an.

»Marterpfahl!«, brüllt er. »Wir wollten Marta an den Marterpfahl binden, damit sie endlich mal die Klappe hält!«

Reglos starre ich Tom eine Weile einfach nur an, während ich mich frage, ob sie es wirklich getan hätten. Und womit? Hätten sie ihre Gürtel und Schnürsenkel ausgezogen oder ein Stück Draht benutzt und dann zugesehen, wie ihr Opfer schreiend und weinend sich zu befreien versucht hätte, während es sich nur noch mehr weh getan hätte? Ich betrachte Marta, die augenscheinlich unverletzt ist, nur ihre Augen sind aufgequollen von den Tränen, nachdem sie begriffen hatte, was man mit ihr vorhatte.

Tom stochert mit der Spitze seines Schuhs in einem Maulwurfshügel, ohne uns ansehen zu müssen.

Ich drehe mich um und gehe zu meiner Tasche, in der ich eine von Kaffee besprenkelte Ausgabe von *Herr der Fliegen* finde und sie Tom noch im Laufen zuwerfe.

»Das werdet ihr beiden Indianerhäuptlinge lesen«, sage ich, »meinetwegen auch zu zweit, mir egal. Hauptsache, ihr beschäftigt euch mal eine Woche mit etwas Sinnvollerem als dem Piesacken derjenigen, von denen ihr glaubt, dass sie schwächer seien als ihr. Wenn ihr damit fertig seid, schreibt ihr mir auf, was ihr von der Geschichte behalten habt, und warum es eine Gemeinheit ist, einen anderen zu quälen, als würde er nicht das Gleiche empfinden wie ihr.«

Tom öffnet seinen Mund, um zu protestieren, aber ich winke ab. Dann nehme ich Marta an meine zitternde Hand und schiebe die Jungs zu der Gruppe zurück.

Um Viertel nach zwölf ist mein erster Tag vorbei. Die Kinder rennen nach Hause, als wäre nichts geschehen, wahrscheinlich werden sie sich bald nicht mal mehr an unseren Ausflug erinnern können. Ein paar Kinder winken mir zum Abschied.

Auf dem Schulhof steht Marta mit einem älteren Mädchen, das ihr den Schulranzen abnimmt und das Haar glattstreicht. Als Marta mich sie, strahlt sie.

»Das ist meine Schwester, Frau Henning. Isa holt mich jeden Tag von der Schule ab und verbringt den Nachmittag mit mir, bevor sie zur Arbeit geht.«

Wieder schüttele ich eine unbekannte Hand, aber Martas Schwester greift so fest danach, dass ich mich frage, ob sie womöglich auf dem Bau arbeitet.

»Leonie Henning«, sage ich, »ich bin Martas neue Klassenlehrerin. Wo arbeitest du?«

»In der Schänke des Ehepaars Kracht. Jeden Abend ab acht, so habe ich noch Zeit, mich nach der Schule um Marta zu kümmern.«

Sie lacht.

»Manchmal versuche ich ihr auch bei den Hausaufgaben helfen, aber eigentlich gibt es gar nichts, was Marta nicht weiß, sie ist viel schlauer als ich.«

Isa hat einen leichten Akzent, irgendetwas Slawisches. Ihre Augen sind müde und blutunterlaufen, ihr schönes braunes Haar fällt ihr sanft ins Gesicht. Sie zündet sich eine Zigarette an. Als sich die beiden Mädchen umdrehen, spüre ich plötzlich etwas an meinem kleinen Finger. Kalt und ein bisschen feucht. Erstaunt blicke ich in Martas Gesicht. Sie lächelt.

»Frau Henning? Wenn ich mal zu Hause bin und nichts weiß, darf ich Sie dann anrufen?«

Irritiert denke ich an die Telefonliste, die wir in der ersten Stunde zum neuen Schuljahr verteilt haben. Auch meine Nummer ist darauf zu finden. *Bei Krankheit, Sorgen oder Notfällen zu wählen.* Ich hatte zugestimmt und sogleich selbst ein Unwohlsein dabei verspürt. Nickend lächle ich Marta zu. Ihre tiefblauen Augen glänzen, und für einen Moment wünschte ich, sie würde meine Hand noch ein bisschen länger festhalten. Während sie davonsaust, dreht Isa sich noch einmal zu mir um.

»Sie hat nur dich, oder?«, frage ich.

Isa nickt unauffällig und kaut an ihrem rot angemalten Daumennagel. Dann seufzt sie, aber nur ganz leise.

»Papa trinkt zu viel. Manchmal muss Kracht ihn aus dem Haus schmeißen, wenn er alles weggesoffen hat und auf Streit aus ist, aber meistens ist er ruhig. Er will einfach bloß vergessen.«

»Und eure Mama?«

»Die will er ja vergessen. So, wir müssen jetzt gehen. Machen Sie's gut, neue Lehrerin von Marta.«

Isa setzt sich den kleinen Ranzen auf den Rücken, schnippt die Kippe in den Gully und holt ihre kleine Schwester lachend an der nächsten Ecke ein.

Lange sehe ich ihnen nach. Dann finde ich einen Kugelschreiber in meiner Tasche und schreibe *Telefon anschließen* auf meine Hand.

Ich hatte überlegt, den Apparat im Karton zu lassen, für den Fall, dass Mama oder meine Schwester sonntags anrufen und mich fragen, wie das Landleben so sei und ob ich schon einen jungen Bauern mit möglichst viel Einfluss und Vermögen kennengelernt hätte.

Ja, das rechnet man hier aber in Hektar und Gülle, würde ich sagen, und dass sie sich um ihre eigenen Angelegenheiten kümmern sollen.

Nun, seit dem Moment, als ich Marta getroffen habe, weiß ich, dass es noch jemanden gibt, der mir auf irgendeine Weise nahe sein will. Ein irritierendes Gefühl, denke ich. Vertraut, aber beinahe vollkommen verdrängt. Alles war so schnell gegangen, der Umzug, der Neuanfang, dass ich dieses Gefühl gar nicht hatte mitnehmen können.

3

Der nächste Schultag verläuft ruhig. Die Kinder sind heiter, aber unaufgeregt, und selbst Tom hält die meiste Zeit die Füße still, so dass ich auch nichts sage, als er während des Diktats eine verdächtig proportionierte Figur aus seinem Radiergummi und einem alten Kaugummi knetet. Durch das Fenster neben der Tafel kann man auf die Straße sehen. Von Zeit zu Zeit läuft eine Hühnerfamilie über den Bürgersteig, ich meine allerdings, gestern zwei Küken mehr gezählt zu haben. Vielleicht ist dies die falsche Jahreszeit für so kleine Vögel. Papa sagt, wenn die Dunkelheit anbricht, kommt die Zeit der Räuber.

Am Nachmittag schlurfe ich in dicken tarnfarbenen Gummistiefeln schwerfällig über den feuchten Waldboden. Der Matsch bleibt an mir haften wie das Laub an meinen Haaren. Verärgert, dass es in dem kleinen Kiosk nur Stiefel in Männergrößen zu kaufen gibt, stelle ich fest, dass meine Stiefel auch noch drücken.

Seufzend bleibe ich mitten im Nirgendwo stehen

und schließe die Augen. Ein Specht klopft seinen Takt in einen Baumstamm. Ein Paar Rebhühner bewegt sich im Gebüsch. Keine Vogelart klingt wie die andere. Die Baumkronen bewegen sich im leichten Ostwind, und die Blätter rascheln synchron. Dann atmet der Wald wieder aus. Und da ist sie zurück, die immerwährende Stille. Der Klang eines ganzen Waldes. Nur im Frühling und im Herbst riecht er so lebendig wie jetzt. Ich wünschte, ich könnte jeden Duft in einem Einmachglas einfangen und mich das ganze Jahr an diesen Tag erinnern.

Plötzlich bricht ein Ast auf dem Boden und zersplittert. Dann noch einer. Irgendetwas schiebt sich schwerfällig und keuchend durch das Laub auf mich zu. Ich reiße die Augen auf. Zwischen den Bäumen klettert ein schlaksiger Mann in gelben, kniehohen Gummistiefeln über die Wurzelauswüchse, stolpert und umklammert reflexartig mit beiden Armen den Baumstamm. Er stöhnt. Als er mich entdeckt, steuert er auf mich zu und hebt den Arm, als wolle er mich zu sich heranwinken. Dann bleibt er mit dem linken Gummistiefel stecken und flucht.

»Hören Sie mal«, rufe ich, »das mag ja Ihre Auffassung von Tanzen sein, aber müssen Sie das ausgerechnet in meiner Stille machen?«

Irritiert starrt der Mann mich an.

»*Ihre* Stille?«

X-beinig kraxelt er auf mich zu.

»Sie sind ja wohl kaum Besitzerin dieses Waldes, nehme ich an? Also gehört Ihnen hier schon mal gar nichts, soweit ich das sehe. Es sei denn ...«

Er verstummt. Überlegt.

»Es sei denn, Sie haben zufällig auch Ihren Hund hier verloren. Haben Sie?« Zögernd schüttle ich bloß den Kopf und beschließe, lieber zu gehen. Als ich mich umdrehen will, deutet der Mann auf das Fernglas um meinen Hals.

»Könnte ich mir das mal kurz ausleihen?«

»Ich glaube, so fangen die meisten Überfalle an.«

»Überfall? Wieso sollte ich ...?«

»Wenn ich Ihnen das jetzt nicht geben will, was machen Sie dann? In diesen Stiefeln können Sie schlecht hinter mir herjagen.«

Und ich in meinen schlecht vor ihm weglaufen, aber das braucht der Fremde nicht zu wissen.

»Hören Sie, ich bin bei der Polizei. Mein Hund ist entlaufen. Das ist ein wichtiger Fall, und Sie behindern ihn gerade!«

Ich verschränke die Arme vor meinem Fernglas und blicke ihm entschlossen entgegen.

Nervös fasst der Mann sich an den Kopf. »Ich wollte Sie nicht so anfahren, tut mir leid. Sie sind bestimmt nur auf einem Spaziergang gewesen so wie ich, um ein bisschen die Natur zu genießen, und dann sind wir uns beide auf dem falschen Fuß begegnet. Wie heißen Sie, wenn ich fragen darf?«

»Henning.«

Seine Stirn kräuselt sich.

»Wie lange laufen Sie hier schon so im Wald herum?«, frage ich, als er nichts weiter sagt. »Sie machen den Eindruck, bereits länger von der Zivilisation abgeschottet zu sein, als Ihnen guttut.«

Zerstreut kratzt er sich den Hinterkopf.

»Ich war mit meinem Hund auf dem Feldweg neben dem Wald spazieren. Hab ihn nur ganz kurz von der Leine gelassen, da sprang ein Reh vor seine Nase, also ich meine, vor seine *Schnauze,* und da ist er dem hinterher, mitten in den Wald. Seitdem suche ich das Vieh schon, also meinen Hund, meine ich ja, und dann bin ich Ihnen begegnet.«

»Aha«, erwidere ich, »sieht mir ganz nach einer Verkettung unglücklicher Zufälle aus. Also dann, machen Sie's gut.«

Als ich mich in Bewegung setzen will, höre ich wieder seine quietschenden Gummistiefel hinter mir.

»Sie sind neu hier im Dorf. Wissen Sie überhaupt, wie man aus diesem Wald wieder herauskommt?«

»Ja, und Sie wissen das hoffentlich auch. Falls nicht, werde ich bei Ihren Kollegen nach angemessener Zeit eine Vermisstenanzeige erstatten. Was sind Sie eigentlich, ein Kommissar oder so was?«

Der Mann schüttelt den Kopf. Er macht den Eindruck, etwas sagen zu wollen, kaut jedoch nur betreten auf seiner Unterlippe.

»Möchten Sie möglicherweise mal was mit mir trinken gehen?«

Überrascht drehe ich mich um und schaue ihn an: die dürren Beine, die aus schlammigen gelben Stiefeln herausragen. Der übersichtliche Torso, bedeckt von einem grauen, zu großen Wollpullover. Das Haar schief geschnitten. Sein Gesicht ist blass und verrät, dass er nicht viel geschlafen hat. Leichte O-Beine, ungelenke Körperhaltung. Alles in allem ein vollkommen durchschnittlicher Mensch.

Ich schüttle den Kopf.

»Liegt es an meinem Beruf?«, seufzt er. »Meinen Sie, weil ich Polizist bin?«

»Nein«, sage ich, »es ist, weil Sie ein Mann sind, der behauptet, einen Hund zu haben, den er im Wald verliert, ohne dass er überhaupt eine Leine bei sich hat. Auf Wiedersehen.«

Ich drehe mich um und atme noch einmal tief ein. In dem Moment, kurz bevor die Pflanzen verwelken und für sie an gleicher Stelle im nächsten Jahr eine neue Pflanze erblüht, bricht das Leben aus ihnen heraus, und die Luft ist von Gerüchen erfüllt, wie eine Küche mit Gewürzen, die einem das ganze Leben in Erinnerung bleiben.

Ohne noch einmal zurückzusehen, rutsche ich über das Laub hinweg aus dem Wald. Erst als ich die letzten Bäume hinter mir gelassen habe, bemerke ich, dass die Sonne bereits untergegangen ist. Mühsam trete ich meine Stiefel an der Straße aus, doch der Dreck lässt sich nicht abschütteln. Anderthalb Kilometer schleiche ich an den Weiden vorbei zurück ins Dorf. Auf der Mitte der Fahrbahn liegt ein totes Rotkehlchen. Ich lese es auf und wiege es in meinen Händen. Es ist noch warm und scheinbar unversehrt. Die Federn sind ein Flaum unter meinen Fingerspitzen. Bevor ich den leblosen Vogel unter einem Farn beisetze, halte ich ihn einen Moment lang an meine Wange. Es ist so schön, wieder etwas zu fühlen.

Das erste Grundstück an der nördlichen Ausfahrt des Dorfes ist ein großer Hof mit zwei angeschlossenen Ställen und einem grünen Gittertor, das die Zufahrt versperrt. Drei Sonnenblumen ragen vor den Fenstern des Haupthauses auf, in dem kein Licht brennt. Aus den Stallungen klingt das Geräusch aneinanderschlagender Eisenstangen. Als es verstummt, ist alles einen Moment lang ganz ruhig, bis auf einmal ein panisches Quieken die Stille durchschneidet. Ich weiß nicht genau, ob es einen hörbaren Unterschied gibt zwischen den Geräuschen der Schweine, wenn sie sich bloß langweilen, und dem, wenn sie einander totbeißen. Es ist ein fast unerträglicher Laut aus dem Dunkel.

Plötzlich ertönt ein lauter Rums, und ein Poltern durchfährt das Haus. Ich schalte meine Taschenlampe ein und laufe über den Rasen. Durch das Fenster ist nichts zu sehen. Einzelne Möbelstücke stehen im Raum. Das Zifferblatt einer Standuhr zeigt Viertel vor zwei. Sie ist stehengeblieben. So wie alles in diesem Zimmer in der Vergangenheit festgehalten zu sein scheint. Es muss eine Treppe im Haus geben. Sie muss irgendwo hinter der Tür liegen und aus schwerem, robustem Holz sein. Mit kurzen Stufen, die den Fall in die Tiefe umso länger werden ließen. Was habe ich tatsächlich gehört? Im Haus ist nichts zu sehen. Ich wünsche mir, hinzugehen, es einfach zu betreten und der Sache auf den Grund zu gehen. Aber so funktioniert Privatsphäre nicht. Sie bedeutet: Solange Dinge so passieren, die keiner sehen kann, sind sie nicht passiert.

Mit einem unbehaglichen Gefühl stecke ich die Taschenlampe wieder in meine Jacke und setze meinen Weg fort. Auf einem Geländer neben der Bushaltestelle sitzen drei Mädchen und kauen mit offenem Mund Kaugummi. Sie mustern mich, als ich in meinem dreckverschmierten Stiefeln an ihnen vorbeistapfe. Kaum habe ich ihnen den Rücken zugekehrt, können sie nicht mehr an sich halten und brechen in lautes Gelächter aus.

Müde denke ich an heiße Suppe, irgendein Buch und einen Scotch.

Am nächsten Tag beginnt mein Unterricht erst nach zehn. Ich lege Papas Armbanduhr um, damit ich beim Laufen die Zeit nicht aus den Augen verliere. Die Zeiger stehen auf Viertel nach sieben. Die Fenster sind beschlagen. Nebel kriecht dick und schwerfällig vor dem Fenster dahin. Selbst vom Hinterhof ist nichts zu erkennen. Ich ziehe einen zweiten Pullover über und verlasse das Haus um zwanzig nach sieben. Als ich die Auffahrt überquere, höre ich den Morgenschrei des Hahns auf dem Hof nebenan. Ein unsichtbarer Weckruf irgendwo aus dem Nebel.

Meine Route startet in der kleinen Seitenstraße, die aus dem Dorfkern in Richtung Äcker führt. Eigentlich sehen sie alle gleich aus, und heute Morgen ist es eh schwer genug, meine eigenen Hände im Nebel nicht zu verlieren, als dass ich sagen könnte, wo genau ich mich befinde. Für den Fall, dass ich bis acht Uhr nirgendwo abgebogen bin, nehme ich mir vor, dieselbe Strecke wieder zurückzulaufen, und berechne die Zeit, die mir noch für eine Dusche und einen Blick in den Kühlschrank bleibt. Doch schon wenige Minuten später beginnt sich der Nebel aufzulösen, als habe er nur darauf wartet, dass die Sonne sich endlich auf den Weg macht, und wo eben noch eine milchige Suppe in der Luft lag, schimmern nun die feuchten Blätter des Waldes goldbraun und rostrot im ersten Herbstlicht.

Um elf Minuten vor acht habe ich die Landstraße erreicht und umlaufe einen von Bäumen gesäumten und von einem silbernen Schleier ummantelten

Waldsee. Von sattgrünen Wiesen aus werde ich erneut von einer Herde brauner Kühe beäugt. Ich nehme eine Abzweigung, ein schmaler, glitschiger Weg, der von einem Knick zur Feldseite hin umsäumt wird.

Hinter dem Ortsschild erkenne ich den Hof mit den Sonnenblumen unter dem Fenster wieder. *Ochsen- und Heerweg, 1350* lese ich auf einem über einen Meter großen Stein neben mir. Eine morsche Bank ragt schief aus dem Boden. Ich ziehe die Knie an meine Brust und lege meinen Kopf auf die Arme. Während die ersten Sonnenstrahlen meine Nasenspitze kitzeln, schließe ich die Augen und lausche der Stille. Sie ist so ganz anders als das Schweigen der Stadt, wenn die Menschen schlafen gegangen sind. Auf dem Land versucht niemand, der Lauteste zu sein und seinem Geltungsdrang zu folgen. Was hier vor Jahrhunderten geschlossen wurde, ist ein friedlicher Pakt mit der Natur, sie hat ihren eigenen Klang.

Ich öffne die Augen. Eine Schar Kolkraben hat sich um einen Punkt auf dem Acker hinter dem Knick gesammelt. Einige sind damit beschäftigt, auf etwas herumzuklettern, andere bekriegen sich. Nie zuvor habe ich so viele Kolkraben auf einmal gesehen. Etwas Numinoses geht von ihnen aus.

Die Verlockung, den Raben nahe zu sein, ist zu groß. Ich ziehe meine Turnschuhe aus und laufe über den lehmigen Boden, bis ich die Augen der Tiere sehen kann, ihre schwarzen, glänzenden Knöpfe. Sie mustern mich. Ihr heißer Atem dringt aus den Schnäbeln. Langsam springen die Raben auseinander, und aus dem schwarzen Berg wird plötzlich ein in sich gefallener Menschenkörper. Neben meinen Füßen liegt der reglose Körper einer Frau, das Gesicht in den Lehm gedrückt. Ein Arm ist unter dem Körper begraben, der andere angewinkelt, als greife er nach etwas. Die Frau hat winzige Hände. Nein, alles an ihr ist zu klein, um einer erwachsenen Frau zu gehören. Es ist ein junges Mädchen, dessen Leben jemand eben erst ausgelöscht hat.

Aufgelöst sehe ich mich um. Nichts als Schlamm. Die Vögel und ich sind mit dem toten Mädchen allein hier draußen. Ich überlege, sie zu berühren. Während ich um das Mädchen herumgehe, gleite ich unwillkürlich zurück in die Vergangenheit, über die gleichen Blätter, die von den Bäumen auf den Trampelpfad fielen, Jahre zuvor. Ein rostroter Streifen Licht brach am Himmel auf, nachdem es den ganzen Morgen über geregnet hatte, und über der Wasseroberfläche spiegelten sich die Farben eines Regenbogens. Ich sprang über die Pfützen und zählte sie. Zwölfmal sprang ich, während unter mir Wellen an die Klippen schlugen. Der Schaum knisterte. Das Meer raunte, es atmete, es roch nach Salz. Das Haus meiner Tante und meines Onkels stand klein wie ein Kartenhaus auf dem Hügel unter den Bäumen. Die Wiese fiel grün-glänzend den Abhang hinunter, Sonnenstrahlen glitzerten auf den nassen Halmen. Ich lief und lauschte. Ich warf einen Stein die Böschung hinunter und zählte die Sekunden, bis er auf der Wasseroberfläche aufschlug. Drei. Es war *mein* Meer. Jeder Tag, an dem ich hinauslaufen und es fühlen konnte, war der schönste Tag meines Lebens. Als ich das Grundstück umrundet hatte, kletterte ich über den Zaun und wollte über die Wiese hinauflaufen, das Gras drückte an meine Beine. Ich kletterte den Berg hoch und hielt die Hand gegen das Licht. Als ich mich umdrehte und zurück sah auf mein immerwährendes Meer, lag sie schon da im Gebüsch. Ein Bein war angewinkelt, sie trug keine Schuhe mehr. Lissy war sechzehn gewesen, ich zwölf. Sie war das einzige Kind meiner Tante und meines Onkels gewesen, das einzige, dem sie jeden Tag ihre Liebe hatten geben können. Und ich hatte sie gefunden, rot und feucht. Ihre Kleider waren ein roter Klumpen Erde gewesen, der zerrissen von ihrem Körper hing. Man hatte Lissy aufgebrochen, wie eine Frucht, die man ausgedrückt hatte.

Dieses Mädchen hier ist nicht Lissy, sage ich mir. Die Toten kommen nicht zurück. Die Augen des blonden Mädchens sind weit geöffnet. Ihre Lippen liegen schief auseinandergerissen, und ihre Zunge hängt aus ihrem linken Mundwinkel. Ich streiche ihr das Haar übers Gesicht und berühre vorsichtig ihre kalte Wange.

Ein totes Kind, das daliegt wie ein Glasschwan, denke ich später. Der Polizist schreibt etwas auf seinen Notizblock, dann blickt er ernst auf.

»Haben Sie jemanden gesehen, als Sie da draußen waren? Oder etwas gehört? Überlegen Sie, alles kann wichtig sein.«

Ich schüttle den Kopf und denke an die Kolkraben und dass sie jetzt verstummt sind, während sie über uns im Baum sitzen. Still beobachten sie, wie ihre Beute unter der Folie davongetragen wird.

»Nein«, sage ich, »da war nichts, das auf eine andere Person hingedeutet hätte. Nur der Nebel und die Tiere.«

Der Polizist blickt irritiert von seinem Zettel auf.

»Welche Tiere?«

»Die Vögel«, antworte ich, »da waren Kolkraben auf dem Feld.«

Er schüttelt den Kopf. »Kann ich nicht gebrauchen. Tiere können nicht reden.«

»Kann ich jetzt gehen?«

Der Polizist schaut auf meine nackten, schmutzigen Füße.

»Meinetwegen. Ihre Anschrift und Ihre Telefonnummer haben wir ja. Falls wir noch Fragen haben, werden wir auf Sie zurückkommen. Wenn Sie wollen, können wir Sie nach Hause fahren. Brauchen Sie noch etwas, seelischen Beistand vielleicht? Einen Arzt oder unseren Pastor?«

»Nein, weder noch.«

Der Polizist reicht mir eine Plastiktüte mit meinen Schuhen. Als ich mich auf den Weg nach Hause mache, sehe ich einen Streifenwagen in der Auffahrt des Schweinehofes stehen. Zwei Polizisten klingeln an der Haustür. Einen von beiden erkenne ich, es ist der eigenartige Mann aus dem Wald. Die Tür fliegt auf, und heraus tritt ein großer, fettleibiger Mann in blauen Latzhosen. Er reckt den Hals und bläst den beiden Polizisten Zigarettenrauch ins Gesicht, während er sie mit einer Kopfbewegung auffordert, den Mund aufzumachen. Asche rieselt auf sein schweißfleckiges Unterhemd. Was die Männer reden, höre ich nicht. Mein Kopf ist leer. Papas Uhr zeigt halb zehn. Ich gehe schneller und beschließe, in der Schule kein Wort hierüber zu verlieren.

4

Es ist später Nachmittag, als das Telefon klingelt. Unentschlossen starre ich es an. Siebenmal läutet es, bis ich den Hörer abnehme und zögerlich »Henning?« in die Leitung spreche.

»Hallo, hier ist Marta. Ich wollte hören, ob bei Ihnen etwas nicht in Ordnung ist?«

»Es ist alles wie immer«, lüge ich irritiert. »Wie kommst du darauf?«

Marta holt Luft.

»Sie haben heute unsere Hausaufgaben von gestern nicht kontrolliert, das fand ich schade. Aber eigentlich frage ich, weil Sie uns ein Diktat haben schreiben lassen, obwohl wir heute Heimat- und Sachkundeunterricht gehabt hätten.«

Ich fluche stumm.

»Ja«, fährt Marta fort, »und als ich eben mit dem Fahrrad durch Ihre Straße gefahren bin, stand ein Polizist vor Ihrer Tür, da dachte ich, vielleicht brauchen Sie Hilfe.«

Ohne ein Wort lege ich den Hörer neben das Telefon und laufe zum Badezimmerfenster. Marta hat recht: Vor meiner Haustür marschiert ein Mann in Polizeiuniform auf und ab und gestikuliert, während er offenkundig Selbstgespräche führt. Er bleibt stehen, nickt, als habe er einen Entschluss gefasst – und scheint im nächsten Moment alles zu verwerfen. Ich schüttle den Kopf. Während ich zum Telefon zurückgehe, überlege ich mir eine Ausrede für Marta. Sie muss allerdings sehr glaubwürdig sein, Marta ist von der ausgeschlafenen Sorte. Ich greife nach dem Hörer und behaupte, ich hätte letzte Nacht ein Reh überfahren, und weil ich darüber so aufgewühlt gewesen wäre, wäre ich anschließend auch noch in den Graben gefahren, das wäre vielleicht eine Nacht gewesen. Aber um so etwas müsse sich jetzt die Polizei kümmern, wegen des Blechschadens und so, und dann sage ich, dass es nun an meiner Tür geklingelt habe und ich deshalb nicht länger telefonieren könne.

Tatsächlich ist die Klingel kaputt. Weil ich aber bei meinem Einzug nicht damit gerechnet hatte, je wieder Besuch zu bekommen, sah ich keinen Grund, etwas an diesem Zustand zu ändern.

Als ich die Tür öffne, steht der fahle Mann aus dem Wald vor mir. Anstatt des grauen Wollpullis trägt er jetzt einen grünen Pullunder von der Polizei über einem kaffeebraunen Hemd, aber davon abgesehen sieht er diesmal einigermaßen vernünftig aus und sehr erschrocken, als ich ihm plötzlich aufmache.

»Entweder es ist bei Ihnen etwas nicht richtig im Kopf«, sage ich, »oder es ist ermittlungstechnisch irgendwas Wichtiges. Bis wir in der Küche sind, haben Sie Zeit, sich für eines von beiden zu entscheiden.«

Ich deute auf einen Stuhl am Küchentisch und setze Wasser auf. Es ist lange her, dass ein Polizist meine Wohnung betreten hat. Zum ersten Mal vor vier Jahre, fast auf den Tag genau. Ich sollte ihn aus meinem Gedächtnis streichen.

Der Mann beobachtet mich und kramt einen Notizblock zusammen mit einem halben Bleistift aus seiner Hosentasche und beginnt zu stottern.

»Welche Schuhgröße haben Sie?«

»Achtunddreißig.«

Er nickt.

»Das kommt hin. Wir haben drei verschiedene Spuren auf dem Feld gefunden. Zwei davon sind vom Regen zu großen Teilen weggespült worden, aber eine ist gut erhalten. Unsere Messung ergab etwa Schuhgröße achtunddreißig. Um zu bestätigen, dass es sich hierbei um Ihre Abdrücke handelt, möchte ich Sie bitten, mich Ihren Fuß vermessen zu lassen.«

Er zieht eine Rolle Metermaß aus einer abgewetzten Aktentasche heraus.

»Ich möchte Sie also bitten«, fährt er fort, »Ihre Schuhe auszuziehen und Ihre, wenn's geht, nackten

Füße hier aufzusetzen. Das ist wohl der Zustand, in dem Sie auch über den Acker gelaufen sind, wurde mir gesagt.«

Erwartungsvoll lächelt er mich an.

Ich schüttle den Kopf.

»Sie sind also zu mir gekommen, um meine Füße anzufassen, sehe ich das richtig?«

»Wie bitte? Nein, also nicht so, wie Sie das jetzt meinen. Das ist doch etwas anderes. Dann lassen Sie die Strümpfe eben an, das ist mir gleich. Ach, wie ich sehe, tragen Sie gar keine. Na ja, Sie können sich jedenfalls gern welche anziehen, wenn Sie welche haben, aber wer hat denn schon keine, ich meine, das gibt es ja gar nicht. Oder …?«

Ich schaue den Beamten misstrauisch an.

»Ist das Ihr erster Tag im Dienst?«

»Natürlich nicht.«

»Der erste, an dem Sie mit Menschen reden dürfen?«

Er verzieht das Gesicht. Gemächlich ziehe ich meine Schuhe aus und stelle meine Füße auf die Folie.

»Danke sehr«, knurrt er, während er das Maßband ausrollt und ein Ergebnis notiert.

»Wer ist die Tote?«, frage ich.

»Sie heißt Hanna Windisch. Ihrem Vater gehören der Hof und das Feld, auf dem sie lag.«

»Wie alt war sie?«

»Dreizehn.«

Ich nicke stumm.

»Sie sagten, es gab noch zwei weitere Spuren auf dem Acker. Aber die waren nicht mehr zu retten?«

»Na ja, vergangene Nacht hat es zwischen Mitternacht und zwei Uhr geregnet, die Spuren wurden buchstäblich weggespült. Zum Glück war wenigstens zu erkennen, dass sie sehr unterschiedliche Größen haben. Wir nehmen also an, dass abgesehen von Ihren Abdrücken noch die der jüngsten Windisch-Tochter und die Spuren einer weiteren Person mit deutlich größeren Füßen, als Sie beide ...«

Abrupt unterbricht er sich. Er blickt mich misstrauisch an und rückt mit seinem Stuhl ein Stück zurück.

»Ich darf Ihnen das eigentlich gar nicht erzählen«, brummt er. »Das hier ist eine polizeiliche Ermittlung, und Sie arbeiten nicht für uns. Am besten vergessen wir die letzten Minuten.«

Das geht nicht, denke ich. Manchmal vergisst man Menschen, die noch am Leben sind, aber die Toten vergisst man nie. Sie sind wie ein Schatten und begleiten einen, egal, wohin man geht.

»Ich glaube, das Mädchen ist erstickt worden«, sage ich, »so hat sie für mich ausgesehen, als sie dort lag. Als hätte ihr Herz einfach aufgehört zu schlagen, in dem Moment, als sie sich zur Wehr zu setzen versuchte. Ihre Hände waren verkrampft. Sie könnte nach ihrem Mörder gegriffen haben, da drückte er ihr die Luft ab. Weil er ihren Anblick nicht ertrug, drehte er sie anschließend auf den Bauch und ließ sie auf diese Weise zurück. Fast wie ein aus dem Himmel gefallener Engel. Für Sie bin ich vielleicht nur die Person, die das Mädchen gefunden hat, aber das Mädchen ist für mich mehr als eine Tote, über die ich in der Zeitung lesen werde. Ihr Anblick verrät ihre Geschichte. Verraten Sie mir den Rest.«

Der Polizist kratzt sich nachdenklich am Hinterkopf.

»Woher Sie das alles zu wissen glauben! Sie haben ja ganz schön viel Fantasie. Na, früher war jedenfalls vieles besser.«

»Tun Sie bitte nicht so, als wären Sie alt. Uns beide trennen höchstens fünf Jahre, und ich fühle mich noch lange nicht danach, eine Lebensversicherung abzuschließen. Hanna Windisch also«, sage ich vor mich hin.

Der Polizist nickt.

»Erlöst, kann man wohl sagen.«

Ich sehe ihn unverwandt an.

»Was soll das heißen?«

Er rollt den Bleistift von sich weg und streckt die Finger über dem Tisch aus.

»Die Gerüchte besagen, na ja, Sie kennen das ja. Jedenfalls ist dem Bauern im letzten Jahr schon die ältere Tochter abgehauen, nachdem sie ihn angezeigt hatte. Er soll sich an beiden vergriffen haben, an ihr,

Malis, und ihrer kleinen Schwester Hanna. Die hat jedoch, als wir der Sache nachgegangen sind, zu den Vorwürfen geschwiegen, auch wenn wir uns sicher waren, dass sie reden wollte. Was den Missbrauch an Malis angeht, haben wir zwar leichte Misshandlungen feststellen können, aber sie wollte sich nie im Krankenhaus untersuchen lassen auf ... Na, Sie wissen schon ... Das Ende vom Lied ist, dass wir dem Bauern nur die Körperverletzung nachweisen konnten. Malis und Hanna wurden vorläufig in die Obhut des Jugendamtes gegeben. Schließlich, etwa drei Monate später, kamen sie wieder zurück auf den Hof. Als Malis sechzehn wurde, ist sie abgehauen, zu Freunden nach Süddeutschland, so hat es zumindest der Pfarrer erzählt. Hanna blieb zurück. Das alles ereignete sich, noch bevor ich meine Stelle hier antrat.«

»Weshalb hat Malis ihre Schwester damals nicht mitgenommen?«

»Vielleicht hat sie es versucht, und Hanna wurde dabei erwischt.«

»Was ist mit ihrer Mutter?«

»Tödlicher Verkehrsunfall, da waren die Mädchen noch klein.«

»Könnte Windisch auch seine Frau misshandelt haben?«

Der Polizist zuckt die Schultern, dann nickt er. Draußen ist es inzwischen dunkel geworden, und ich zünde die Petroleumlampe auf dem Tisch an.

»Ein Mädchen weg, das andere tot auf dem Feld«, bemerke ich. »Die Menschen sagen, es gebe Zufälle, genauso wie Auferstehungen, und dass man Wein aus Wasser machen kann. Glauben Sie, man kann Wein aus Wasser machen?«

Der Polizist blickt mich finster von der Seite an.

»Sie halten sich wohl für sehr schlau, was?«

Aus einem unbestimmten Gefühl heraus entschließe ich mich, ihm von meiner Beobachtung gestern Nachmittag zu erzählen. Eine Beobachtung, nicht viel mehr als das Geräusch eines dumpfen Aufpralls. Aber was ich hörte, war kein Sack Getreide, keine Katze, die den Halt verloren, kein Balken, der sich gelöst hatte. Angestrengt rufe ich mir den Moment in Erinnerung, als ich vor Windischs Haus stand. Mir ist, als falle ein Mensch durch meinen Kopf.

»Es ist nicht auszuschließen, dass der Bauer seine Tochter wieder misshandelt hat«, erklärt der Beamte, nachdem ich geendet habe. »Vielleicht hat Windisch sie die Treppe hinuntergestoßen. Was Sie gehört haben, klingt danach. War da sonst nichts? Kein Schrei oder etwas anderes?«

»Nein«, antworte ich. »Wenn es Hanna Windisch war, die die Treppe hinunterfiel, dann war es, als wäre sie stumm. Vielleicht hat sie aus Angst vor ihrem Vater ihre Stimme verloren.«

Der Polizist wirft einen Blick auf seine Armband-uhr und steht auf. Als ich ihn zur Haustür begleite,

warte ich noch einen Augenblick ab, bevor ich aufschließe.

»Was ist mit Hannas Vater? Wurde er verhaftet?«

»Er wurde verhört«, erklärt der Beamte.

»Mehr nicht?«

Er zuckt die Achseln.

»Einen halben Tag saß er auf der Wache, aber er
bestreitet, etwas mit Hannas Tod zu tun zu haben.
Er sagt, er hat sie am Tag zuvor das letzte Mal gesehen.«

»Er hat sie misshandelt«, sage ich.

Der Beamte nickt.

»Das werden wir Windisch auch nachweisen.«

Er reicht mir zum Abschied die Hand. Als er über
die Einfahrt marschiert, stoße ich einen lauten Pfiff
aus, und er dreht sich überrascht um.

»Wie heißen Sie eigentlich?«

»Nils Wahnknecht.«

Er lächelt verlegen.

Ach herrje, denke ich und nicke ihm zu, während er über den Hof verschwindet. Die Tür fällt ins
Schloss. Ich drehe den Schlüssel dreimal um, bis ich
mir einbilde, alles Dunkel der Nacht dort draußen
gelassen zu haben.

5

Ich denke an Lissy, wie sie im Gebüsch lag und ihre rechte Fußspitze das Gras berührte. Sie trug weiße, knöchelhohe Strümpfe, aber die Sohlen waren gelb. Sie hatte geschwitzt. Ich glaube, sie ist gerannt. Bis zu dem Moment, an dem sie niedergeschlagen wurde, ist sie gerannt. Im selben Moment, in dem ein Mensch begreift, sterben zu müssen, begreift er, nichts mehr zu wollen als zu leben. Ich denke an Lissy, an ihre riesigen blauen Augen. An den Moment, wenn sich das Lachen in ihrem Gesicht ausbreitete und ihr Herz schneller schlug. Niemand konnte einen so festhalten wie sie; es war, als könnte sie Liebe in Berührungen auf der Haut umwandeln. Ich kann mich an ihren Geruch erinnern, sie roch nach Flieder, ihr Haar nach Sonnenblumen. Trotzdem könnte ich nie beschreiben, wie Sonnenblumen riechen. Vielleicht haben die Blumen ihren Duft von ihr. Sie küsste mich auf die Nase zum Abschied und dann noch einmal auf die Stirn. Das tat sie immer so. Ich schloss die Augen und roch ihre Wärme. Dann fuhr sie mit ihrer Hand über meinen Kopf und ging.

Alles an ihr war so warm, ich hätte niemals gedacht, dass es einmal nicht mehr so sein würde.

Schweigend schütte ich die Tütensuppe in das kochende Wasser und verrühre alles. Auf dem Tisch liegt ein Stapel Deutschhefte. Die Kinder werden in der Regel zu kleinen Nervenbündeln, wenn man ihnen die Diktate nicht am nächsten Tag korrigiert wieder vor die Nase legt. Und Marta würde wahrscheinlich jede halbe Stunde bei mir anrufen und fragen, wie weit ich schon gekommen sei oder ob ich wieder bei irgendetwas Hilfe bräuchte. Der Gedanke daran ermüdet mich so sehr, dass ich die Hefte an mich heranziehe und noch beim Essen zu berichtigen beginne. Martas Heft ist als letztes dran. Ich überlege, ob ich ihr einen Flüchtigkeitsfehler, bloß so ein kleines, falsch gesetztes Komma unterjubeln soll, um den Hass der anderen Kinder ihr gegenüber ein wenig zu dämmen, doch mein Gewissen lässt es nicht zu. Ich schreibe unter ihren Text eine 1 und klappe es mit einem mitfühlenden Seufzen wieder zu.

– – –

Als die Uhr Viertel nach elf anzeigt, liege ich bereits eine Stunde reglos auf dem Bett und starre aus dem Fenster. Irgendwo brennt Licht in der ansonsten tintenschwarzen Nacht. Eine Lampe, vielleicht aus einem der Kuhställe, in dem die Milchpumpen nie stillstehen. Ich höre das Sirren einer Mücke und leuchte ihr mit der Taschenlampe in der Hand nach, aber das Vieh ist nicht zu entdecken. Die Nacht kann lang werden.

Schließlich entscheide ich mich, die Taschenlampe noch einmal für etwas Sinnvolles zu benutzen, ziehe meine Jacke über und verlasse meine Wohnung. Die Luft ist vollkommen klar, doch anstatt Sterne sehe ich Wolkenfetzen am Himmelszelt entlangtreiben, grau und zerrissen. Behäbig schieben sie sich vor den Mond, er lässt es immer mit sich geschehen.

Ich laufe die Straße hinunter, die zur Kreuzung führt, und mache einen Satz über das nasse Laub, das sich über dem Gullydeckel häuft. Eine Böe kommt auf, und die schwere, hohe Eiche auf der gegenüberliegenden Straßenseite beginnt, sich geräuschvoll zu wiegen. Diesmal nehme ich die Kurve auf der linken Seite und laufe den Weg an der Schänke vorbei. Es ist laut dort drin. Ein paar Männer spielen Karten, während sie rauchend die Bedienung an den Tisch winken. Als sie vom Tresen hervortritt, erkenne ich sie, es ist Martas ältere Schwester. In meinem Kopf krame ich nach ihrem Namen. Isabelle, denke ich. Nein, Isa. Geduldig schreibt sie auf, was die Männer ihr diktieren, nickt und dreht sich um. In dem Moment gibt einer der Männer Isa einen Klaps auf den Hintern, und sie fährt zusammen. Reglos steht sie da. Nur ihre Ellenbogen zittern. Ihre rechte Hand formt sich fast unmerklich zu einer Faust. Es sieht aus, als wollte sie sagen: Komm mir nie wieder so nahe. Doch nichts, Isa bleibt vollkommen still. Mit erhobenem Kopf geht sie zum Tresen zurück und füllt das Bier auf, als hätte es diesen Klaps nie gegeben.

Zitternd suche ich in meiner Tasche nach der Schachtel Zigaretten. Nachdem ich die ersten Züge genommen habe, beschließe ich, gleich wieder nach Hause zu gehen. Als ich mich umdrehen und auf den Weg machen will, wirft mich ein Bild schlagartig zurück, und ich bleibe wie angewurzelt stehen. In der Gasse neben der Schänke bewegen sich zwei Gestalten im Halbdunkel der Laterne gegen die Wand. Das Leder einer Jacke reibt am Backstein. Ein junger Mann mit heruntergelassenen Hosen presst ein Mädchen mit dem Rücken gegen die Mauer, das sich mit beiden Beinen um seine Hüften klammert, während sie sich abstützt. Ein spitzer, abgebrochener Schrei – er presst ihr seine Hand auf den Mund. Dann folgt synchrones Stöhnen. Als seine Genitalien im Takt gegen die Oberschenkel klatschen, fällt mir auf einmal das Feuerzeug aus der Hand. Die beiden starren mich an. Ich weiß nicht, wer *er* ist, aber das Gesicht des Mädchens erkenne ich sofort. Sie rutscht von dem Jungen herunter und schiebt ihren Rock über die Schenkel. Dann streicht sie ihr dunkles Haar hinters Ohr und steckt sich ihren schwarzen Daumennagel zwischen die Lippen. Alles genau so wie an dem Morgen auf unserem Hof. Der Junge bricht in Gelächter aus. Ohne hinzusehen, taste ich auf dem Boden nach meinem Feuerzeug, und als ich es auch nach drei Versuchen noch nicht wiedergefunden habe, laufe ich einfach los. Egal, wohin jetzt, Hauptsache, weg.

Im Dunkeln sprinte ich die Treppe hinauf und verschwinde in meinem Zimmer. Ich weiß, dass sich niemand außer mir in diesem Raum befindet. Dass die Stille so groß ist, dass sie die ganze Dunkelheit ausfüllt. Aber in mir ist es so laut, dass sich das Geräusch der aneinanderschlagenden Hüften verselbständigt, bis es gegen meine Wand zu klopfen scheint. Ich nehme eine Schlaftablette und lege mir ein Kissen auf den Kopf.

6

Endlich. Die Kinder sind heute so aus dem Häuschen, dass ich froh bin, als nach der großen Pause der Sportunterricht beginnt und ich mich ins Lehrerzimmer absetzen kann. Aus dem Doppelfenster sehe ich zu, wie sie unter Wortmanns Anweisungen auf der Laufbahn Runden drehen sollen, was mehr Ähnlichkeit mit einem Zickzackparcours für Ameisen aufweist. Vielleicht haben sie von Hanna Windischs Tod gehört. Kinder haben, was Veränderungen angeht, den Spürsinn eines Tieres. Es heißt, bereits im Mutterleib können sie erfühlen, wenn etwas nicht in Ordnung ist, und wenn sie beschließen, die Veränderungen nicht zu akzeptieren, erkranken sie, manchmal bis zum Tod.

Erpelmann sieht mich strafend an, während sie die Tür aufstößt. »Hier herrscht absolutes Rauchverbot!« Sie deutet mit dem Zeigefinger auf die Hausordnung an der Wand hinter der Tür.

»Mir egal, ob Sie dabei das Fenster aufmachen. Wenn Sie Ihre Gesundheit ruinieren wollen, haben Sie das außerhalb des Schulgebäudes zu tun.«

Dann greift Erpelmann nach ihrer Tasche und macht bereits Anzeichen, wieder zu verschwinden, bleibt jedoch wider Erwarten im Türrahmen stehen und fixiert mich.

»Ja, bitte?«

»Unten wartet jemand von der Polizei auf Sie«, erklärt Frau Erpelmann in ihrem spitzen Tonfall, den man nur bekommt, wenn man das Kinn immer so hoch trägt. »Falls es etwas gibt, das wir wissen sollten, empfehle ich Ihnen, sich besser gleich im Sekretariat …«

»Lieber nicht, da soll die Luft noch schlechter sein«, schneide ich Erpelmann das Wort ab und schiebe mich an ihr vorbei auf den Flur.

– – –

»Hier.«

Wahnknecht überreicht mir einen schwer leserlichen Zettel, während er sich umschaut, dass uns niemand beobachtet. 4. Juni 1995. Erst bei näherem Hinsehen kann ich Malis Windischs Namen in der Überschrift entziffern, darunter folgt etwas wie eine Aufzählung, das meiste in Stichworten oder halbfertigen Sätzen.

»Meine Güte, ist das etwa von Ihnen?«

»Lassen Sie mich«, brummt Wahnknecht, »ich schreibe mit links.«

»So wie mir das hier aussieht, schreiben Sie mit den Füßen. Der 4. Juni des letzten Jahres, ist das der Tag, seitdem Malis Windisch als vermisst gilt?«

Wahnknecht nickt.

»Am darauffolgenden Tag hat der alte Windisch die Anzeige gemacht. Er sagt, er habe Malis am Tag zuvor das letzte Mal gesehen, als sie aus der Schule kam. Sie sei auf ihr Zimmer gegangen und dort den Rest des Tages geblieben, so seine Version. Aber dem würde ich nicht mal die Wettervorhersage glauben.«

»Warum haben Sie mir das mitgebracht? Ich meine *mir*. Ist das nicht Teil einer vertraulichen Akte?«

»Ja, aber einer, die längst geschlossen wurde. Ich habe damals einen Fehler gemacht. Vielleicht einen, der schwerer wiegt, als man aushalten kann.«

Wahnknecht kratzt sich den Hinterkopf, dann wandert seine flache Hand nachdenklich an seine Wange.

»Sie hätten an dem Fall dranbleiben sollen, das ist es, was Sie meinen, nicht wahr?«

Er nickt still.

»Tag und Nacht. Wie ein Hund vor der Tür von dem Alten, bis er einen falschen Schritt macht und sich verrät. Ich war neu hier, ich ließ mich von Windisch einschüchtern. Es ist so eine Grundangst, die die Leute hier vor ihm haben, ein Respekt, der alle Grenzen überschreitet und zu weit geht. Einen Menschen wie Alfred Windisch wünscht man sich in einer tiefen Höhle wie den Minotaurus. Keiner geht da rein, keiner kommt auch nur in seine Nähe. Aber genau das ist passiert, und so sind die Mädchen dem Monster zum Opfer gefallen. Den Fall gibt es offiziell nicht mehr. Aber jetzt ist es anders. Jetzt gibt es auch die letzte verbliebene Windisch nicht mehr. Wenn nichts geschieht, wird dieser Tyrann wieder davonkommen. Das *darf* nicht passieren. Wenn Sie so clever sind, wie Sie glauben, stecken Sie hier mal Ihre Nase rein und zeigen Sie mir, welcher Weg möglicherweise zu Malis Windisch zurückführt.«

Nachdenklich streiche ich das Stück Papier glatt. Eine Geschichte aus einer Handvoll Wörter zu spinnen bedeutet immer, Lücken zu lassen.

»Was haben Sie da aufgelistet? Reiten und Fußball. Sind das ihre Hobbys gewesen?«

»Viel ist es nicht«, räumt Wahnknecht ein. »Aber im Gegensatz zu der kleinen Hanna hat Windisch seine älteste Tochter zumindest nicht zu Hause eingesperrt. Ich glaube, Hanna hat nach dem Verschwinden ihrer Schwester das Haus praktisch nie mehr verlassen.«

»Wohl kaum aus Angst, ihr könnte auch etwas zustoßen«, erwidere ich. »Windisch wollte Hanna einfach unter Kontrolle halten. Wie einen Hund an der Kette.«

»Bis zum Sommer ging Hanna noch wie jedes andere Kind zur Schule. Als die Ferien letzte Woche zu

Ende waren, tauchte sie dort aber nicht mehr auf. Wir haben einen Anruf von ihrem Klassenlehrer bekommen. Er sagt, den Anschluss von Windisch gibt es gar nicht mehr und er konnte nicht herausfinden, warum Hanna nicht zurück in den Unterricht kam. Sie wäre jetzt in der neunten Klasse.«

Als die Glocke zum Unterricht läutet und die Eingangstür schon im nächsten Moment unter tosendem Gebrüll aufgestoßen wird, fährt Wahnknecht zusammen.

»Reiten also und Fußball«, sage ich, »das ist immerhin etwas. In diesem Dorf gibt es mehr Pferde als Menschen, irgendwer wird mit Malis zu tun gehabt haben. Hat sich nie eines dieser Pferdemädchen nach ihrem Verbleiben erkundigt?«

Er schüttelt den Kopf.

»Vielleicht haben sie sich gestritten. Machen *Teenager* so etwas nicht andauernd?«

Unschlüssig schaue ich Wahnknecht an. Irgendetwas sagt mir, dass *seine* Pubertät etwas anders verlaufen ist.

»Ich werde mal ein bisschen herumfragen«, sage ich. »Wenn etwas ist, wissen Sie ja, wo Sie mich finden.«

Wahnknecht zieht mahnend die Augenbrauen hoch.

»Und *Sie* wissen hoffentlich, dass Sie diese Informationen nicht von mir haben, wenn jemand fragt.«

Ich winke ab.

»Wir haben uns unterhalten, wie zwei alte Freunde. Dorfgetratsche eben, nennt man das bei Ihnen nicht so? Dieser alte Fall lässt Sie genauso wenig los wie mich. Versuchen wir, die Puzzlestücke zusammensetzen.«

»Puzzeln«, murmelt Wahnknecht auf dem Weg zur Tür, »da war ich als Kind nie besonders gut drin. Irgendein Teil hat immer gefehlt.«

»Kein Wunder, dass Sie zur Polizei gegangen sind. Da haben Sie wohl versucht, ein Kindheitstrauma zu verarbeiten.«

»Und, wie ist es? Haben Sie sich schon ein bisschen eingelebt?«

Ehe ich antworten kann, hallen Erpelmanns Absätze wieder durch den Korridor, weit kann sie nicht mehr sein. Ich schneide eine Grimasse.

»Im Großen und Ganzen«, erwidere ich. »Nur die Kollegen, vielleicht kennen Sie das, die kann man sich nicht immer aussuchen.«

Wahnknecht hebt die Achseln und setzt wieder sein ungeübtes, gewinnendes Lächeln auf.

»Willi und ich spielen jedes zweite Wochenende zusammen Karten, er ist ziemlich gut. Letzten Monat waren wir Minigolf spielen, da habe *ich* gewonnen, dreimal nacheinander. Aber Willi ist ein guter Verlierer, und wir sind eigentlich immer einer Meinung.«

»Oh, wie schön«, entgegne ich, »Sie beide führen also die ideale Beziehung.«

Da biegt Erpelmann um die Ecke. Als sie Wahnknecht und mich entdeckt, bleibt sie abrupt stehen und macht einen Augenblick lang den Eindruck, nicht zu wissen, wohin. Dann setzt sie sich plötzlich überstürzt in Bewegung und verschwindet in einem der Klassenräume. Mit einem Rumms geht die Tür zu. Ich schüttle den Kopf.

»Ich verstehe diese Frau nicht.«

»Ich auch nicht«, erklärt Wahnknecht nachdenklich.

Überrascht blicke ich ihn an.

»Das klingt, als hätten Sie's zumindest schon mal versucht. Sie und Erpelmann also?«

Hastig schüttelt er den Kopf. Doch als ich ihn mit meinem prüfenden Blick anschaue, den Blick, den ich sonst nur bei Klassenarbeiten aufsetze, gibt er nach und zuckt die Achseln. Auch das noch! Jetzt würde zu Erpelmanns bisheriger Aversion gegen mich bestimmt noch eine ausgewachsene Eifersucht hinzukommen. Bei Frauen auf hohen Absätzen ist mit so was nicht zu spaßen.

– – –

Als ich nach Hause komme, liegt etwas auf der Treppe, das aussieht wie ein Informationsblatt.

Außerordentliche Gemeindemitgliederversammlung am Donnerstag, dem 12. 09. 96, um 19 Uhr im Gemeindesaal. Um zahlreiches Erscheinen wird gebeten. Im Auftrag, der Bürgermeister

Ich trage die Tomaten in die Küche und setze Wasser auf. Vor meinem geistigen Auge taucht plötzlich wieder das Bild des Mädchens mit den roten Fingernägeln auf, deren Po an der Mauer scheuert. Wie es sich wohl angefühlt hat? Ich klebe den Zettel, den mir Wahnknecht gegeben hat, an die Tapete über dem Küchentisch und starre ihn während des Essens an. Ich esse langsam. Bei jedem Bissen gehe ich die schwarzen, verschmierten Buchstaben durch. Sie sind das Einzige, was wir über Malis' Vergangenheit haben. Die einzige Spur schwarz auf weiß. Ich versuche, mir ihr Gesicht vorzustellen. Doch im Grunde weiß ich nichts über das Mädchen, das von einem Sommertag auf den anderen verschwand. Sah sie ihrer Schwester ähnlich? Oder ihrem Vater? Hanna war ganz anders als der schwerknochige, schwitzende Schweinebauer, sie war nahezu unsichtbar. Sie war ein scheues Tier. Vielleicht hat Hanna sich nach dem Tod ihrer Mutter und Mails' Verschwinden nichts sehnlicher gewünscht, als sich aufzulösen und ihrem Schicksal zu entgehen. Und was war mit Malis? Die ältere der beiden, die ihre Schwester zu beschützen versucht haben mochte, solange sie konnte. Den Instinkt, zu beschützen, was du liebst, hatte Lissy einmal gesagt, kannst du nicht abstellen. Du könntest ihn niemals vergessen, weil du so sehr liebst, dass du dich selbst verletzen würdest, wenn der andere zu Schaden käme. Sie war vier Jahre älter, fast schon erwachsen, hatte ich immer gedacht. Eines Tages vielleicht nicht mehr, dann hätte ich sie eingeholt, und wir würden die gleichen Dinge tun, und ich wüsste besser, worüber sie redet, anstatt mir alles nur nach ihren Erzählungen vorzustellen. Lissy hatte vor nichts Angst, selbst ihre Sorge um mich überspielte sie immer durch ihre Liebe. Und so begann auch ich mich vor nichts zu fürchten. Ich war frei. Vor allem, was mir zustoßen könnte, hatte Lissy versprochen, würde sie mich beschützen. Sie hat mir immer alle meine Fragen beantwortet, selbst die, zu denen unsere Eltern schwiegen – besonders über Jungs. Nur eine Antwort hat sie mir nie geben können. Die Antwort auf die Frage: Wer hat dir das angetan?

Lissys Bild ist wie ein Schatten in meinem Kopf, der immer da ist. Wo einmal Platz entsteht für diejenigen, die ohne Wiederkehr verschwinden, kommen immer mehr Schatten dazu, sie werden zu stillen Begleitern. Man hört nie auf, sie zu suchen, so als gäbe es sie tatsächlich noch irgendwo dort draußen. Vielleicht werde ich Malis Windisch niemals kennenlernen, aber ich will wissen, wer sie war.

– – –

An der südlichen Ausfahrt des Dorfes liegen die Pferdeweiden. Zwei Höfe links der Straße, einer rechts. Aber es gibt auch Einwohner, die sich noch das ein oder andere Pferd in ihren Garten gestellt haben statt eines Hundes, denn hier auf dem Land gehört das Pferd unter dem Küchenfenster dazu wie am Stadtrand die Gartenbank neben den Rosen. Ich parke den Wagen am Grünstreifen vor einem Tor, hinter dem ein braunes, sehr großes, viel zu großes Pferd steht, das mich beäugt, als ich aussteige. In meine Nase steigt der Geruch von warmem Stroh und den Äpfeln am Baum vor dem Zaun, nach denen das Pferd vergeblich seinen Hals reckt. Dann wendet es seinen Kopf in meine Richtung und sieht mich ausdruckslos an. Es scheint nichts im Schilde zu führen, aber da alles, was größer als einen Meter ist, Unbehagen in mir verursacht, zögere ich, es anzufassen. So stehen wir nur da und schauen einander an, bis es lächerlich wird und ich dem Tier sage: »Na ... auch hier?«, um im nächsten Moment einen Satz nach vorn zu machen und mich blitzschnell an ihm vorbeizuziehen.

In der Stallgasse flimmert die Luft. Ein blondes Mädchen fegt Strohreste über den Boden, während sie mit offenem Mund Kaugummi kaut und den Text irgendeines Popsongs trällert. Ich winke ihr zu.

»Hallo, kann ich dich kurz sprechen?«

Sie pustet sich eine Haarsträhne aus dem Gesicht

und richtet sich auf. Es sieht so aus, als würde sie nicken.

»Kannst du mir sagen, ob Malis Windisch früher
in eurem Stall war? Ich habe gehört, sie ist geritten.«

Das Mädchen öffnet eine Boxentür und fegt das
Stroh hinein, während sie augenscheinlich nach-
denkt.

»Das ist aber schon lange her, zwei Jahre oder so.
Wir hatten zusammen Reitunterricht. Später haben
wir uns sogar gemeinsam um Tammi gekümmert,
unser Pflegepferd. Aber dann verlor Malis das Interesse an uns und fing an, mit den Fußballern rum-
zuhängen.«

Das Mädchen rollt mit den Augen.

»Ich glaube, Malis hat es sogar selbst mal versucht. Einem Stück Leder hinterherrennen, bis man
schiefe Beine davon bekommt, wie kann einem so
was gefallen? Aber eigentlich hat sie das bloß wegen
den Typen gemacht.«

Wegen *der* Typen, korrigiere ich im Kopf.

»Aha«, antworte ich, »und gab es da irgendwen
Bestimmtes, für den Malis schwärmte?«

»Klar. Den Typ, auf den hier alle Frauen stehen: Daniel Marquard, der Trainer der Herrenmannschaft.«

»Wo trainiert die?«

Sie zeigt mit dem Finger zur Tür hinaus.

»Genau da vorn, einfach die Straße rein. Dienstag
und freitagabends haben die immer Training, dann

ist das Flutlicht über dem Platz an. Das zieht die alleinstehenden Frauen an wie die Fliegen.«

»Um wie viel Uhr?«

»Gegen sieben.«

Ich bedanke mich für die Auskünfte, und während sich das Mädchen geschäftig daranmacht, den Trog mit Futter aufzufüllen, kehre ich zu meinem Wagen zurück. Als ich die Tür öffnen will, werfe ich einen Blick auf die Uhr. Halb sechs. Bis das Dorf den Kriegsrat zusammenruft, ist also noch Zeit, ich könnte zuvor noch einmal in den Wald gehen. Wenn die Dunkelheit anbricht, sitzen Papas Vögel in den höchsten Ästen und konzentrieren sich allein auf ihre Instinkte, bis sie sich perfekt durch die Nacht bewegen können. Als Kind wollte ich sie immer berühren. Ich wollte an den Bäumen zu ihnen hinaufklettern und wissen, wie sie sich anfühlen, wenn sie noch lebendig sind. Aber ich hatte Angst. Immer wenn ich versuchte, einen Baum hinaufzuklettern, und beim Versuch, mich nach den Vögeln zu strecken, das Gleichgewicht verlor und hinunterfiel, hob Papa mich auf und sprach den ganzen Tag kein Wort mehr mit mir. Sein Schweigen war das Schlimmste daran. Es war seine persönliche Angst, eine Angst um mich. Erst später, nach Lissys Tod, begriff ich, wie groß die Angst eines Vaters um seine Tochter wirklich ist.

– – –

Um Viertel nach sieben habe ich mich umgezogen und geduscht und drücke die Glastür des Gemeindesaals auf, der vor Überfüllung zu platzen droht. Er ist oval und in Höhe und Länge überschaubar, aber ausgelastet mit dreihundertfünfzig Menschen wirkt er wie das Kolosseum von Rom. Ich bekomme einen Stehplatz in der letzten Reihe, direkt am Fenster, und wünsche mir bereits, mein Fernglas mitgenommen zu haben. Ein paar ältere Dorfbewohner sind auf Plastikstühle geklettert, um das Pult am Ende des Raumes besser sehen zu können. Unter dem Dorfwappen, ein Geweih mit zwei Eichenblättern vor einem grün-blauen Hintergrund, steht ein hagerer Mann mittleren Alters mit graumeliertem Haar hinter einem Mikrofon. Er klopft mit dem Zeigefinger in die Luft, dann streckt er ihn aus wie eine mahnende Geste. Ich setze meine Brille auf und lese *Bürgermeister Dr. F. J. Berg* auf dem Schild, das auf dem Pult steht. Praktisch ohne einen Blick auf seine Notizen zu werfen, beginnt Bürgermeister Berg seine Rede, vor deren Pathos auf dem Flugblatt vor meiner Haustür gern hätte gewarnt werden dürfen und die die Anwohner mit Nicken, Zwischenapplaus und euphorischen Zurufen unterstützen. Man kennt ihn hier. Fast wäre Berg auch noch über das Pult geklettert, hätte er nicht beim Versuch bemerkt, dass seine Worte ohne Zuhilfenahme des Mikrofons unterzugehen drohen.

»Ich weiß, ihr seid beunruhigt«, beschwört seine

Stimme die Anwesenden. »Keiner von euch möchte in einem Dorf leben, in dem ihr eure Kinder und Enkelkinder nach Anbruch der Dunkelheit im eigenen Haus einsperren müsst. Doch nach dem Fund des toten Mädchens wissen wir: Es bleibt keine Zeit mehr, wir müssen *jetzt* handeln!«

Ahnungsvoll lässt er seinen Blick durch die Zuschauerreihen wandern. Er nickt, als müsse er seine eigenen Worte bekräftigen, und fährt dann mit einer ausladenden Geste fort.

»Unsere Kinder müssen vor sich selbst geschützt werden. Schaut hin, was für obskure Dinge sie tun. Was sie dazu verleitet, nachts die sicheren Häuser ihrer liebenden Eltern zu verlassen, um da draußen den Tod zu finden.«

Berg nimmt einen Schluck Wasser und nutzt den Moment, einen unauffälligen Blick auf den Mann im Hintergrund zu richten, bevor er fortfährt.

»Aufgrund meines guten Verhältnisses zur Polizei und meiner Sorge um das Wohl unserer Gemeinde habe ich in Erfahrung gebracht, dass es sich bei dem Tod des Mädchens um Eigenverschulden handelt. Ich bitte euch, ruhig zu bleiben. Es mag ein Schock für euch sein, doch ich sage es euch, wie es ist: Alfred Windischs Tochter hat sich selbst das Leben genommen. Sie hat den Tod ihrem noch jungen Leben vorgezogen, sosehr es mich schmerzt, diese Worte auszusprechen.«

Ich halte den Atem an, mein Herz pocht schneller. Die Wut glüht mit jedem erlogenen Satz von Berg heftiger in mir, der nun einem unscheinbaren Mann mit Brille bedeutet, nach vorn zu treten.

»Ich habe mit Pastor Jensen lange über diesen tragischen Vorfall gesprochen, und wir sind zu dem Schluss gekommen, dass es sich bei dem Todesfall um einen okkulten Ritus handelt. Die kleine Hanna Windisch hat sich das Leben genommen, weil sie glaubte, eine schwarze Macht habe ihr dazu geraten.«

Aufgebrachtes Raunen bricht unter den Anwesenden aus. Einige schlagen die Hände vors Gesicht, andere schütteln apathisch den Kopf. Ein ganzer Saal wie in Hypnose, eine ganze Gemeinde, die ihren Verstand zu verlieren droht.

»Hanna Windisch wurde vor dem Hof ihres Vaters von der Polizei gefunden«, erklärt Berg weiter. »Sie war von den Raben zerfressen und schwer entstellt worden. Es gab kein Anzeichen für ein Fremdeinwirken. Hanna, die gerade einmal dreizehn Jahre alt wurde, starb, weil sie sich für Schwarze Magie interessierte. In der Nacht, als sie ihr Leben verlor, ist sie etwas hinaus in den Nebel gefolgt. Etwas, das sie dort draußen zu finden glaubte. Hanna beschwor die Geister herauf, die ihr letztlich das Leben nahmen. Sie hat uns gelehrt, dass Okkultismus nicht nur naiv, sondern auch sehr gefährlich ist. Es fällt mir schwer, weiterzumachen, als wären diese furchtbaren Dinge nicht geschehen, aber wir dürfen aus diesem armen Kind, das vom rechten Weg abgekommen ist, keine Gefahr für das ganze Dorf machen. Wir sind eine Gemeinschaft, wir sind stark.«

Wieder wartet Berg den Applaus geschickt ab. Ich spüre Übelkeit in mir aufsteigen. Neben mir steht ein kleines, älteres Ehepaar, das die Hände vor der Brust gefaltet hat. Sie sehen in sich gekehrt aus und auffallend blass. Noch mehr Totenblässe. Etwas macht ihnen augenscheinlich Angst. Je verzweifelter sie aussehen, desto wütender werde ich.

»Lassen Sie sich von diesem Mann doch nicht verrückt machen«, sage ich, doch die beiden sehen mich nur verständnislos an.

»Wie damals«, stammelt die alte Frau, während sie ihre Fäuste aneinanderpresst.

»Was wie damals?«, frage ich.

»Als schon einmal drei Mädchen tot gefunden wurden«, flüstert der Mann neben ihr. »Zwei draußen auf dem Feld, und eine lag im Wald. Alles wiederholt sich, er kommt zurück.«

Der Mann schüttelt den Kopf, seine Augen sind glasig. Irritiert frage ich mich, warum Wahnknecht nichts davon gesagt hat, dass es noch mehr Leichen gegeben hat. Irgendetwas stimmt hier nicht.

Gerade als ich das Gespräch fortführen will, erhebt Berg bedeutungsschwanger seinen Zeigefinger und räuspert sich schon wieder ins Mikrofon.

»Ich danke euch für das Vertrauen, das ihr mir schon die letzten sechs Jahre entgegengebracht habt, und ich möchte auch in Zukunft dafür sorgen, dass ihr euch in euren eigenen Straßen sicher fühlen könnt. Dies ist nicht nur meine Pflicht als euer Bürgermeister, der ich, sofern ihr mich denn lasst, auch nach der kommenden Wahl mit all meiner ganzen Kraft nachgehen werde. Ich stehe heute Abend aber auch als liebender Vater hier oben, der genau wie ihr um sein Kind besorgt ist. Ich rate euch noch einmal: Schaut hin, was eure Kinder tun, und lasst nicht zu, dass auch sie Opfer ihrer selbst werden. Zusammen schaffen wir es, das Unheil aus unserem Dorf zu verbannen.«

Lange starre ich diesen Mann an, der unter johlenden Zurufen vom Podest steigt und mit einem festen Händedruck auf den Pastor zusteuert. Etwas in mir wartet immer noch darauf, dass er unter dem Scheinwerferlicht einfach schmilzt. Ein falscher Bürgermeister mit falschen Geschichten muss seine unechte Existenz selbst verraten, in dem er unter der Hitze des Scheinwerfers zerfließt, bis nicht mehr als ein Klumpen Plastik von ihm übrig ist.

Ich laufe nach draußen und ringe nach Luft. Dann durchsuche ich meine Jackentasche nach Zigaretten und Streichhölzern und inhaliere drei tiefe aufeinanderfolgende Züge, bis das Nikotin endlich durch meine Nerven strömt.

»Was zum Teufel war das?«, sage ich laut und beschließe, Wahnknecht sofort anzurufen, um ihn zu fragen, wer dieser Dr. F. J. Berg eigentlich ist und woher er diesen Mist hat. Als ich zur Straße zurücklaufen will, höre ich Gelächter. Dann folgt ein schriller Pfiff. Ich bleibe stehen und drehe mich um. Aus dem Schatten der Bushaltestelle gegenüber einem Löschteich bewegt sich eine Gruppe Jugendlicher auf mich zu. Sie könnten zu viert sein oder zu fünft, aber es ist so dunkel, dass ich kaum jemanden erkennen kann. Ein schwarzes Motorrad parkt auf der Straße, an dem ein Junge lässig rauchend lehnt und grinst. Als ich ihn entdecke, deutet er mir mit einer Kopfbewegung, herzukommen. Alles, was wir haben, ist das Licht in dem Informationskasten neben dem Teich, aber das ist kaputt und flackert unkontrolliert. Dann erkenne ich den Jungen wieder. Wir drei – gestern Abend – im toten Winkel der Schänke. Sein Grinsen wird unerträglich.

»Ich kenne dich doch. O ja, und ob ich dich kenne, du hast uns beobachtet. Na und, hat's dir gefallen? Hättest mitmachen können, hast einsam ausgesehen. Oder guckst du bei so was lieber bloß zu?«

Er schiebt sich an mich heran. Der Geruch von Menthol und Schnaps schlägt mir entgegen.

»Ich hab nichts gegen Mädchen, die so'n bisschen jungenhafter aussehen wie du, wahrscheinlich könnt ihr auch fester anpacken.«

Er fasst sich in den Schritt, und im nächsten Moment zieht er mit derselben Hand eine Schachtel Zigaretten aus seiner Hosentasche. Ich schüttle den Kopf. Der Junge öffnet sie, und zum Vorschein kommt mein blaues Plastikfeuerzeug mit dem Sprung an der Ecke. Er gibt es mir wieder.

Die anderen Jungs im Wartehäuschen husten Rotz auf die Straße. Die sind aber noch lange keine achtzehn, nur ihr Häuptling scheint ein bisschen älter. Er hat ein breites Kreuz und dunkle Augen, und wenn er lacht, werden sie schmal und fangen an zu blitzen. Er deutet zum Gemeindesaal hinüber.

»Hat Berg wieder auf dicke Hose gemacht und eine seiner Propagandareden gehalten? Ich hab die Alten klatschen gehört, das kann er gut.«

»Kommt das öfter vor?«, frage ich.

Der Junge nickt.

»Immer wenn Berg dicke Eier hat, das ist so 'ne Art Druckausgleich, glaub ich. Worum ging's?«

»Um das tote Mädchen.«

»Die Kleine vom Schweinepriester?«

Die Jungs im Wartehäuschen lachen.

»Windisch ist 'ne Sau, das wissen alle. Der fickt seine Töchter wie seine Ferkel.«

»Geh nach Hause und wasch dir mal den Mund aus«, sage ich und denke selbst daran, in dem Moment kehrtzumachen, aber etwas hält mich zurück. Niemand, überlege ich, kennt Mädchen in diesem

Alter besser als die Jungs, mit denen sie zu tun haben. In die sie sich verlieben und deretwegen sie heulen, während sie Tagebuch schreiben. Ich mache einen Schritt auf Häuptling Große Klappe zu.

»Kanntet ihr Hanna Windisch?«

»Kaum. Im Dorf hat sie sich jedenfalls fast nie blicken lassen. Der Bauer soll sie an die Kette gelegt haben, sagen die Alten. Ja, ja, lass sie reden, haben sonst nichts zu tun. Aber geholfen haben sie ihr auch nicht.«

»Und du?«, frage ich. »Hast doch auch nichts gemacht, oder?«

Der Junge verschränkt die Arme vor der Brust und schiebt sich mit bleiernen Schritten an mich heran. Ist mir recht, denke ich, wenn du Ärger willst, werde ich nicht weglaufen. Ich drossle meinen Atem, um die Mentholfahne nicht inhalieren zu müssen, und starre in seine Augen.

Da beginnt der Junge plötzlich loszuprusten, so ein hässliches Lachen, ohne zu atmen, und er versucht, meine Wange zu streicheln. Ich stoße ihn von mir weg.

»Du bist neu hier, da kann man mal das Maul aufreißen«, entgegnet er unbeeindruckt. »Vielleicht würde ich auch versuchen, dieses Dorf zu einem besseren Ort zu machen, wenn ich erst seit gestern hier wär. Aber die Dinge sind, wie sie sind. Wo's nach Schweinen riecht, gibt's auch welche. Willst du ein Bier?«

Wie dumm wäre es wohl, das Angebot anzunehmen? Wer weiß schon, was diese dämlichen Jungs
da sonst noch reingeschüttet haben, Aufputschmittel
womöglich oder das Gegenteil davon. Vielleicht wache ich morgen ohne Gedächtnis auf oder überhaupt
nicht mehr. Weil ich nicht schnell genug nein gesagt
habe, hat mir der Junge bereits eine Dose in meine
Hand gedrückt.

»Was ist mit Hannas Schwester Malis?«, frage ich.
»Erinnerst du dich an sie?«

Fast unmerklich durchfährt ihn ein Impuls. Er
bewegt sich, strafft sich. Dann nickt er unauffällig.
Mehr nicht.

»Wie gut?«, frage ich weiter.

»Kannten uns eben. Dorfkinder kennen sich alle
untereinander.«

Du lügst, denke ich. Du kanntest sie besser, als du
zugeben willst. Plötzlich beginnt einer der Jungen
heftig zu husten, woraufhin sich im nächsten Moment eine eigenartige Stille zwischen uns ausbreitet.
Der Junge mit dem Motorrad scheint bedrückt, fast
niedergeschlagen. Er blickt die Straße entlang, die
auch zum Wald hinausführt und zum See. Da stellt er
eine Dose Bier auf den Fahrbahnstreifen, geht einige
Schritte zurück und tritt so kräftig gegen das Blech,
dass die Dose gegen die nächste Hauswand prallt.

»Warum interessierst du dich so für die Windisch-
Schwestern?«

Aus einem unbestimmten Grund entschließe ich mich, ihm nicht die Wahrheit zu sagen.

»Ich hab mich gefragt, ob euer Bürgermeister recht hat mit seiner Theorie. Er sagt, das Mädchen sei tot, weil sie an Satan geglaubt hätte oder so was.«

Der Junge entlarvt meine Lüge nicht. Vielmehr ist er nun damit beschäftigt, Berg mit allen obszönen Schimpfwörtern zu belegen, die er je gelernt hat. Als er geendet hat, reiche ich ihm meine leere Bierdose hin und sage:

»Bitte sehr, falls du noch mal zutreten willst, vielleicht hilft's ja. Tschüss dann.«

»Wenn du's dir anders überlegst – mein Angebot steht.«

»Ach so«, sage ich. »Vielleicht sollte mal jemand deine Freundin darüber informieren, was du so bei anderen Frauen versuchst, wenn sie nicht da ist.«

Der Junge lacht. Ich fühle mich unwohl bei dem Gedanken an das Mädchen, ohne zu wissen, warum. Dann kremple ich den Kragen hoch und gehe schneller. Wenn ich ab jetzt nie wieder in eine Laterne gucke, bleiben mir solche Momente vielleicht für den Rest meines Lebens erspart.

Der Wind hat zugenommen und verleiht den Ästen Geräusche – spitze, ächzende Klänge. Selbst die beleuchteten Häuser geben mir nicht das Gefühl von Sicherheit in diesem Dorf, wo jeder Stein und jeder Strauch selbst im Dunkeln seinen Schatten hat. Plötzlich verspüre ich Unbehagen, es kommt unvorberei-tet, irgendwo aus dem Gebüsch neben mir. Vielleicht war es bloß ein Tier? Aber die Weise, wie die Pflanze sich bewegt hat, passt nicht zu den übrigen, die im Wind zittern. Es war eine Bewegung von innen, so, als ob etwas Lebendiges in ihr steckt.

Mein Herz schlägt so hoch, dass es weh tut. Ich greife nach meiner Taschenlampe, doch vor Angst verkrampfen meine Finger. Ich umklammere die Ta-schenlampe fester und halte sie wie eine Waffe. Mein einziges Mittel zur Verteidigung gegen was auch im-mer da kommen mag.

Das Rascheln kehrt zurück. Zweimal. Plötzlich hört es sich an, als stünde jemand aus dem Gebüsch auf. Gerade, als ich schreien will, bäumt sich eine Gestalt aus dem Unterholz auf und starrt mich an.

»Nicht erschrecken, Henning, ich bin's!«

Als ich begreife, dass es sich bei der Gestalt um Wahnknecht handelt, ist es bereits zu spät, und ich habe meine Taschenlampe genau mittig in seinen Magen gerammt. Wahnknecht schlägt die Arme um seinen Unterleib und beginnt, sich vor Schmerzen zu winden.

»Sind Sie verrückt?«, rufe ich. »Was machen Sie denn hier?«

»Ich war spazieren«, stöhnt Wahnknecht.

»Sie spazieren in fremde Gärten? Im Dunkeln?«

Er keucht und hustet.

»Ich drehe abends gern noch eine Runde durchs Dorf. Die Leute sitzen dann für gewöhnlich vorm Fernseher, und ich sehe mir an, was sie so gucken. Dann geh ich nach Hause, mache meinen Fernseher an und schalte dasselbe Programm ein.«

Ungläubig blicke ich Wahnknecht an.

»Warum tun Sie das?«

»Das gibt mir ein gutes Gefühl, so gucken wir alle dasselbe.«

Mitleidig gleitet mein Blick von Wahnknecht herab. Ich habe nicht damit gerechnet, ihn so schnell wiederzusehen, aber wo er schon einmal da ist, kann er mir auch gleich erklären, wer von seinen Leuten Berg das Märchen von Hanna Windischs Selbstmord erzählt hat. Oder ist Wahnknecht es selbst gewesen?

7

»Nein, nein, nein!«

Wütend rauft Wahnknecht sich das Haar. Dann hält es ihn nicht mehr am Tisch, und er stürmt durchs Zimmer.

»Ist schon gut«, sage ich. »Ich habe eh kein Wort von Berg geglaubt.«

Er schüttelt den Kopf.

»Darum geht es nicht. Jetzt werden die Leute glauben, wir hätten unsere Arbeit nicht richtig gemacht und sie nicht ausreichend informiert. Das heißt, sie werden sich beschweren, schon wieder, und das wird bis zur Dezernatsleitung dringen. Das weiß ich jetzt schon.«

Ich ziehe den Aschenbecher und die Kaffeekanne heran und positioniere beides nebeneinander. Als ich Wahnknecht eine Tasse reichen will, greift er stattdessen nach meiner Zigarette.

»Bitte schön«, bemerke ich nur. »Also, wer, glauben Sie, könnte mit Berg gesprochen haben?«

»Jedenfalls keiner von uns«, knurrt Wahnknecht gereizt. »Mein Kollege Willi ist eine loyale Haut.

Wenn Berg Informationen zu Hanna Windisch gebraucht hat, hat er sich die aus der obersten Chefetage besorgt. Hauptkommissar Günther, die kennen sich gut. Gehen einmal im Monat zusammen Tennis spielen.«

»Worin hat Berg seinen Doktor gemacht?«

»Er ist Anwalt.«

Plötzlich fällt mir die Begegnung mit dem alten Ehepaar im Gemeindesaal ein. Da war etwas wie Angst in ihrer ganzen Haltung gewesen, ein Unheil, das sie erwarteten.

»Ich hatte eine seltsame Begegnung«, sage ich. »Vielleicht können Sie mir erklären, was es zu bedeuten hat, wenn plötzlich nicht mehr die Rede von nur einer Toten ist, sondern von gleich mehreren Leichen in einem Dorf? Was wissen die Leute hier, was Sie mir vorenthalten haben?«

»Wie bitte?«

Verwundert bleibt Wahnknecht stehen, kratzt sich zerstreut den Hinterkopf.

»Noch mehr Tote? Was meinen Sie damit?«

»Das wäre jetzt meine Frage an *Sie* gewesen. Offenbar wurden hier vor einiger Zeit drei tote Mädchen gefunden. Warum haben Sie davon nichts gesagt?«

Für einen Moment bekommen Wahnknechts Gedanken Geräusche. Er überlegt so angestrengt, dass er zu atmen vergisst und schließlich mit einem tiefen Seufzer wieder zu sich findet. Er winkt ab.

»Ach das! Na ja, also *vor einiger Zeit* wurde hier jedenfalls gar nichts gefunden. Das Ganze ist schon Jahrzehnte her. Wenn Sie das von den alten Leutchen gehört haben, dann kann ich mir schon denken, um welche Geschichte es sich handelt. Eine alte Dorflegende. Düster, schaurig – und natürlich gerade sehr lebendig, wenn plötzlich eine Leiche vor der eigenen Haustür auftaucht.«

»Aha«, entgegne ich, »also kein Zusammenhang zwischen den damaligen Vorfällen und der toten Hanna Windisch?«

Wahnknecht schüttelt den Kopf. Dann wandert sein Blick ziellos über den Küchenboden, und er beginnt nachdenklich seine Unterlippe zu kneten.

»Ich habe mit einem dieser Pferdemädchen gesprochen«, sage ich, »sympathisches Ding. Sie wissen schon: diese Sorte Mädchen, die man dann in sein Poesiealbum schreiben lässt, wenn man sich noch Jahre später beim Lesen schlecht fühlen will. Sie sagte, Malis und sie hätten zusammen ein Pflegepferd versorgt, bis Malis keine Lust mehr hatte. Das muss zu dem Zeitpunkt gewesen sein, als Malis sich für Fußball zu interessieren begann. Oder besser gesagt, für *einen* Fußballspieler.«

Wahnknecht schneidet eine Grimasse und verschränkt die Arme vor der Brust.

»Sagen Sie nichts weiter, ich kann's mir schon denken: Daniel Marquard – *Sternzeichen Superstar*.«

»Klingt, als ob Sie sich kennen«, bemerke ich amüsiert. Wahnknecht brummt etwas Unverständliches, setzt noch mal die Tasse an und spült alles in einem Zug runter.

»Wir sind zusammen zur Schule gegangen, Daniel und ich. Er ist ein Weiberheld und ein Angeber, und ich mag ihn nicht. Zum Glück ist er nach dem Abitur weggezogen, wir haben uns aus den Augen verloren.«

»Nun ist er wieder da und trainiert anscheinend die hiesige Herrenmannschaft.«

»Pff«, macht Wahnknecht. »Diese Gurkentruppe kann man wohl kaum als Mannschaft bezeichnen.«

Mich beschleicht der Verdacht, dass Wahnknecht sich selbst erfolglos als Spieler versucht hat.

»Der hat auch seine Akte bei uns. Marquard hat zuvor einen Mädchenclub trainiert. Den Job hat er aber nach einer Saison wieder verloren, weil er Sex mit einem der Mädchen hatte. Nach dem Vorfall haben sie ihn für ein Jahr von der Bildfläche verschwinden lassen, bis er vorletztes Jahr unsere Herren übernommen hat. Sie haben noch kein einziges Spiel gewonnen, aber jedes Mal ist die Hölle los, weil nun plötzlich auch die Frauen wie die Verrückten zum Fußballgucken auf den Sportplatz rennen.«

»Vielleicht hat Malis in Marquard jemanden zu finden geglaubt, der stark genug ist, sie von ihrem Vater zu befreien«, überlege ich. »Ich werde Ihren

Rivalen morgen Abend beim Training aufsuchen. Mich mal ein bisschen mit ihm unterhalten.«

»Das ist wohl eher meine Aufgabe«, bemerkt Wahnknecht unzufrieden.

»Lassen Sie mal«, entgegne ich, während ich den letzten Rest Kaffee in unsere Tassen verteile. »Das Gespräch erspare ich Ihnen gern, nicht, dass Sie zwei sich noch mit Bällen bewerfen. Mal gucken, ob dieser Trainer die Aufmerksamkeit, vor der er sich anscheinend kaum retten kann, eigentlich wert ist.«

– – –

Am Freitagmorgen gehen seltsame Dinge vor sich. Ohne Aufforderung überreicht Tom mir sein Deutschheft und lächelt mich erwartungsvoll an.

»Fertig.«

Er deutet mit einer Kopfbewegung auf den Ordner.

»Martin braucht noch, der hat jetzt Ihr Buch. War voll gut, also mir gefiel's. Glauben Sie, wir machen auch mal einen Ausflug, bei dem wir auf einer einsamen Insel stranden? Das wäre supercool!«

»Darum ging's nicht, Tom. Du hast das Buch aber schon zu Ende gelesen, oder?«

»Klar. Bis zu der Stelle, als der Soldat kommt und die Jungs findet und dann nach Hause bringt. Da bringt er sie doch hin, oder? Wissen Sie, was ich besonders gut fand? Dass da alle einfach leben konnten, wie sie wollten, es war *ihre* Insel. Keiner, der ihnen gesagt hat, wann sie zu Hause sein müssen oder dass sie die Klappe halten sollen, ich meine, wirklich *keiner*. Das muss das Paradies gewesen sein!«

»Und was da auf der Insel passiert ist, das macht dir gar keine Angst?«

»Das Monster, vor dem sich alle fürchten, meinen Sie? Das gab's ja nie. Die hatten ja bloß Angst, wenn es dunkel wurde, aber dann sollte man sowieso nie in einen Dschungel gehen, finde ich.«

»Ich spreche von den Dingen, die sie einander angetan haben. Wenn einer es nicht gut mit den anderen meint und nur tut, was er will, ohne auf die Gruppe Rücksicht zu nehmen, glaubst du, das könnte dann nicht auch bei uns ein böses Ende nehmen?«

Tom überlegt. Seine Hände rutschen in die Hosentaschen, während er zu grübeln beginnt. Als er fertig ist, schüttelt er den Kopf. Ich seufze. Plötzlich fängt Tom laut an zu lachen und hält sich den Bauch.

»Ich hab Sie reingelegt! Wenn ich Ihnen die Wahrheit gesagt hätte, würden Sie ja schon alles wissen, was ich geschrieben hab, das wäre ja voll langweilig, ha.«

Ungläubig blicke ich auf das Heft. Eine Woche habe ich ihm gegeben, doch Tom hat gerade mal drei Tage gebraucht. Ich bin es nicht gewöhnt, dass Schüler ihre Strafe noch vor Ablauf der vereinbarten Frist erledigen. Doch Tom setzt noch einen drauf. Er geht zu seinem Platz zurück, faltet seine Hände über dem Tisch zusammen und lächelt Marta in einem unauffälligen Moment zu.

Vielleicht, überlege ich, brauchen sie mich gar nicht. All ihr Verständnis von richtig und falsch war immer schon in ihnen. Genau wie die Fähigkeit, zu wissen, was Liebe ist. Oder wie auch immer die Menschen das nennen.

– – –

In der Pause habe ich Aufsicht auf dem Schulhof. Ich nehme mir Kaugummis mit, weil man vom Lehrerzimmer auf den Pausenhof gucken kann und ich weiß, dass Erpelmann hinter der Gardine darauf lauert, mich mit einer Zigarette im Anschlag zu erwischen. Paul Wortmann, der Sportlehrer, winkt mir zu, während er mit einer großen blau-gelben Sporttasche über der Schulter Richtung Eingang läuft.

»Na, schon eingelebt?«

»Doch, ist schön hier.«

»Ja, nicht wahr? Unser Dorf hat schon dreimal eine Auszeichnung dafür bekommen, 1969, '73 und dann noch mal vor drei Jahren, toll was? Ich bin ja nicht von hier, wissen Sie, aufgewachsen bin ich im Sauerland, ach, ich vermisse es schon ein bisschen, ja, und dann kam das Studium, also erst mal zwei Semester

Medizin in Heidelberg, aber dann hab ich gemerkt, dass das gar nichts für mich ist, wissen Sie, der Sport, diese Energie, das muss man im Blut haben oder nicht, ich könnt ja gar nicht mehr ohne, da hab ich gewechselt und mein Sportstudium in Stuttgart begonnen, toll war das, so eine Zeit erlebt man kein zweites Mal, ja, und dann hab ich auch schon meine Frau kennengelernt, die Annika, Musik- und Gymnastiklehrerin, na ja, früher war sie das, zurzeit ist das alles ein bisschen anders, wissen Sie, manchmal ist das Leben halt kompliziert, da müssen wir mal bei Gelegenheit drüber reden, die Kinder warten schon, also dann!«

In meinen Kopf klingelt es. Wenn Wortmann loslegt, ist er nicht mehr aufzuhalten. Ich atme tief durch und will mich umdrehen, als Marta auf einmal vor mir steht.

»Hallo, Frau Henning, haben Sie den Herrn Polizisten noch in Ihre Wohnung gelassen?«

»Psst«, zische ich und gebe Marta ein Zeichen, um Himmels willen leiser zu sein. Durch einen Blick zum Fenster des Lehrerzimmers sichere ich mich ab, dass es geschlossen ist, und noch haben Wände hoffentlich keine Ohren. »Das war nichts weiter«, lüge ich. »Herr Wahnknecht hat nur etwas wegen des Blechschadens an meinem Auto wissen wollen, jetzt ist aber alles geklärt.«

»Aber Ihr Auto steht doch vor der Schule«, bemerkt Marta. »Es sieht aus wie neu.«

Hilflos fasse ich mir an den Kopf. Weil Marta mir schneller den Wind aus den Segeln nimmt, als ich mir eine weitere Lüge ausdenken kann, sage ich, dass ich ihr Fotos von dem überfahrenen Reh mitbringe, wenn sie jetzt nicht aufhört, sich in mein Privatleben einzumischen. Lachend springt sie mit ihrem Seil davon und singt dabei ein Lied. Irgendwas über Vögel in einem Graben.

– – –

Auf dem Nachhauseweg rutsche ich an der Kreuzung auf einem Haufen Pferdeäpfel aus. Breitbeinig versuche ich, das Gleichgewicht wiederzuerlangen, bevor meine Einkäufe in dem Haufen landen, als ich Tom über die Straße kommen sehe. Er hat die Zähne zusammengebissen und kickt mit seiner Schuhspitze Eicheln aus dem Weg, bis seine Mutter ihm einen Schlag gegen den Nacken gibt und er stolpert. Die Frau ist klein und dickbäuchig, und sie hat unechte kurze Locken, die sie mit einem Spray so fixiert, dass sie feststehen, auch wenn sie sich bewegt. Kurz vor mir bleibt Toms Mutter abrupt stehen und mustert mich wie ein Gemüse, von dem man sich nicht sicher ist, ob man es kochen oder besser entsorgen soll.

»Hallo, Tom«, sage ich.

»Sie kennen meinen Sohn?«

»Ja, Tom ist einer meiner Schüler. Einer von vielen lieben Kindern in meiner Klasse.«

Tom wechselt einen flüchtigen, flehentlichen Blick mit mir. Dann guckt er wieder auf seine Füße, und ich denke an den Aufsatz, den er mir vor der ersten Stunde überreicht hat. Ich wollte ihn beim Essen lesen, habe jedoch schon nach Schulschluss einen Blick hineingeworfen und war, eine Fülle an Rechtschreibfehlern außer Acht lassend, ganz und gar beeindruckt. Es ging eine Ernsthaftigkeit von diesem Jungen aus, von der er selbst wohl kaum eine Ahnung hat. Wenn man nicht weiß um das, was in einem ist, erweist sich die Qual gegen sich selbst oder gegen einen anderen manchmal als der einzige Weg, das eigene Monster zu finden.

Toms Mutter nickt. Sie presst ihre Augen zusammen, als sie mich röntgt, und sagt:

»Ich kenne Sie doch. Sie haben gestern Abend mit den Jugendlichen auf der Straße Alkohol getrunken.«

Plötzlich packt sie ihren Sohn am Arm und zerrt ihn zu sich heran, so, als wolle sie ihn vor mir beschützen.

Ich überlege, ob ich es abstreiten soll, entscheide mich aber dagegen und sage bloß:

»Das stimmt. Ich hatte die Hoffnung, dass man Bergs Rede mit Alkohol schneller wieder vergessen kann. Was übrigens funktioniert.«

Dann nicke ich Tom zu und gehe. Ob seine Mutter noch etwas gesagt hat? Vielleicht. Doch die aufbrechenden Eicheln unter meinen Schuhsohlen waren lauter.

– – –

Um fünf Uhr setzt Regen ein, er kommt wellenartig und schlägt gegen mein Fenster. Ich setze mich mit Toms Aufsatz in der einen Hand und einer heißen Zitrone in der anderen aufs Bett. Eine Stunde später hat der Regen abgenommen, genau wie die Temperaturen auf dem Thermometer am Küchenfenster. Vergeblich suche ich in der Kommode nach zwei zusammengehörigen Socken, als das Telefon klingelt.

»Hallo, ich bin's«, höre ich eine erregte Stimme am anderen Ende der Leitung. Erleichtert stelle ich fest, dass es dieses Mal nicht Martas ist.

»Ich rufe wegen der Autopsie an«, erklärt Wahnknecht. »Es kam heraus, dass Hanna Windisch tatsächlich erstickt wurde. Außerdem hatte sie in den Stunden vor ihrem Tod sexuellen Kontakt, wenn Sie verstehen. Es wurden Samenreste in ihrer … also in ihrem Unterleib gefunden.«

»Meine Güte, Wahnknecht, wie konnten Sie bloß einen Job annehmen, der mit Menschen zu tun hat, wo Sie sich vor allem, was die menschliche Anatomie betrifft, erschrecken wie ein Kind in der Geisterbahn. Wessen Samenreste sind es?«

»Für so was haben wir keine Datenbank«, knurrt Wahnknecht. »Ich bin sicher, es war der Alte, aber zurzeit warten wir noch auf einen DNA-Abgleich.«

»Also abwarten«, sage ich, »noch ist das Spiel offen. Ich mache mich jetzt auf den Weg zum Sportplatz, Daniel Marquard abfangen. Soll ich ihm etwas von Ihnen ausrichten?«

Ich vernehme nur ein störrisches Brummen in der Leitung.

»Sicher nicht? Nach all den Jahren, die Sie beide sich nicht mehr gesehen haben ...«

»Mit dem würde ich höchstens reden, wenn ich ihn mal festnehmen kann«, brummt Wahnknecht gereizt. »Und dann würde er von mir auch nicht mehr zu hören bekommen als seine Rechte, die ihm noch bleiben. Auf Wiederhören.«

– – –

Um fünf nach sieben gehe ich die Straße zum Sportplatz hoch, der nicht mehr ist als ein verwilderter Bolzplatz mit einem Lattenzaun drum herum und einem wackeligen Trainerhäuschen mit einem Sprung im Fensterglas. Auf dem Rasen machen Männer in blauen Trainingsanzügen Dehnübungen. Ein blonder junger Mann mit Trillerpfeife steht gestikulierend in der Mitte des Platzes und gibt der Truppe Anweisungen. Als er fertig ist, kommt er zu mir herüber. Daniel Marquard hat strahlend blaue Augen und Sommersprossen auf der Nase, aber nur zart, nicht so aufdringlich, außerdem sieht er sehr jung aus für sein Alter, zumindest jünger als Wahnknecht, aber das liegt wahrscheinlich auch am Beruf. Für einen Augenblick überlege ich, ob er erkannt haben könnte, dass ich mit ihm reden will, doch da bemerke ich die Sporttasche auf der Bank hinter mir. Wieso muss die denn da jetzt liegen?

Mit einer Hüftdrehung schwingt Marquard sich über den Zaun, nickt mir freundlich zu und beugt sich über seine Sachen.

Dann holt er ein Klemmbrett und einen abgewetzten Fußball hervor und wirft ihn einem der Spieler zu. Als er den Kugelschreiber ansetzen will, guckt er mich überraschend an und lächelt. Und wie der lächelt!

»Kann ich was für dich tun?«

»Kann sein. Sind Sie Daniel Marquard?«

Er nickt.

»Leonie Henning. Ich bin eine Freundin von Ihrem ehemaligen Abiturkameraden Nils Wahnknecht.«

Marquard überlegt. Amüsiert schüttelt er den Kopf.

»Nils hat inzwischen Freunde? Na ja, Zeiten ändern sich wohl.«

»Es geht um Malis Windisch«, sage ich, »ein junges Mädchen, sechzehn Jahre alt. Sie scheint sich für

Fußball interessiert zu haben, vor allem für *Ihren*. Erinnern Sie sich noch an sie?«

Über Marquards Gesicht huscht ein Anflug von Irritation. Er scheint nachzudenken. Dann kehrt sein Lächeln wieder zurück, und er nickt.

»Ja, ich glaube schon. Ist schon eine Weile her, aber ich habe ihr Bild vor Augen. Was ist denn mit ihr?«

»Sie ist verschwunden.«

»Tatsächlich?«

Marquards Stirn legt sich in Falten.

»Dieses zierliche Mädchen mit den rehbraunen Auge ... Ich hab sie ein paarmal hier gesehen früher. Sie sagte, sie wolle auch mit Fußballspielen anfangen, und fragte mich, ob ich sie trainieren könnte, aber ich musste ablehnen. Ich bin hier nur für die Herrenmannschaft verantwortlich, weißt du.«

»Allerdings«, sage ich unverwandt. »Aber bevor Sie die Herren übernommen haben, trainierten Sie noch eine andere Mannschaft. Ein Mädchenteam, richtig? Sie wurden entlassen, weil Sie die Umstände für sich genutzt und mit Ihren minderjährigen Spielerinnen Sex hatten.«

Das Lächeln aus Marquards Gesicht ist verschwunden, und ich frage mich, womit ich gerechnet habe. Vielleicht mit Scham oder Wut darüber, an die Vergangenheit erinnert zu werden? Der Trigger im menschlichen Herzen, der aufreißt, was in Vergessenheit hatte geraten sollen. Doch Marquards Blick beinhaltet nichts davon. Nachdenklich, fast traurig hält er sein Klemmbrett in den Armen, als er antwortet.

»Es gibt Dinge, von denen wünschte man, sie ungeschehen machen zu können. Besonders tragisch sind sie, wenn sie aus einem Missverständnis heraus entstanden sind. Es war ein einziges Mädchen, und es war mein Fehler. Ich hatte sie nie nach ihrem Alter gefragt. Sie spielte in einem Ü20-Team, aber ich dachte, sie sei volljährig. Das ist die Wahrheit.«

»Der Klassiker«, bemerke ich nüchtern. Marquard nickt.

»Ich hätte es besser wissen und *nein* sagen sollen. Zu allem, auch zu dem Job als Trainer der Mädchen. Das wäre wahrscheinlich das Beste für uns alle gewesen. Aber wir Menschen machen Fehler, und wir können nur aus ihnen lernen, denke ich.«

Der Regen macht Geräusche auf dem Dach über unseren Köpfen. Eine Mücke surrt unter der Decke. Ich warte nur auf den Moment, in dem sie sich meinem Ohr nähert, damit ich sie in der Hand zerdrücken kann. Marquard steht regungslos da und guckt in die Ferne. Es ist seltsam, wie der Geist eines Mädchens in dem Kopf eines Mannes herumspuken kann, lange nachdem sie fort ist.

In Wahnknecht die misshandelte Hanna Windisch, die er hätte retten können, in dem Jungen mit dem Motorrad ihre Schwester Malis, und hier, in Daniel Marquards Kopf, gibt es noch immer das Mädchen, das ihn fast die Lizenz gekostet hätte. Wahrscheinlich haben sie beide das nicht gewollt und ihre Eltern gegen Marquard Anzeige erstattet. Tim hat mal gesagt, die einzige Wahrheit, die man einem Mensch ansehen könne, sei sein Verlust.

Nachdenklich sehe ich Marquard an.

»Wann haben Sie Malis denn das letzte Mal hier gesehen?«

»Das weiß ich nicht mehr so genau, ist so lange her. Es muss irgendwann im Frühling letzten Jahres gewesen sein, noch vor der Sommerpause.«

»Kam sie immer allein her?«

Daniel Marquard nickt.

»Soweit ich mich erinnere, ja. Aber es kann natürlich sein, dass sie sich danach mit jemandem getroffen hat. Sie blieb auch nie bis zum Schluss, ich glaube, dafür fand sie es dann doch ein bisschen zu langweilig. Wir sind halt keine Profis.«

Er lächelt unsicher. Dann nimmt er sein Klemmbrett und geht die Anwesenheitsliste durch, und ich sehe ihn dabei an. Sie waren sich fern, überlege ich. Daniel Marquard war nicht derjenige, der Malis hatte retten sollen. Aber vielleicht hatte sie bei jemand anderem Hilfe gesucht. Doch was war dann passiert?

Als ich die Straße hinunterlaufe, steht ein Wagen an der Biegung. Quietschend bewegen sich die Scheibenwischer im strömenden Regen über die Wind-

schutzscheibe. Das Blaulicht springt an, aber unge-
wollt, jedenfalls wird es im nächsten Moment wieder
ausgestellt, was aber auch egal ist, weil sich bei dem
Wetter sowieso keiner dafür interessiert, was draußen passiert.

Mit hochgezogener Augenbraue trete ich ener-
gisch zur Fahrerseite hin und klopfe gegen die Scheibe. Wahnknecht zuckt zusammen. Hastig kurbelt er
das Fenster hinunter und steckt seinen Kopf heraus.

»Und?«, fragt er erregt. »Hat Daniel gestanden?«

Ich blicke ihn böse an.

»Wenn Sie nicht aufhören, mir zu folgen, verfüge
ich per Gerichtsbeschluss einen Mindestabstand gegen Sie.«

»Ja, ja, schon gut. Wollen Sie einsteigen?«

Weil die Windschutzscheibe auch von innen beschlagen ist, schaltet Wahnknecht die Lüftung ein, woraufhin die Staubschicht auf dem Armaturenbrett auf-
wirbelt und wir zu husten beginnen.

»Was hat Daniel gesagt?«, keucht Wahnknecht mit
der Hand vor dem Mund.

»Dass er Malis letztes Jahr im Frühling das letzte
Mal hier beim Sportplatz gesehen hat. Sie sei immer
allein dorthin gekommen. Malis suchte den Kontakt
zu Marquard. Aber anscheinend wurde da nie das
draus, was Malis sich unter Umständen mit Marquard gewünscht hat.«

Wahnknecht nickt resigniert.

»Wenn Sie wollen, kann ich Sie nach Hause fahren, muss sowieso in die Richtung.«

»Wo wollen Sie denn noch hin?«

»Zu Windisch«, erklärt Wahnknecht ernst und startet den Motor.

»Meinetwegen«, erwidere ich. »Dann nehmen Sie mich mal mit.«

− − −

Erst als wir die Einfahrt des Schweinehofes passieren, wechseln Wahnknecht und ich wieder ein Wort. Ihm war klar, dass er gar nicht erst vor meiner Wohnungstür halten brauchte, und ich brauchte jeden der dreitausend Meter, die wir zurücklegten, vollkommene Stille, um mich zu fragen, was ich fühlen würde, wenn ich dem Mann gegenüberstünde, der seine Kinder zerbricht wie ein Glas. Aber für so was gibt es keine Antwort.

»Sie können im Auto auf mich warten, bis ich fertig bin«, erklärt Wahnknecht.

»Vergessen Sie's«, entgegne ich. »Warum sind wir hier?«

Sein Blick fällt auf Windischs Haustür. Aber eigentlich schaut er sie gar nicht an – er hat sich darin verbissen.

»Ich werde Windisch aushorchen«, entgegnet er

düster. »Das hier wird nicht so laufen wie letztes Mal, er wird nicht davonkommen. Der Bauer wird mich anschauen, wenn er mir erklärt, warum er in seiner Tochter gekommen ist. Warum wir sein stinkendes Sperma in dem Uterus seiner kleinen Tochter gefunden haben. Er wird reden, und wenn er nicht will, werde ich ihm zusetzen, bis er sein Maul aufmacht.«

Ich sehe Wahnknecht lange an, wie er dasitzt und das Lenkrad mit beiden Händen fest umschlossen hält. Würde der Bauer jetzt zur Tür herauskommen – Wahnknecht würde ihn ohne Zögern überfahren.

»Ich komme mit Ihnen«, sage ich mit einer Hand am Türgriff. Wahnknecht schüttelt den Kopf.

»Das wird ein Verhör, da können Sie nicht einfach zugucken.«

»Da haben Sie recht«, sage ich. »Am besten bleibe ich hier sitzen und höre Radio, während sie mal bei dem Tyrannen klingeln und ihn mit geschickten Fragen so lange zur Weißglut treiben, bis er Sie ins Krankenhaus prügelt. Kann man Ihren Apparat hier für den Polizeifunk auch benutzen, um den Rettungswagen zu rufen?«

Wahnknecht schneidet eine Grimasse, die so viel heißt wie Klappe halten und mitkommen.

Wir laufen im Regen über den Hof auf das Haupthaus zu. Als ich die Klingel bediene, bleibt alles still. Dann ist es Wahnknecht, der drückt, lang und erbarmungslos. Nichts geschieht. Er schüttelt den Kopf.

»Vielleicht ist Windisch zum Saufen in die Schänke gegangen«, sage ich, doch es scheint, als habe Wahnknecht mich gar nicht gehört. Er läuft am Haus entlang die Fenster ab, guckt in jedes einzelne hinein.

»Wie spät ist es?«, ruft er.

Ich schaue auf mein Handgelenk, kann in der Dunkelheit jedoch fast nichts erkennen.

»Etwa halb acht?«

Wahnknecht läuft zu seinem Wagen zurück. Als er wiederkommt, hält er zwei Taschenlampen in der Hand. Sie sind viel größer als meine und dreimal so schwer.

»Vor acht Uhr macht die Schänke gar nicht auf«, flüstert er und schreitet an mir vorbei über den Hof. Unsere Schuhsohlen machen Geräusche in den Kieselsteinen wie ein mahlender Kiefer. Wahnknecht richtet seinen Lichtkegel auf den Schweinestall. Als das Licht der Taschenlampe das Fenster trifft, fährt ein Stoß durch die unsichtbaren Stangen, und die Schweine quieken wieder so laut und hoch, als würde man sie bereits am heißen Spieß drehen.

Wahnknecht löst den Riegel der Stalltür und stößt sie vorsichtig auf. Sofort schlägt uns der beißende Geruch von Urin entgegen. Vor uns meterlange Gittergehege, die durch beschissene und zernagte Holzvorrichtungen getrennt werden. Immer noch mehr

Schweine tauchen vor uns auf und drängen zu uns nach vorn. Wahnknecht beginnt zu husten. Er leuchtet die Wand ab, als suche er nach dem Lichtschalter. In der Gasse stehen ein paar Futtersäcke. Eine Mistgabel liegt umgedreht auf dem Boden neben zwei schwarzen Eimern, einer umgestülpt. Ein Rinnsal Wasser läuft aus einem Gartenschlauch an der Wand. Die Schweine schubsen und stoßen sich näher ans Gitter, als wären wir das Aufregendste, was sie je erlebt haben.

Plötzlich fühle ich etwas an meinem Fuß. Erschrocken leuchte ich auf meine Schuhe und beobachte, wie einer der Rüssel mein Bein beschnüffelt. Zuerst kann ich mich kaum rühren vor Angst, doch dann beginnt es zu kitzeln, und ich muss lachen. Gerade als ich mit dem Finger auf den großen Schädel des Tieres zusteure, spüre ich Wahnknechts Hand auf meiner Schulter. Ich blicke ihn fragend an. Ohne ein Wort greift er nach meinem Arm und zieht mich langsam zu sich. Dann deutet er mit einer Kopfbewegung auf eine Stelle im Stroh.

Ich folge dem Punkt mit dem Licht der Taschenlampe, aber da ist nichts. Vor lauter Schweinen sehe ich nur noch Rüssel und Schlappohren und dicke Hintern mit wackelnden Ringelschwänzen, immer so hin und her, hin und her. Wahnknecht greift nach meiner Hand und zieht sie nach links, an eine Stelle zwischen den Beinen der Schweine. Auf einmal machen die Tiere einen Satz auseinander, und ich sehe es auch. Zernagt und zertrampelt liegt der Bauer auf dem Bauch mit dem Gesicht im Stroh, ein Stiefel etwas abseits. Eines der Schweine vergräbt seine Schnauze in dem, was von Alfred Windischs Gesicht noch übriggeblieben ist. Es grunzt vergnügt. Ich klammere mich fester an meine Taschenlampe, aber eigentlich will ich bloß, dass das Licht wieder ausgeht.

--- --- ---

Wahnknecht rennt hinaus. Dann höre ich, wie er sich mit dem Rücken gegen die Wand fallen lässt und erbricht. Schön klingt das nicht, und man verspürt dann immer gleich denselben Reflex. Ich knipse die Taschenlampe aus und gehe rückwärts durch die Tür. Regen strömt mir in den Nacken. Ich blicke Wahnknecht an, der breitbeinig an der Mauer lehnt und keucht.

»Alles in Ordnung bei Ihnen?«

Er sieht mich mit zerstreutem Blick an, sein Gesicht ist fast durchsichtig.

»Auf so was war ich nicht vorbereitet«, hustet er.

»Das versteh ich nicht«, sage ich, »Sie haben doch eine Ausbildung gemacht. Bekommt man da denn nicht gezeigt, wie man sich verhalten soll, wenn man einen Toten findet? Oder wenn man selber jemanden erschießt?«

»Natürlich, aber das war was anderes. Die haben einfach nie ... *so* ausgesehen.«

»Ach so«, sage ich. »Sie haben also nur tote Supermodels untersucht?«

Wahnknecht schüttelt verständnislos den Kopf, während er sich das Kinn mit dem Ärmel abwischt.

»Sind Sie so abgebrüht, oder tun Sie nur so? Stehen Sie etwa auf Tatorte? Ist das der Grund, warum Sie unbedingt mitkommen wollten?«

»Auf so was steht man doch nicht.«

»Ich hab Sie eben lächeln sehen.«

»Das war wegen der Schweine.«

»Glaub ich nicht.«

»Ich bin jedenfalls mitkommen, um Ihnen zu helfen«, entgegne ich. »Übrigens haben Sie recht, das hier ist anders. Der tote Bauer ist nicht wie seine tote Tochter auf dem Feld. Ich denke, das liegt an der Geschichte. Alles, was ich von Windisch weiß, lässt ihn für mich wie ein grobes, gieriges Tier erscheinen. Ein großes, blutsaugendes Insekt. Diese Art, die man mit der Zeitung totschlägt, wenn man sie fängt. Das muss nicht mal die Wahrheit sein. Vielleicht hat der Bauer noch eine andere Geschichte, die spielt, bevor er wurde, was er am Ende war. Aber die kenne ich nicht. Ob man Sympathie für jemanden entwickelt oder Mitleid mit ihm hat wie mit einem dreibeinigen Hund oder ob man nichts mit ihm zu tun haben will, hängt einzig von dem ab, was man über ihn weiß.«

Ich stochere mit den Fingern in meiner Jackentasche und finde ein Taschentuch, von dem ich mir
nicht ganz sicher bin, ob es benutzt ist. Als ich es
Wahnknecht hinreiche, winkt er ab. Dann läuft er
mit wackligen Beinen zu seinem Wagen zurück und
schaltet den Polizeifunk ein.

— — —

Irgendwann gegen acht begann die Kripo damit, den
Hof abzusperren und die Schweine, wovon Alfred
Windisch ungefähr hundert Stück besaß, auf einen
Transporter zu treiben. Es hat auch nicht lange gedauert, bis die ersten Nachbarn aus ihren Häusern
kamen und sich auf den Weg zu Windischs Hof
machten. Jetzt stehen sie in Gummistiefeln und Re-
genkleidung an der Straße, während sie einen Blick
auf das Geschehen zu erhaschen versuchen. Geistes-
abwesend lehnt Wahnknecht im Türrahmen und erweckt den Eindruck, die Schweine zu zählen, die auf
den Laster gedrängt werden.

»Sie sind traurig«, sage ich. »Nicht weil der Bauer
tot ist, sondern weil Sie ihn nicht mehr vernehmen
konnten.«

Wahnknecht sieht mich ausdruckslos an. Statt eine
Antwort zu geben, zupft er bloß an seinem Teebeu-
tel. Ich habe auch eine Tasse bekommen. Doch die
Packung Pfefferminztee, die Wahnknecht in Win-

dischs Küche gefunden hat, riecht nicht nach Pfefferminze und schmeckt auch nach etwas anderem, aber das kann auch daran liegen, dass wir den Tee eines Toten trinken. Wie ich von Wahnknecht erfahren habe, bleiben auf dem Dorf viele Türen unverschlossen, wenn die Männer zum Wirt oder die Frauen zum Einkaufen gehen. Auch Windisch hat es uns nicht unnötig schwergemacht. Mit einer Handbewegung standen wir bereits im Flur und sahen uns um. Es riecht so stark nach Hund, dass ich jederzeit damit rechne, einem zu begegnen, bis ich schließlich begreife, dass auch der Hund der Vergangenheit angehört wie das Zimmer mit der stehengebliebenen Uhr.

Obwohl er das Licht angeschaltet hat, kann Wahnknecht seine Taschenlampe nicht mehr loslassen. Er stellt sich an den Fuß der Treppe und leuchtet in den ersten Stock. Ich nicke ihm zu und steige voran. Das Gebälk knarrt, als würde die ganze Treppe seufzen. Als ich oben angekommen bin, halte ich für einen Moment die Luft an und sehe vor meinen Augen Hanna Windisch wieder. Sie steht plötzlich neben mir in ihrem Kleid mit dem langen Rock, das sie auch auf dem Feld anhatte, aber sie schaut mich nicht an, sie stellt sich nur mit den Zehenspitzen an die Treppe und wartet und sieht auf einen Punkt in der Dunkelheit, in der Ferne, den ich nicht sehen kann. Da fährt ein Ruck durch sie hindurch. Ein

Stoß, und sie kann sich nicht mehr halten. Hanna verliert das Gleichgewicht und stürzt neben mir die endlose Treppe hinunter, bis sie irgendwo jenseits des Lichts verschwindet mit einem lauten Knall. Ich mache die Augen auf. Das Geräusch des Aufpralls. Ein Knochen, der bricht, oder vielleicht eine Rippe. Mir wird kalt.

Drei Türen gibt es im Flur, hinter einer von ihnen quillt der beißende Gestank von Urin hervor. Da sie halboffen steht, genügt es, dass Wahnknecht sie mit dem Fuß aufstößt. Er findet den Lichtschalter, den er mit dem Ellenbogen bedient, und vor uns erstreckt sich ein grüngefliestes, verdrecktes Badezimmer mit benutzten Handtüchern auf dem Boden und Stallstiefeln vor einer braunen Duschwanne. Wahnknecht zieht den Kopf wieder ein. Er nimmt die linke Seite des Flurs und überlässt mir die Zimmertür auf der rechten. Ich knipse das Deckenlicht an. Vor mir liegt die kleine Welt eines Mädchens, das es nicht mehr gibt. Ein Bett, nicht winzig, aber schmal, ein Kopfkissen, eine Decke, eine Katze aus Stoff am Fußende. Zwei Pferdeposter hängen an einer vergilbten Tapete und über dem Bett eine verblichene Karte. *Alles Gute zum Geburtstag, Hanna. Ich liebe dich, deine Lieblingsschwester.*

Sechs Kleider, die alle identisch aussehen, zähle ich im Schrank, dazu ein grauer Mantel und ein weißes Nachthemd. Dann trete ich einen Schritt zurück und betrachte die aufgereihten Kleider noch einmal. Irgendetwas stimmt nicht. Ich nehme eines der Kleider vom Haken und betrachte es eine Weile. Da wird mir klar, was es ist: Das Kleid, das Hanna trug, als ich sie auf dem Acker fand, passt nicht zu den anderen. Das Kleid an dem Morgen war rot, nicht beige wie die anderen, nicht so kurz wie die anderen, sondern so lang, dass es ihr bis zu den Knöcheln reichte. Ein Mädchen mit einem halben Dutzend identischer Kleider in seinem Schrank zieht das an, das nicht dort reingehört. Wessen Kleid es auch war, das Hanna in der Nacht, in der sie starb, trug, es war ihr zu groß gewesen. Und es war nicht ihr eigenes. Auf einem Schreibtisch am Fenster liegen ein paar Buntstifte und Papier neben einer verwelkten Topfpflanze.

Als ich die obere Schublade herausziehe, schlägt mir ein modriger Geruch entgegen. Entweder eine tote Maus, die in den Schreibtisch gekrochen und nicht mehr herausgekommen ist. Oder in dieser Schublade liegt das Geheimnis eines Kindes, das vor lauter Furcht nicht wusste, was es damit machen sollte. Ich taste hinein und halte ein Bündel blutverschmierter Unterhosen in der Hand. Sie sind so klein. Alles, was ich in den letzten Minuten gefunden habe, scheint das zu sein, was Hanna trug, bis sie starb. Sie hatte keine Wahl, älter zu werden, man hatte es ihr einfach nicht erlaubt. Nur dieses Kleid, das nicht in Hannas Schrank hing, das sie sich geborgt haben musste und mit dem sie in der Nacht auf den Acker hinausgelaufen war, ist nicht wie alles andere.

Als ich auch die zweite Schublade öffne, befindet sich darin nichts weiter als ein weißer Briefumschlag. Er ist nicht zugeklebt. Eine weiße Klappkarte entdecke ich mit einer getrockneten Rosenblüte und einem Satz in der Mitte:

Ich weiß, du kommst zurück

Ich stecke das Papier in meine Tasche und sehe mich noch einmal im Zimmer um. Keine Uhr. Vielleicht scheint deshalb die Zeit in diesem Raum stehengeblieben zu sein wie alles in diesem Haus.

Im Flur kommt mir Wahnknecht bereits entgegen.

»Hannas Zimmer?«

Ich nicke und reiche ihm die Karte.

»Ich glaube, der Satz bezieht sich auf ihre Schwester. Hanna könnte an Malis gedacht haben, als sie ihn schrieb.«

Wahnknecht nickt.

»Haben Sie noch was gefunden?«

»In Hannas Schrank hängen sechs identische Kleider, und keines davon sieht aus wie das, das sie trug, als ich sie gefunden habe.«

»Vielleicht ist das ein besonderes Kleid«, überlegt Wahnknecht. »Eines, das man nur sonntags in der Kirche trägt oder zu Festen.«

»Oder es gehörte ihr gar nicht«, antworte ich. »Alle Kleider aus dem Schrank sehen aus, als habe ihr Vater sie für Hanna gekauft. Immer dasselbe Modell, wahrscheinlich war es so am günstigsten. Keines davon sieht aus wie das Kleid, das Hanna an dem Morgen auf dem Feld anhatte. Das war auch viel größer, es passte ihr gar nicht. Möglicherweise das Kleid ihrer Schwester.«

Wahnknecht beginnt zu grübeln, seine Stirn bekommt tiefe Furchen.

»Dann vielleicht aus Nostalgie? Hanna hat sich an die Zeit mit ihrer Schwester erinnern wollen und das Kleid möglicherweise getragen, wenn es keiner mitbekam.«

Ich zucke die Achseln. Mir geht durch den Kopf, was Wahnknecht über Malis' Verschwinden gesagt hat. Dass er gesagt hat, sie sei einfach abgehauen, ohne ihre kleine Schwester. Ohne sich einmal umdrehen, sozusagen. Wieder passt etwas nicht ins Bild, denke ich, nicht bloß dieses Kleid.

»Wenn Sie schon so laut denken, dass ich es Ihnen ansehen kann«, fordert Wahnknecht mich übermüdet auf, »dann sagen Sie wenigstens, worum es geht.«

»Über Hannas Bett hängt eine Karte, die sie zum Geburtstag bekommen hat«, sage ich. »Alles Liebe, die besten Wünsche und so weiter. Unterschrieben von Malis.«

»Ja und?«

»Sie haben gesagt, Malis sei getürmt. So weit weg wie möglich. Ohne je zurückgekommen zu sein und Hanna abzuholen, dem Anschein nach hat sie es nicht mal versucht. Zumindest sollte es so aussehen. Aber nehmen wir mal an, dass es sich hierbei um eine Inszenierung gehandelt und irgendjemand gelogen hat, sähe das Ganze doch schon anders aus? Welches Mädchen, das von seiner Schwester im Stich gelassen wurde, würde sich ein liebevolles Andenken an sie übers Bett hängen? Hanna hat ihre Schwester bis zu ihrem Tod verehrt, sie glaubte nicht daran, von ihr im Stich gelassen worden zu sein. Warum nicht? Warum hängte sie ihr Herz an diese Karte und legte es in diesen Satz, den sie aufschrieb? Wieso glaubte Hanna, Malis komme zurück?«

Wahnknecht zuckt die Schultern.

»Geschwisterliebe vielleicht? Ich habe einen älteren Bruder, aber um ehrlich zu sein, sind wir ziemlich verschieden. Karsten hat den Hof meines Vaters übernommen und melkt jetzt zweihundertdreißig Kühe, während ich lieber das Abenteuer gesucht habe und zur Polizei gegangen bin.«

»Hätten Sie wirklich das Abenteuer gesucht, säßen Sie jetzt auf der Rückbank des Streifenwagens anstatt hinterm Steuer«, bemerke ich.

Wahnknecht blickt auf. Er legt einen Finger auf den Mund und deutet mit dem anderen an die Decke, als ich plötzlich auch etwas höre. Ein leises Knacken im Holz, so, als bewege sich jemand vorsichtig über uns. Wahnknecht leuchtet die Decke mit der Taschenlampe ab und läuft dem Lichtstrahl hinterher. Kurz vor Hannas Zimmertür bleibt er stehen. Über uns zeichnen sich die Umrisse einer Luke ab, vielleicht einen halben Quadratmeter groß und nur durch einen kleinen Kupfergriff zu öffnen.

»Wie kommt man da hoch?«, stöhnt Wahnknecht. »Hier ist doch weit und breit nichts, um das Ding zu öffnen.«

Er reckt erfolglos seinen Arm.

»Nützt nichts«, sage ich, »wir machen eine Räuberleiter.«

Wahnknecht nickt. Er geht in die Hocke, während ich zittrig in seine Hände steige. Von meiner höllischen Höhenangst braucht er jetzt nichts zu wissen. Mit zusammengebissenen Zähnen ziehe ich die Luke herunter, die sich zu einer ausfahrbaren Treppe formiert, die wacklig in der Luft schwebt. Meine Knie werden so weich, dass ich sie gar nicht mehr spüre.

Als ich mit der Hand am oberen Ende der Treppe einen Holzboden ertasten kann, nicke ich Wahnknecht zu, und er reicht mir die Taschenlampe. Zunächst leuchte ich ins buchstäbliche Nichts. Bloß Finsternis, ein paar Schrägbalken und das Strohdach, das hinter dem Lichtkegel auftaucht. Ein ausgebauter Dachboden also.

Dann klettere ich noch ein Stück weiter, drücke die Knie gegen die letzte Treppenstufe und taste mit den Händen über den Boden. Der Geruch von staubigem Gebälk, hundert Jahre alt oder mehr, von Reet, säuerlichem Rost und toten Motten legt sich auf meine Lungen. Ich atme ein und schließe die Augen. So riecht Zeit, denke ich, genau so.

Als ich die Augen wieder öffne, starre ich plötzlich in die glühenden Augen einer bleichen, ausgemergelten Fratze. Es geht so schnell, dass ich das Gleichgewicht verliere und die Treppe hinunterstürze. Mit einem Knall lande ich auf dem Boden. In meiner Wirbelsäule hämmert ein heftiger Schmerz, und ich bekomme keine Luft mehr. Wahnknecht, den ich mit mir hinuntergerissen habe, stöhnt und versucht sich dann, unter mir hervorzuziehen. Schließlich beugt er sich über mich und ruft mir irgendetwas zu, aber ich kann ihn nicht verstehen, weil ich bereits dabei bin, das Bewusstsein zu verlieren.

– – –

Es ist warm, nein, es ist heiß. So unerträglich heiß, als hätte jemand die Heizung auf höchste Stufe gestellt und mich in Daunendecken gewickelt. Langsam öffne ich die Augen, blinzle. Draußen ist es hell. Die Sonne spiegelt sich auf dem Tau der Tannennadeln vor dem Fenster. Ich halte mir die Hand vors

Gesicht und erschrecke, als ich bemerke, dass ein Schlauch in meiner Vene steckt.

»Mensch, da sind Sie ja wieder!«

Lächelnd schiebt Wahnknecht sich vor mein Gesicht.

»Wie fühlen Sie sich? Brauchen Sie irgendetwas?«

Er will mir ein Glas reichen, doch ich schüttle den Kopf. Langsam verstehe ich. Ich liege im Krankenhaus, angeschlossen an den Tropf und von Wahnknecht unter Beobachtung, wer weiß, wie lange schon. Mein Schädel brummt.

»Was ist passiert?«, frage ich, als im nächsten Moment die Bilder zurückkommen. Der tote Windisch, die Polizei, Hannas Zimmer. Halt.

»Der Dachboden«, sage ich.

Wahnknecht nickt.

»Von dort sind Sie runtergefallen, direkt auf mich drauf. War aber nicht so schlimm für mich.«

Er lächelt.

»Sie haben zwei gebrochene Rippen, deswegen haben Sie keine Luft mehr bekommen und sind ohnmächtig geworden. Ich hoffe, es geht Ihnen jetzt besser?«

»Bin mir nicht sicher«, murmele ich. »Vielleicht hat mir die Ohnmacht besser gefallen. Mein Körper fühlt sich an wie überfahren.«

Auf einmal sehe ich das Paar Augen vor mir, das mich zerrissen aus der Dunkelheit anstarrte. Ein

schmales, aufgeschrecktes Gesicht, weiß und kno-
chig.

»Was war das dort auf dem Dachboden?«, frage
ich. »Ich konnte nichts als Angst erkennen. Wenn
Sie eine Aussage von mir brauchen, könnte ich Ihnen
nicht mal sagen, ob es ein Mensch war.«

Wahnknecht nimmt einen Schluck Wasser, zieht
die Hosenbeine hoch und lässt sich schwer in den
Besucherstuhl neben dem Bett sinken.

»War es Malis?«

Er schüttelt den Kopf.

»Das, was Sie da oben entdeckt haben, ist Windischs Knecht Severin, Nachname wissen wir noch
nicht. Er sagt, er habe für Windisch schwarzgearbei-
tet und zum Ausgleich habe der Bauer ihn auf dem
Dachboden versteckt. Soviel wir wissen, ist er min-
derjährig und von zu Hause abgehauen. Er kommt
eigentlich aus einem kleinen Dorf irgendwo in Bayern. Wollte so weit weg wie möglich. Irgendwoher
kennen wir die Geschichte schon, nicht wahr?«

»Ausgerechnet auf dem Hof von Windisch landet
der Junge? Grausamer Zufall«, bemerke ich.

»Vielleicht nicht unbedingt«, entgegnet Wahnknecht. »Soweit wir in Erfahrung bringen konnten,
haben die beiden eine Art düstere Abmachung miteinander getroffen. Severin hatte sich von Windischs
Mädchen fernzuhalten, die wollte der Bauer für sich
allein haben. Was für den Jungen kein Problem dar-

stellte, denn nach eigener Aussage ist Severin homosexuell und nicht an Mädchen interessiert, weswegen sie ihn daheim in seinem katholischen Dorf zum Abschuss freigegeben hätten. Für Windisch war es der perfekte Deal: Er bekam einen billigen Lakaien und musste sich keine Sorgen machen, seine Töchter mit jemandem zu teilen. Dieser Schweinepriester!«

Als Wahnknecht sieht, dass ich mir vor Kopfschmerzen die Schläfen knete, fingert er ein paar Ibuprofen aus einer Schachtel und reicht sie mir mit Nachdruck.

»Natürlich ist der Junge verdächtig«, fährt er fort. »Aber ehrlich gesagt kann ich mir nicht vorstellen, dass es sein Sperma ist, das wir in Hanna Windisch gefunden haben. Oder dass dieser ausgehungerte Halbwüchsige den hundertdreißig Kilo schweren Bauern so mir nichts, dir nichts erschlagen und in eine Box schleifen kann. Das überprüfen wir zurzeit jedoch alles noch.«

Mitleidig schaut Wahnknecht mich an.

»Lassen Sie das«, brumme ich. »Ich habe nur ein paar blaue Flecke, kein Grund, Ihr Beerdigungsgesicht aufzusetzen. Wenn ich hier wieder raus bin, werden wir den Mörder schon finden.«

»Wir?«

Wahnknecht zieht wieder seine mahnende Braue in die Höhe.

»Einen Mörder dingfest zu machen ist immer

noch Sache der Polizei. Solange Sie also noch keine Umschulung gemacht haben, und ich möchte doch sagen, dass so eine Ausbildung wirklich nicht jeder schafft, ist die Überführung eines Schwerverbrechers immer noch meine Aufgabe. *Meine!*«

Er greift nach dem Schalter für mein Bett und probiert willkürlich alle Knöpfe aus, bis das Kopfteil nach oben schnellt und ich die Schmerzen in meinem Rücken wieder spüre. Ich schreie auf, worauf Wahnknecht erschrocken zusammenzuckt. Entschuldigend blickt er mich an.

»Das wollte ich nicht, tut mir leid. Also, wenn Sie unbedingt drauf bestehen, kann ich Sie ja ab und an mal über den neuesten Stand der Ermittlung informieren, wenn Sie verstehen, was ich meine.«

Er schneidet eine Grimasse.

»Das ist Ihr Ding, oder?«

»Was meinen Sie?«, frage ich. »Mich in beschissene Situationen zu manövrieren? Ja, total.«

»Nee, nach etwas zu jagen, meine ich. Warum sind Sie nicht zur Polizei gegangen mit Ihrem Spürsinn?«

Da ist sie wieder. Die gleiche Frage hat Tim mir kurz nach unserer Hochzeit gestellt. Wir saßen über einem Fall, in dem es um einen verschwunden Jungen ging. Ich wusste seinen Namen nicht, und vielleicht wollte ich ihn auch lieber nicht wissen, um ihn für mich dort zu lassen, wo er war. Der Junge war acht Jahre alt. In diesem Alter kommt man entweder unmittelbar nach der Schule nach Hause, oder man kehrt gar nicht mehr zurück. Wir sind jeden seiner unsichtbaren Schritte nachgegangen, und ohne es zu bemerken, begann ich eines Tages denselben Weg, den der Junge genommen hatte, abzulaufen, während ich noch immer nach ihm suchte. Ich untersuchte jeden Stein, jeden Zweig, jeden Fleck auf dem Boden, doch selbst wenn es eine Spur gab, konnte ich sie nicht finden. Tim sagte, wenn ich damit nicht aufhörte, würde ich den Verstand verlieren. Ich sagte, was ist schon mein Verstand gegen ein Kind.

8

Fast eine Woche muss ich im Krankenhaus bleiben, weniger war aus den Verhandlungen mit dem Chefarzt nicht herauszuholen. Eigentlich ist es nicht das Essen oder die kalte Bettwäsche, die einen vertreibt, sondern die Monotonie, mit der man aus dem Fenster starrt, auf den Fernseher, auf die eigenen Hände oder den Bettnachbarn, wenn er schläft. Allerdings habe ich keinen festen, und für gewöhnlich wird kein Zweitbett für länger als sechs Stunden in mein Zimmer geschoben. Das einzig Gute am Krankenhaus ist sein unverkennbarer Geruch. Ein Krankenhaus riecht immer gleich nach Desinfektionsmittel, in jedem Saal und Gang, was etwas Beruhigendes hat oder etwas Benebelndes. Man muss es entweder als ätzend empfinden oder das Bedürfnis haben, es zu inhalieren wie frisches Benzin. Es bedeutet Ordnung und Sauberkeit in einer Welt des nackten Chaos, einer Welt der Pilze, Viren und Bakterien. Sie sind überall, nur hier sind sie nicht, denn hier liegt der Duft des Sieges in der Luft. Nachdem ich die ersten achtundvierzig Stunden fast ausschließlich mit

Schlafen verbracht habe – mit Ausnahme der nächtlichen Ruhestörungen durch die Krankenschwestern jeweils um halb drei und dann noch mal um sieben –, stellt sich nach dem Wochenende eine unliebsame Langeweile ein, deren einzige Unterbrechung aus Wahnknechts täglichen Besuchen nach Feierabend besteht. Für gewöhnlich bringt er mir Pralinen oder Groschenromane mit, aus denen er unaufgefordert vorzulesen beginnt. Ich kann mich nicht erinnern, wann ich seit meiner Kindheit, als Mutter meiner Schwester und mir aus *Die Dornenvögel* vorlas, so schnell müde wurde. Immer wenn Wahnknecht seine Stimme anhebt und zu lesen beginnt, ist mir, als wäre ich noch einmal sieben Jahre alt und säße neben Mutter im Bett, die bei der verbotenen Liebesgeschichte zwischen Priester Ralph de Bricassart und seiner Meggie Cleary alles um sich herum vergisst. Also nicht Meggie, sondern meine Mutter, die gern an Meggies Stelle gewesen wäre, aber das ging nicht, weil wir nicht katholisch sind. Auch dass ich erst sieben war und morgen zur Schule musste und von all diesen geheimen Gefühlen zwischen dem Mann Gottes und der eigentlich frommen Farmerstochter noch überhaupt keine Ahnung hatte, blendete Mutter aus. Nach ein bis zwei Stunden, wenn ich für gewöhnlich schon eingeschlafen war, löschte sie irgendwann das Licht und schloss die Tür, und obwohl ich bis heute jede Dornenvögel-Wiederholung im Fernsehen umgehe, wird mir immer noch so wohlig, wenn ich jemandem beim Vorlesen zuhöre, dass ich einschlafe, ehe das Kapitel zu Ende ist.

Wie lange Wahnknecht an meinem Bett sitzt und wartet, weiß ich nicht. Aber er kommt immer wieder, als wäre ich das beste Publikum der Welt, und beginnt jedes Mal mit dem gleichen, alles erfüllenden Strahlen im Gesicht, wenn er die Seiten seines Groschenromans aufschlägt.

Am Mittwoch sinken die Temperaturen um fast zehn Grad. Wahnknecht kommt um halb sechs und hat sich heute einen Schal um den Hals gewickelt. Wie gewohnt lässt er sich in den Besucherstuhl fallen und reißt eine mitgebrachte Tüte Spekulatius auf.

»Wollen Sie wissen, woran Windisch gestorben ist?«, fragt er mit vollem Mund. Ich deute ihm mit einer Kopfbewegung an, fortzufahren. »Schwerer Schlag auf den Hinterkopf, ausgeführt mit einen spitzen Stein. Der Bauer hatte ein richtiges Loch im Schädel, so groß, dass man eine ganze Faust hineinstecken könnte.«

Wenn ich nicht wüsste, dass der menschliche Körper Wahnknecht im Allgemeinen zuwider ist, würde ich vermuten, dass er es ausprobiert hat.

»Totschlag«, fasse ich zusammen. »Also kein überraschender Herzinfarkt beim Füttern der Schweine.«

Wahnknecht schüttelt den Kopf.

»Obwohl so ein Infarkt wohl nicht mehr allzu lang auf sich hätte warten lassen, nehme ich an.«

Er streift seine Schuhe ab und lümmelt die Füße auf mein Bett.

»Hat man die Tatwaffe, wenn man das so nennen will, am Tatort gefunden?«

»Da nicht, aber auf dem Acker nebenan. Derselbe, auf dem wir Hanna gefunden haben.«

»Waren da Fingerabdrücke auf dem Stein?«

»Den Gefallen hätte der Täter uns ruhig mal tun können. Er hat entweder Handschuhe getragen oder ein Stück Stoff um den Stein gewickelt, das haben wir anhand der Blutspritzer erkennen können. Ich finde es ja faszinierend, dass man aus so was eine Tat regelrecht ablesen kann, wussten Sie das?«

»Ich glaube nicht, dass der Stein dort zufällig lag«, überlege ich laut. »Er sollte dort gefunden werden, oder zumindest sollte er dort liegen. Der Mörder wollte, dass die Fährte zu seinem letzten Opfer zurückführt. Haben Sie Fußabdrücke genommen?«

»Da waren keine. Auf dem ganzen Feld nicht. Nur ein paar Hufspuren, vermutlich Damwild. Der Mörder muss an einer Stelle gestanden haben, von wo aus er sich sicher war, keine Fußspuren zu hinterlassen. Er befand sich also entweder noch auf dem Hof, oder er stand auf dem Fernwanderweg zur Straße hin, ungefähr dort, wo Sie Hanna Windisch entdeckt haben.«

Das habe ich gar nicht, denke ich, gefunden haben sie die Kolkraben.

»Was ist mit diesem Jungen? Hat er bemerkt, dass jemand auf dem Hof war?«

»Er hat ausgesagt, dass der Bauer wie jeden Abend gegen sieben Uhr rausgegangen sei, um die Schweine zu füttern. Zuvor seien sie sich noch im Haus begegnet. Windisch habe ihn wegen irgendetwas angeschnauzt, ich glaube, er hat Severin unterstellt, Geld geklaut zu haben.«

Wahnknecht schneidet eine Grimasse.

»So wie ich den Alten kenne, hat der das selber auf den Kopf gehauen, beim Saufen oder für Schmuddelfilme. Das Schlafzimmer war voll davon, seien Sie froh, dass Sie das nicht sehen mussten! Schulden hatte Windisch auch. Hat seine unbezahlten Rechnungen unters Tischbein geklemmt, damit der schiefe Tisch nicht mehr wackelt.«

»Und was ist mit Hanna?«, frage ich. »Hatte Severin näheren Kontakt zu ihr?«

»Sie sind sich wohl manchmal über den Weg gelaufen, aber mehr als eine oberflächliche Bekanntschaft ist da nie daraus geworden. Durfte ja auch nicht.«

Ich gebe einen grüblerischen Laut von mir. Severin hatte Angst, Angst vor Alfred Windisch, vor seiner eigenen Familie, vor der Polizei. Zugleich verfolgte er aber auch kein sexuelles Interesse an Windischs

Töchtern, also dürfte er beiden kaum nahegestanden haben. Und dennoch könnte dieser merkwürdige Junge, der dort oben wie ein Tier in seinem düsteren Versteck gelebt hat, mehr mitbekommen haben, als ihm möglicherweise bewusst ist.

»Morgen werde ich entlassen«, sage ich. »Wie ich Sie kenne, werde ich Sie nicht davon abhalten können, mich abzuholen und nach Hause zu fahren.«

Lächelnd neigt Wahnknecht den Kopf. »Wenn's sein muss.«

»Aber bevor Sie das machen«, sage ich, »möchte ich Sie bitten, noch einmal mit Severin zu sprechen und ihm eine Frage zu stellen.«

»Was wollen Sie denn von dem Jungen wissen?«

»Ich glaube, dass Severin vom Dachboden aus ziemlich gut hören konnte. Wenn mich nicht alles täuscht, verläuft der Boden auch über Hannas Zimmer. Fragen Sie Severin, ob er Hanna in der vergangenen Zeit, sagen wir, in den letzten Monaten weinen gehört hat.«

Wahnknecht nickt, während ich rede, zum Zeichen, alles verstanden zu haben. Als ich geendet habe, stoppt er abrupt und schaut mich ungläubig an.

»Das ist alles, was Sie wissen wollen? Wir haben es hier eventuell mit einem Mehrfachmörder zu tun, in jedem Fall aber mit einem Gesetzlosen, der sich vor der Polizei auf dem Dachboden versteckt hielt, wer weiß wie lange schon, und Sie wollen den bloß mal fragen, ob die kleine Windisch manchmal geweint hat?«

»Wir glauben doch beide nicht daran, dass dieser hagere Junge den drei Zentner schweren Bauern einfach so erschlagen und den Schweinen vorgeworfen hat«, antworte ich. »Gehen wir mal davon aus, dass derjenige, der den Bauern getötet hat, auch dessen Tochter umgebracht hat. Der Täter kennt den Hof und die Familie. Vielleicht kannte er *alle* Familienmitglieder, also auch das zweite Mädchen. Möglicherweise ist er der Grund, warum Malis Windisch vor einem Jahr spurlos verschwand.«

»Mir ist ein verschwundenes Mädchen immer noch lieber als ein totes«, bemerkt Wahnknecht düster.

»Mir auch«, erwidere ich. »Aber das Mädchen, von dem Hanna immer noch glaubte, es komme eines Tages zurück, *konnte* möglicherweise niemals zurückkehren.«

Wahnknecht wirft die zusammengefaltete Kekstüte in den Mülleimer, steht auf und wickelt sich in seinen Mantel.

»Ich will diesem Jungen nicht geraten haben, irgendwas mit alldem zu tun zu haben. Wir zwei sehen uns morgen.«

Am nächsten Tag nach dem Frühstück, das ich ausgelassen habe, parkt Wahnknechts Auto um Punkt acht Uhr vor dem Krankenhaus. Als ich auf dem Beifahrersitz Platz nehme, durchfährt mich ein heftiger Schmerz. Ich beiße die Zähne zusammen und atme so flach wie möglich durch den Bauch.

»Es ist wohl besser, wenn Sie noch etwas im Krankenhaus bleiben, oder?«

Wahnknecht bleibt mit dem Zündschlüssel in der Hand stehen. Ich schüttle den Kopf und deute auf eine seiner Kassetten, die überall im Auto herumliegen. Das lässt Wahnknecht sich nicht zweimal sagen, weshalb wir zu den Klängen von *Can't Buy Me Love* und *She Loves You – Yeah Yeah Yeah* aus der Stadt holpern.

Über sieben Kilometer schlaglöchrige Landstraße, und alles, was ich sehe, ist Wald, Wald und schließlich noch etwas Wald. Die Sonne scheint durch die Blätter, die jetzt ihre Farbe wechseln von Grün zu Gelb zu Rostrot und langsam zu Boden gleiten, um sich an den Straßenrand treiben zu lassen. So viel Stille dort draußen. Ich schließe die Augen und stelle sie mir vor. Wahnknechts Kopf wackelt zum Takt von *Ticket To Ride* hin und her. Er lächelt mich an.

»Sagen Sie ruhig, wenn wir mal anhalten sollen, Sie sehen blass aus.«

»Das ist meine natürliche Bräune. Was hat der Junge gesagt, hat Hanna Windisch geweint?«

»Nein«, antwortet Wahnknecht, während er die

Musik leiser dreht, »Severin war über die Frage im Übrigen nicht weniger überrascht als ich. Aber er sagt aus, von Hanna praktisch nie einen Ton gehört zu haben. Sie seien sich einen Tag vor ihrem Tod auf der Treppe begegnet und hätten sich gegrüßt, und das sei mehr, als er in den Monaten zuvor von ihr gehört hätte. Er sagt, er habe eine Zeitlang geglaubt, sie sei stumm.«

»Ich glaube, Hanna ist, egal, was passiert ist, nie verzweifelt gewesen«, überlege ich laut. »Sie hat nicht aufgegeben, und deshalb hat sie auch nie geweint. Sie dachte, ihre Schwester warte noch irgendwo auf sie.«

»Ach, bloß weil das Mädchen keinen Mucks von sich gegeben hat, soll sie nie geweint haben? Es gibt doch auch Menschen, die still trauern, oder nicht?«

Ich denke an den Moment draußen an den Klippen, an dem Morgen, nachdem es geregnet hatte. An Lissy in dem Gebüsch, wie sich das angefühlt hat. Und ich denke an Tim. Wie sich der Boden unter einem auftun kann und man fällt und trotzdem nicht weint. Man nicht weinen kann, manchmal geht es einfach nicht, obwohl es das Beste, das einzig Richtige in dem Moment wäre, würden die anderen sagen, damit man loslässt und sich erholt, aber dann geht es nicht, irgendwie klemmt was. Oder man hatte einfach zu viele von den sedierenden Pillen aus der Schublade im Nachttisch.

Wahnknecht hat recht, denke ich, es gibt diese Menschen. Aber die meisten anderen sind im Gegensatz zu uns in der Lage, ihren Gefühlen freien Lauf zu lassen, sie verstecken sich nicht vor ihnen.

»Hanna war ihrer Schwester nicht böse«, sage ich. »Sie hat Malis' Kleid angezogen in der Nacht, als sie starb. Wissen Sie, wie das aussieht? Es sieht danach aus, als habe sie sich zurechtmachen wollen, und das Kleid war ihre Erinnerung an eine Schwester, von der sie bis zuletzt geglaubt hat, dass diese sie holen und von ihrem Vater wegbringen werde.«

»Das könnte bedeuten«, schließt Wahnknecht, »sie hat sich das Kleid angezogen, weil sie dachte, in dieser Nacht werde es endlich passieren. Aber wie kam Hanna darauf? Wir haben keinen Hinweis darauf gefunden, dass Malis zurückgekehrt sein könnte.«

»Genau. Also muss jemand Hanna erzählt haben, dass es so sei. Er wollte, dass ihre Schwester für sie lebendig bleibt, und er wollte, dass Hanna ihm folgt, so, wie sie es tatsächlich getan hat.«

Nachdenklich blickt Wahnknecht auf seine Hände, die sich langsam um das Lenkrad drehen.

»Jemand könnte sie in der Nacht aus dem Haus gelockt haben.«

»So hätte ich es gemacht«, sage ich. »Wir suchen nach einem Menschen, der längst Teil ihres Lebens war, und das heißt, wir werden irgendetwas finden, das derjenige in Hannas Leben hinterlassen hat. Irgendeine Spur wird zu ihm zurückführen.«

Ohne ein Wort darüber zu verlieren, nehmen wir im stillen Einverständnis den langen Weg, der östlich ins Dorf und damit an Windischs Hof vorbeiführt. Wahnknecht parkt den Wagen an der Seite, da das gesamte Grundstück immer noch abgesperrt ist. Er läuft um den Wagen herum, und weil ich nicht schnell genug bin, öffnet er mir die Tür mit einer ausladenden Geste. Als wir auf das Haus zugehen, fällt mir auf, dass der Rasen vor den Fenstern umgegraben wurde.

»Das sieht aus, als hätte jemand einen Dinosaurier ausgraben wollen«, überlege ich.

Wahnknecht zuckt die Achseln und stochert mit einem Stock in einem der knietiefen Löcher.

»Den hätten wir wahrscheinlich eher gefunden als Hannas Schwester.«

»Ist es deswegen?«, frage ich. »Haben Sie Malis bereits hier unter der Erde gesucht, während ich im Krankenhaus war?«

»Ja, manchmal ist es für einen Elternteil der kürzeste Weg, sein Kind im eigenen Garten zu begraben. Vor allem, wenn man es selbst umgebracht hat.«

»Wir sollten noch einmal hingehen«, sage ich, »uns im Haus umschauen.«

Wahnknecht nickt und wirft das Stöckchen ins Gebüsch.

Windischs Haus ist ein Phantom. Lange bleibe ich im Türrahmen stehen und blicke in die Stube. Die Möbel wurden abgedeckt, alle Gardinen vor die Fenster gezogen, und irgendwo zwischen der stehengebliebenen Zeit und der Wirklichkeit muss sich ein Tier ins Gebälk geschlichen haben und dort gestorben sein. Ich tippe auf eine Maus, auch weil ich die lieber mag als Ratten, die zwar genauso fiepen, was wiederum irgendwie niedlich klingt oder zumindest sehr ähnlich niedlich klingt wie bei den Mäusen, aber der Unterschied liegt in den Schwänzen, die klopfen, was wie ein ausgewachsenes Trommeln klingt, wenn sie über den Boden laufen, so dass man immer genau hören kann, wo sie sind und dass sie näher kommen. Außerdem bin ich mir inzwischen ziemlich sicher, dass es eine Maus ist, weil ich ihren kleinen Schwanz sehen kann, der oben aus einer Ritze in der Decke baumelt.

Ich drehe mich rasch um. Mit der Hand in der Hosentasche trottet Wahnknecht kopfschüttelnd und sichtlich resigniert die Treppe herunter.

»Nichts gefunden. Ein drittes Mal geh ich jedenfalls nicht in Windischs Schmuddelzimmer.«

»Bei Hanna war auch nichts, was uns hätte weiterbringen können. Wäsche, ein paar Möbel, die Poster und eine Karte ihrer Schwester zu ihrem zehnten Geburtstag. Das ist alles. Es scheint, als hätte sie gar kein eigenes Leben gehabt. Als hätte es das Mädchen Hanna Windisch nie gegeben.«

Er nickt.

»Genauso wenig wie ihre Schwester. Es gibt kein Zimmer, das danach aussieht, als hätte darin mal ein Mädchen gelebt. Nur ein leerer, weißer Raum hinter der Küche. Die Kerben im Fußboden lassen darauf schließen, dass dort etwas Schweres gestanden haben könnte, vielleicht ein Bett.«

»So was kann man leicht als Sperrmüll an die Straße stellen. Aber vielleicht hat Windisch das nicht mit all den Habseligkeiten seiner Tochter gemacht. Unter Umständen ist noch etwas davon hier im Haus, an einem Platz, wo er es nicht sehen muss.«

Wahnknecht kratzt sich wieder die verdächtige Stelle am Hinterkopf.

»Also, das wäre dann wohl der Keller.«

»Sehen Sie hier irgendwo einen?«, frage ich. Er schüttelt den Kopf.

»Und wenn es keinen gibt, wo bleibt man dann mit den Erinnerungen?«

Er schaut mich triumphierend schräg von der Seite an.

»Dort, wo Sie ganz bestimmt nicht mehr hinwollen«, deutet er an die Decke und grinst.

Fünf Minuten später stehe ich mit der Taschenlampe am Fuß der Dachbodentreppe und leuchte in den schwarzen Schlund, während Wahnknecht in seinen sehr großen Schuhen über den Dachboden schlurft.

141

Ab und zu bleibt er stehen und hustet. Dann räumt er ein paar Kisten aus dem Weg, wirbelt Staub auf und hustet erneut, bis er schließlich zu fluchen beginnt.

»Haben Sie schon was gefunden?«, rufe ich.

Dann ist ein Ächzen zu hören, von dem ich nicht sagen kann, ob es das Gebälk ist oder Wahnknecht. Er stampft zur Luke zurück, streckt den Kopf heraus und reicht mir zwei rote, plastiküberzogene Bücher entgegen. Vorsichtig klappe ich eines auf und beginne zu lesen. Zunächst Wort für Wort, dann schneller.

»Und?«, keucht Wahnknecht, während er die Treppe herunterklettert. »Bin ich gut oder nicht? Gleich den richtigen Riecher gehabt und auf ein paar Tagebücher gestoßen. Bei jungen Mädchen sind die Gold wert. Glaub ich.«

»Kann sein«, antworte ich abwesend. »Habe nie welche geschrieben. Aber meine Schwester hat Tagebuch geführt, jahrelang. Sie hat über alles geschrieben, ihre Träume, ihre unerfüllten Sehnsüchte, ihre ganzen Probleme. Die meisten davon waren über einen Meter achtzig groß und hatten immer irgendwie Ähnlichkeit mit Mick Jagger. Einmal, als meine Schwester mal wieder eine ihrer schwierigen Phasen durchlitt, bot Mutter mir zehn Mark an, wenn ich in ihrem Tagebuch lesen und ihr nachher sagen würde, was in meiner Schwester um alles in der Welt vor sich geht.«

»Und? Haben Sie es getan?«

Ich schüttle den Kopf.

»Nicht direkt. Ich habe einen Leserbrief aus der Bravo, die meine Schwester sammelte, zitiert und zehn Mark mehr ausgehandelt.«

»Ach, und Ihre Mutter hat nichts gemerkt?«

»Nein, das tut sie eigentlich nie. Aber nach der Sache ging sie einen Sommer lang davon aus, dass meine Schwester lesbisch sein muss, und ließ uns beide lieber in Ruhe.«

Ich klappe das Buch zu und deute mit der Taschenlampe an die Decke.

»Sie sind da oben fertig? Sonst noch irgendwas entdeckt, das uns nützlich sein könnte?«

Wahnknecht schüttelt den Kopf und gibt der Treppe einen Tritt, woraufhin diese sich wieder zusammenfaltet.

»Ein paar Kisten mit Kleidung und eine mit Schulbüchern, aber ich denke, das Beste, das ich finden konnte, ist das, was Sie gerade in der Hand halten.«

»Dann werde ich schon mal Teewasser aufsetzen«, antworte ich, »und meine Brille.«

9

Malis Windischs Handschrift ist die sauberste, die ich je gesehen habe. Jede Seite ihrer Tagebücher hat sie mit einer Sorgfalt gefüllt, dass die Zeilen aus blauer Tinte aussehen wie die Komposition einer Ouvertüre. Sie führte in unregelmäßigen Abständen Tagebuch, am 7. November 1990 der erste Eintrag, Malis war zu diesem Zeitpunkt elf Jahre alt. Es ist der Tag, als die Schwestern von dem Unfalltod ihrer Mutter erfahren.

Die Polizei war heute Morgen in unserem Wohnzim-mer. Papa saß in seinem Sessel und sagte kein Wort, während der junge Polizist mich anschaute und dann seine Mütze in die Hand nahm. Er sagte ganz langsam ES TUT MIR LEID, DEINE MUTTER KOMMT NICHT WIEDER. Er guckte mich lange an und wollte dann auf mich zugehen. Da sprang Papa auf und sagte dem Polizist, er solle verschwin-den. Ich glaube, der Polizist hatte Angst vor Papa. Ich wollte wissen, was der Polizist gemeint hat. Ich rief es so laut, dass Hanna aufwachte und aus ih-

rem Zimmer kam mit ihrer Puppe in der Hand, Frau Montag. Sie blieb oben an der Treppe stehen und ich schrie PAPA, WAS HAT DER POLIZIST GE-MEINT, PAPA, PAPA.

Er kam auf mich zu und sah Hanna und mich an. Dann machte er die Tür zu. Hanna begann zu weinen, und ich wollte auch, aber ich konnte nicht. Unser Auto steht nicht mehr vor unserem Haus, ich weiß nicht, wohin Mama gefahren ist. Wieso kann man von dort nicht wieder zurückkommen?

Ich drücke die Zigarette aus und blicke aus dem Fenster.

»Fühlt sich nicht besonders gut an, in die Vergangenheit zu reisen«, seufzt Wahnknecht. »Wenigstens haben Sie den Teil bekommen, in dem Malis noch keinen regelmäßigen Besuch von ihrem Vater bekam.«

»Wenn Sie tauschen wollen, bitte. Für mich schmeckt der eine Teil wie der andere.«

Wir schieben einander die beiden rostroten Plastikbücher über den Küchentisch zu und beginnen von Neuem.

»Wie weit sind Sie gekommen?«, frage ich.

»17. März letzten Jahres, da schreibt Malis über ihre erste Begegnung mit Daniel Marquard. Sie fand ihn wohl sehr toll.«

Wahnknecht verdreht die Augen.

Ich suche nach der Seite und schlage sie auf. Nach

einigen Momenten blättere ich weiter, auch aus einem Eintrag vom 30. desselben Monats geht Malis' wohl recht einseitige Zuneigung zu dem Fußballtrainer hervor.

»Sie schwärmte für ihn«, fasse ich zusammen. »Aber so wie sich das hier anhört, war sich Malis bewusst, dass Marquard sich eher für eine andere interessierte. An einer Stelle erwähnt sie sogar das Mädchen, sie heißt Pia Nyquist. Malis schreibt: *Alle wissen, dass Daniel noch immer in Pia verliebt ist und dass sie sich treffen, auch wenn er etwas anderes behauptet.*«

Unvorbereitet kracht Wahnknechts Faust auf den Küchentisch. Er hat wieder diesen aufgebrachten Ausdruck, der nicht in sein Gesicht passt.

»Ich hab's gewusst! Dieser verdammte Hund, diesmal kriege ich Daniel dran.«

»Kriegen Sie sich lieber wieder ein«, entgegne ich bloß. »Ein verschwundenes Mädchen ist weitaus wichtiger als die Romanze zweier Fußballverrückter. Außerdem kann diese Pia längst achtzehn sein. Wer weiß, vielleicht hat Marquard aus der Sache damals ja gelernt.«

Als ich weiterblättere, fällt plötzlich etwas zwischen den Seiten heraus. Erstaunt halte ich es ins Licht.

»Was haben Sie denn da? Sieht nach einer Blume aus.«

»Ein getrocknetes Rosenblatt«, antworte ich und drehe es vor der Lampe. »Das gleiche lag auch in der Karte von Hanna. Es muss nicht viel bedeuten, doch es fühlt sich an, als hielte ich die Verbindung zweier Menschen in der Hand, die es eigentlich nicht mehr gibt. Ein komisches Gefühl, wir kennen uns nicht.«

Nachdenklich lege ich das Blatt beiseite.

»2. April 1995. Wir haben uns am See wiedergetroffen. Gestern nach der Schule hatte er schon denselben Weg, und heute haben wir uns gleich wieder gesehen, das hat etwas zu bedeuten. Wenn man nicht an Zufälle glaubt, glaubt man ans Schicksal. Das heißt, die Dinge werden sich einmal zusammenfügen, und alles wird gut. Er hat im Wald ein Feuer gemacht, als hätte er gewusst, dass das Wetter sich ändern wird und mir kalt sein würde nach dem Schwimmen. Wir haben da oben gesessen, bis es dunkel wurde. Ich glaube, ich kann ihm alles sagen. Wenn wir uns wiedersehen, werde ich das tun.«

Wahnknecht knurrt irgendetwas und seufzt dann theatralisch.

»Wieso steht denn da bloß kein Name? Malen Mädchen sonst nicht Herzen mit den Namen oder wenigstens den Anfangsbuchstaben ihres Schwarms? Das hätte Malis Windisch gern auch mal tun dürfen.«

»Nein, nichts«, erwidere ich. »Vielleicht hat diese Anonymität einen Grund. Malis wollte nicht, dass jemand von ihm weiß. Zumindest sollte niemand seinen Namen wissen, so dass er immer noch unerkannt bleiben konnte. Womöglich hatte Malis Angst, ihr Vater würde die Tagebücher lesen und denjenigen aufsuchen, wenn er dessen Namen wüsste. Bei Daniel Marquard war die Sache vielleicht noch nicht so gefährlich, oder Malis war sich sicher, Marquard hätte sich gegen ihren Vater durchsetzen können. Windisch war ein cholerischer, zutiefst eifersüchtiger Mensch. Wenn Malis' Schwarm, den sie hier nicht namentlich nennen will, vielleicht körperlich nicht die Kräfte hat, sich gegen Alfred Windisch zu wehren, hätte dieser ihn wahrscheinlich mit einem Hieb erschlagen können. Auf wen auch immer Malis im April letzten Jahres getroffen ist – sie wollte ihn vor ihrem Vater beschützen.«

Wahnknecht, der bis zu diesem Zeitpunkt auf seinem Bleistift gekaut hat wie auf einer Salzstange, hält abrupt inne und fingert stattdessen in seiner Hosentasche herum, bis er seinen Block mit der unleserlichen Schrift gefunden hat.

»Aha!«, ruft er. »Hier hab ich's. Totschlag, mit einem einzigen Hieb. Treffsicher, zielgenau, hundert Prozent tödlich. Genau so geschah der Mord an Alfred Windisch. Ironie?«

»Sie meinen, der Bauer wurde auf die gleiche Weise ermordet, wie er sich wahrscheinlich an demjenigen gerächt hätte, der seiner Tochter zu nahegekommen wäre? Möglicherweise ein Zufall. Die wenigsten Menschen haben ja Maschinengewehre oder Elektroschocker zu Hause, da muss man sich manchmal was einfallen lassen.«

»Kann sein, kann aber auch nicht sein«, brummt Wahnknecht uneinsichtig. »Der tödliche Schlag war nahezu perfekt. Richtig gut, möchte man sagen, womit ich mich allerdings unwohl fühlen würde. Jedenfalls glaube ich, dass derjenige, der eben diesen tödlichen Schlag ausgeführt hat, sich genau vorgestellt hat, was er empfinden würde, wenn er die Welt von Windisch erlösen würde. Er hatte einen Plan, der Bauer sollte bezahlen. Mehr wollte der Mörder möglicherweise gar nicht, als er Windisch erschlug. Kein Geld, kein Chaos, nichts. Windisch sollte einfach zu existieren aufhören.«

»Wut also«, sage ich, »die hat viele Gesichter. Wird schwer, das eine passende zu finden.«

»Es war jemand, der genau wusste, was Windisch hinter seinen Toren trieb.«

»Weiß das nicht jeder hier im Dorf?«, sage ich. »Dass Malis und Hanna nach dem Tod ihrer Mutter von Windisch offensichtlich zu Sexsklavinnen instrumentalisiert wurden, hätte jeder hier verhindern können, aber keiner hat eingegriffen. Sind das die Dinge, über die man freitagsabends in der Kneipe gewissenhaft schweigt, während man ein paar Biere hebt?«

Wahnknecht blickt mich wütend an. Er steht so heftig vom Tisch auf, dass sein Stuhl umfällt, welcher schlussendlich ja mein Stuhl ist, aber das macht nichts, das hat der Sache nur mehr Ausdruck verliehen, und dann läuft er zum Fenster und blickt hinaus, irgendwo in die Ferne, wo er sich wahrscheinlich nun hin wünscht, weit weg. Ich weiß, er wollte eine andere Sorte Mensch werden und eine andere Sorte Polizist. Jemand, der das Böse vertreiben kann, einfach, weil er zur richtigen Zeit am richtigen Ort ist und die Ordnung in dieser Welt wiederherstellen kann. Aber dann war das Gegenteil passiert.

Bis zum Anbruch der Dunkelheit sitzen wir über vierhundertzwölf Seiten aus Malis Windischs Leben. Ein kurzes Leben in Schmerzen. Alfred Windisch hatte nach dem Tod von Malis und Hannas Mutter nach einem Ersatz für seine Frau gesucht und seine Töchter zu behandeln begonnen wie die Frau, die nicht mehr in seinem Leben war. Er kam Malis das erste Mal zu nahe, als sie zwölf Jahre alt war, und sie schrieb es in aufgelösten Worten auf. Was sie mit ihnen zeichnete, war eine innere dunkle Kammer, in der Malis verschwand, sobald ihr Vater das Zimmer betrat. Sie schrieb, er roch nach der Scheiße der Schweine, aber am schlimmsten war der Geruch seiner Haut, die wie eine alte, nässende Wunde auf ihr lag. Jahrelang.

Außer Daniel Marquards Name taucht kein anderer in den Einträgen mehr auf. Doch, Malis. Es gibt jemanden, der da war, der dir bis kurz vor deinem Verschwinden am 5. Juni des letzten Jahres nahe war, dich am Leben hielt. Immer wieder traft ihr beide an unterschiedlichen Plätzen am Rande des Dorfes wie zufällig aufeinander. Du sprichst vom Schicksal, sagst, kaum eine Begegnung sei verabredet gewesen. Ihr würdet einfach zusammengehören. Es sei Fügung, Glück. Doch dann schlägt deine Stimmung plötzlich um, und von einem Eintrag auf den anderen steht dort:

»Habe ihm nun die Wahrheit gesagt. Er weiß alles. Vielleicht war das dumm von mir, ich dachte, er würde es verstehen. Aber er ist gegangen und sagte, er muss darüber nachdenken, und auf einmal war er ganz anders als sonst. Seit drei Tagen haben wir uns nicht mehr gesehen, jeder davon fühlt sich schwerer an. Ich habe das Gefühl, zu verbrennen. Wenn er nicht zu mir zurückkommt, sterbe ich.«

Ihr letzter Satz. Danach folgen nur noch weiße Seiten. Ich lese alles ganz langsam vor, um nichts auszulassen. Dann klappe ich das Tagebuch zu und gucke Wahnknecht an. Müde blinzelt er gegen das Licht der Petroleumlampe.

»Ich glaube, Malis hat uns soeben gesagt, was mit ihr geschehen ist«, erkläre ich.

»Sie meinen, sie ist tot?«

»Das Mädchen wollte unbedingt bei ihm sein, wer auch immer *er* ist. Sie hätte das Dorf nicht verlassen, solange er hier ist. Das bedeutet, es ist wahr geworden, was sie in ihrer letzten Zeile prophezeit hat.«

»Also Selbstmord aus Liebeskummer«, überlegt Wahnknecht. »Wie bei Romeo und Julia.«

Irgendwas passt nicht in das Bild, überlege ich. Irgendwer hätte was bemerken müssen, die beiden mal zusammen sehen oder Malis' Liebeskummer erkennen. Nichts davon ist der Fall, oder zumindest will niemand etwas wissen. Eine Stadt ist immer laut, während ein ganzes Dorf zusammen schweigen kann.

Wahnknecht streckt sich und gähnt dann ziemlich obszön.

»Da stimmt etwas nicht«, sage ich. »In dem, was Malis in ihrem letzten Tagebucheintrag schrieb, steht noch mehr, als wir gelesen haben. Da drin steht die Wahrheit, aber wir haben sie übersehen.«

»Schlagen Sie noch mal auf«, insistiert Wahnknecht und gießt frischen Kaffee auf den alten.

»Ich kann Ihnen so sagen, was es ist. Es geht um denjenigen, mit dem Malis zu tun hatte, um seine Reaktion.«

»Er hat sich nun mal wegen irgendwas zurückgezogen«, bemerkt Wahnknecht achselzuckend. »Junge Leute und ihre Gefühle – wer soll da schlau draus werden.«

»Malis hat demjenigen etwas gesagt, das ihn zurückgeschreckt hat. Er konnte nicht damit umgehen, möglicherweise wurde er sogar wütend. Auf jeden Fall hat es ihn so aufgeregt, dass er Malis im Stich gelassen hat.«

»Vielleicht hat sie etwas angestellt, oder sie war schwanger?«

»In ihrem Eintrag vom 2. April schreibt Malis, sie sei demjenigen das erste Mal begegnet und sie wolle ihm bald die Wahrheit sagen. Das wollte sie die ganze Zeit. Ich glaube, es ging um das, was ihr Vater getan hat. Sie wollte darüber reden, aber sie konnte nicht. Bis zu jenem Tag – es war der 1. Juni, wenn ich mich recht erinnere – verlor sie kein Wort darüber. Und als sie es doch tat, bekam sie die Folgen davon zu spüren, als wäre es ihre eigene Schuld.«

Wahnknecht schüttelt resigniert den Kopf. »Menschen können so gemein sein.«

»Vor allem können sie gefährlich werden, wenn sie das Gefühl haben, die Kontrolle über eine Situation zu verlieren«, erwidere ich. »Malis Windisch ist an den falschen Menschen geraten. Der eine fing den anderen ab, er hat regelrecht auf sie gewartet, tauchte immer wieder auf, wo sie auch war. Die schicksalhaften Begegnungen, die Malis beschreibt, gleichen eher einem Versteckspiel, er wusste, wo sie sein würde. Am Ende sah alles so aus, als wäre er ihr Ritter, den der Himmel geschickt hätte. Sie verliebte sich,

Liebe geht schnell. Er wartete ab und blieb immer irgendwie in ihrer Nähe bis zu dem Tag, an dem er die Wahrheit über sie erfuhr. Die nicht in seine Welt passte. Nehmen wir an, dieser Mensch, mit dem Malis wahrscheinlich die schönsten Monate ihres Lebens verbrachte, tötete sie. Was hat er dann mit ihr gemacht? Wo ist sie jetzt?«

Das Benzin in meinem Feuerzeug ist leer. Als ich durch den Flur laufe, um meine Jacken nach der Packung Zündhölzer abzutasten, nehme ich sie kurzerhand vom Haken und bedeute Wahnknecht mit einer Kopfbewegung aufzustehen.

»Wohin? Ist was passiert?«

»Dorthin, wo alles begann«, antworte ich.

— — —

Wahnknecht parkt den Streifenwagen am Feldrand und will die Scheinwerfer anlassen, aber nur bis ich sage, dass, wenn wir das machen, wir auch gleich dem ganzen Dorf Bescheid sagen können, was wir hier tun, und da schaltet er knurrend das Fahrzeug aus und sagt, das wisse er schon selbst, aber er wollte es mir halt leichter machen, und ich sage, gut, dann gehen Sie vor.

Mit Taschenlampen ausgerüstet, beginnen wir uns einen Weg durch den Matsch zu bahnen. Lange laufe ich einfach nur geradeaus, ohne die Stelle wiederzufinden, an der Hanna Windischs Leiche lag. Vielleicht war der Weg viel kürzer oder weiter östlich, eigentlich sieht alles sehr gleich aus.

»Wo lag der Stein, den Sie gefunden haben?«, frage ich. Wahnknecht kratzt sich keuchend am Kopf. Dann deutet er auf eine Senke direkt vor einem Knick, der Windischs Grundstück vom Acker trennt. Ich leuchte den Verlauf einer unsichtbaren Linie nach und schätze die Länge auf etwa vier Meter.

»Ein handgroßer Stein, sagten Sie?«

Wahnknecht nickt.

»Jipp. Knapp zwei Kilogramm schwer.«

»Dann muss der Täter noch auf Windischs Hof gestanden haben, als er den Stein entsorgte. Er kennt den Hof und die Bewohner, wusste, wann Windisch zu den Schweinen geht. Da lauerte er ihm auf.«

Es ist stockdunkel, trotzdem mache ich für einen Moment die Augen zu. Kein Geräusch in der Ferne, das mich stört, nur der Wind. Und in den Baumkronen über mir sitzen die Kolkraben mit ihren Glasaugen und wachen über jeden unserer Schritte. Wir haben weggenommen, was ihnen gehörte. Die schöne, reiche Beute mit den langen Haaren, mit der sie spielten und die sie wegzutragen versuchten. Ihr wartet, dass wir sie zurückbringen, euch wiedergeben, was euch zusteht. Aber weil wir es nicht tun werden, werdet ihr uns nie leiden können, wir werden immer die sein, für die ihr uns haltet: Aasdiebe, Räuber.

»Wissen Sie was«, sage ich, »ich glaube, die Sache mit Malis war anders, sie war so was wie ein Unfall. Man kann etwas wollen und es dann doch so sehr bereuen, dass man sich nicht wiedererkennt. Ihr Mörder hat sie vielleicht nicht wirklich töten wollen, dafür mochte er sie womöglich zu gern. Und trotzdem ist es wohl passiert. Dann hat er sie verschwinden lassen, aber so, dass sie in seiner Nähe blieb. Wahnknecht«, sage ich, »Sie meinten, der Hof sei abgesucht worden, ohne eine einzige Spur auf den Verbleib von Malis' Körper, richtig?«

Er nickt unschlüssig.

»Malis ist trotzdem hier«, flüstere ich, »wir haben sie nur übersehen.«

– – –

Kraftlos schlurft Wahnknechts mit schweren Sohlen über den Hof. Dann bleibt er stehen und blickt zu den Stallungen hinüber.

»Aufgefressen von den eigenen Schweinen«, sagt er gewissermaßen befriedet. »Kein schöner Tod. Aber Alfred Windisch war auch kein schöner Mensch.«

»Hanna lag also auf dem Feld neben dem Hof ihres Vaters.«

Ich zeichne mit den Händen eine Verbindung vom Acker zum Grundstück.

»Die Leiche von Alfred Windisch lag im Stall dort

drüben, beide in unmittelbarer Nähe zueinander. Ich glaube, dass Malis sich ebenfalls in diesem Umkreis befinden muss. Vielleicht sogar hier auf dem Hof.«

»Aber da war doch nichts«, stöhnt Wahnknecht. »Wir haben alles abgesucht: Stall, Haus, Scheune, *Garten*, wenn man das so nennen kann.«

»Ja, aber irgendwas müssen Sie ausgelassen haben«, falle ich Wahnknecht ins Wort. »Irgendwo hier gibt es eine Stelle, die für den Mörder geeignet genug schien, einen Menschen verschwinden zu lassen, ohne dass er ihn begraben musste. Das wäre aufgefallen.«

»Warum sollte er Malis nicht in der Erde versenkt haben? Wir sind hier nicht in der Großstadt, in der man sich erst durch den Beton fressen muss, um etwas verschwinden zu lassen. Schauen Sie sich um, überall bester Mutterboden.«

»Ich glaube, der Mörder wollte, dass wir sie finden«, antworte ich, es ist nur ein unbestimmtes Gefühl, es könnte falsch sein. Für einen Augenblick sitze ich wieder mit Tim im Wohnzimmer, es ist Abend, er wischt sich die Müdigkeit aus dem Gesicht und sagt: *Man ermittelt auf zweierlei Arten, die eine ist das Zusammenfügen der Spuren, bis sie eine eigene Sprache sprechen und dir den Weg von allein aufzeigen, die andere besteht darin, Stille in sich einkehren zu lassen und dann auf sein Gefühl zu hören; das ist,*

als wärest du blind, aber du lernst, dich im Dunkel
vorwärtszutasten, jeder hat dieses Gefühl in sich, es
wird lauter, je leiser es in dir selbst wird.

Ostwind kommt auf. Das grüne Eisentor, das den
Weg zum Hof absperrt, bewegt sich und quietscht.
Ich schließe meine Augen und drehe mich langsam
um meine Achse.

Als ich die Augen wieder öffne, schalte ich die Taschenlampe ein und leuchte ins Nichts. Plötzlich tut
sich vor mir ein riesiger Betonkessel auf, der mehrere
Meter steil aus dem Boden ragt. Ich kneife die Augen
zusammen und lokalisiere den Kessel in etwa hundert Meter Entfernung. Weil das Tor sich nicht öffnen lässt, stecke ich mir die Taschenlampe zwischen
die Zähne und klettere rüber. Weiter diagonal über
das Grundstück, fünfzig Meter, dreißig, elf, bis der
Kessel genau vor mir steht. Stück für Stück blicke ich
den gewaltigen, faulig riechenden Betonklotz hinauf.

»Die Jauchegrube?«, fragt Wahnknecht zweifelnd
und tritt neben mich. »Da sind ein paar tausend Li-
ter Gülle drin, mindestens.«

»Malis ist hier auf dem Hof«, sage ich. »Nur weil
wir etwas nicht sehen, heißt es nicht, dass es nicht
da ist. Machen Sie die Grube leer, und lassen Sie sich
überraschen. Egal, wie lange es dauert.«

Ich entscheide mich dafür, allein nach Hause zu gehen, während Wahnknecht mit dem Funktelefon

in der Hand am Wagen lehnt. Als ich an Windischs Haus vorbeigehe, überlege ich einen kurzen Moment, die Straßenseite zu wechseln, bleibe jedoch neben dem umgegrabenen Rasen stehen. Irgendetwas ist anders, denke ich, es ist nicht das Bild aus meiner Erinnerung. Es kann dasselbe Haus sein und derselbe Rasen, ob mit archäologischen Ausgrabungen oder ohne, aber das Bild aus meinem Kopf ist es nicht. Allerdings bin ich auch auf den Kopf gefallen. Wer weiß, was dabei alles schon wieder verrutscht ist.

Um halb sechs am Morgen klingelt das Telefon. Ich stolpere aus dem Bett und brauche mehrere Versuche, bis ich den Lichtschalter im Flur gefunden habe. Als ich den Hörer abnehme, meldet sich Wahnknechts Stimme am anderen Ende der Leitung.

»Haben Sie Malis' Leiche gefunden?«, frage ich ohne Umschweife.

»Ja«, nickt Wahnknecht und gähnt. »Malis Windisch lag etwa einen halben Meter über dem Beckengrund, ihr linker Fuß hatte sich in einem Eisenrohr verhakt, fast mussten wir ihn abschneiden. Sie können sich nicht vorstellen, wie dieser Körper aussah, vollkommen aufgedunsen und ...«

»Danke, das reicht schon. Und danke auch dafür, dass Sie mir geglaubt haben. Wenn ich Ihnen sage, es war bloß ein Gefühl, nehmen Sie mich nie wieder mit, oder?«

»Irgendwann müssen Sie mir mal erzählen, wie Sie das eigentlich machen. Sie arbeiten nicht mal für uns, aber Sie haben ein Gespür, das es mit jedem Polizisten aufnehmen kann. Das ist für eine gewöhnliche Dorfpädagogin nicht normal, finde ich.«

»Gute Nacht, erholen Sie sich gut«, sage ich nur und lege auf.

Als ich in die Küche gehe und mir ein Glas Wasser auffüllen will, läutet es noch einmal. Skeptisch gehe ich zum Telefon zurück, warte einen Augenblick und hebe dann den Hörer ab.

»Sie haben ja nicht mal richtig *versucht* zu schlafen.«

Ein undeutliches Räuspern am anderen Ende der Leitung, dann scheint Wahnknecht seinen Mut wiedergefunden zu haben, und er sagt:

»Falls Sie sich schon etwas besser fühlen, wollte ich fragen, ob Sie heute Abend vielleicht mit mir etwas trinken gehen wollen.«

»Können Sie da was empfehlen? Ich glaube, Antibiotika spült man am besten mit Gin Tonic runter. Haben Sie das auch gelesen?«

»Schon gut«, brummt Wahnknecht zerknirscht, »hab ich vergessen. Dann lade ich Sie eben auf eine Milch ein oder ein Wasser mit Zitrone, da wird sich schon was finden.«

Ich denke an ein Buch, Tee und meine Ruhe, aber wenn ich die wähle, wird Wahnknecht erst recht nicht lockerlassen und sich, das spüre ich, selbst zu mir einladen. Mit Pralinen wieder wegen des Mitbringsels, und wer isst die dann, wenn er weg ist?

»Meinetwegen«, erwidere ich müde, »aber dann holen Sie mich ab. Nach dem zweiten Glas Milch fahre ich nicht mehr.«

10

Als wir um Viertel vor neun am Abend die Schänke betreten, wedelt Wahnknecht uns ein Sichtfenster durch die Rauchwolke und deutet auf einen Eckplatz. Martas Schwester kommt mit den Speisekarten an unseren Tisch. Sie lächelt, als sie mich erkennt, und beginnt unseren Tisch mit einem Lappen abzuwischen.

»Geht's Ihnen besser? Marta hat erzählt, dass Sie im Moment nicht in der Schule sind.«

»Ach so, das, na ja, Unfälle passieren. Wenn ich das nächste Mal einen Duschvorhang wechseln will, rufe ich dafür besser einen Handwerker, dann hat man auch was zum Gucken.«

Isa lacht und nimmt unsere Bestellungen auf. Wahnknecht hat sich für ein Weizenbier entschieden und dazu ein Lachsfilet und hadert bereits mit der Auswahl des Nachtischs.

»Was war das eben?«

Er sieht mich fragend an.

»Weil ich gelogen habe, meinen Sie? Ist besser so. Niemand braucht zu wissen, was wir in Windischs Haus gemacht haben.«

Ich zünde mir eine Zigarette an und beobachte, wie die Flamme am Streichholz leckt.

»Wie lautet die Todesursache?«, frage ich.

»Wenn Sie mich schon so fragen: Lungenkrebs.«

Ich schneide eine Grimasse.

»Also Malis Windisch wurde, soweit wir es anhand dieses schwammigen Zustandes feststellen konnten, jedenfalls nicht erschlagen oder erschossen. Keine Anzeichen äußerer Gewaltanwendung. Aber die Obduktion läuft noch.«

»Keine Anzeichen«, wiederhole ich, »und dennoch hat der Täter Gewalt angewendet. Ihre kleine Schwester wurde erstickt. Eine saubere Methode, leise und sicher. Vielleicht wurde Malis auf dieselbe Weise umgebracht.«

»Kann sein.«

Wahnknecht seufzt.

Dann reibt er sich immer noch seufzend an der Lehne seines Stuhls.

»Das führt uns aber immer noch nicht mal ansatzweise in seine Nähe. Ich verstehe das nicht. Wie kann jemand drei Morde begehen, ohne eine einzige brauchbare Spur zu hinterlassen. Hat dieser Mensch denn kein Profil?«

»Er ist wie die Luft um uns herum«, antworte ich. »Es fühlt sich an, als wäre er immer da, aber er ist so unscheinbar, dass wir ihn nicht sehen.«

»Wie ein Geist«, wirft Wahnknecht ein.

»Eher wie jemand, für den wir keine Augen haben«, erwidere ich.

Die Tür geht auf. Ein Windstoß fegt durch den Raum und mit ihm Bürgermeister Berg mit Pastor Jensen an den Fersen. Berg scheint nach einem bestimmten Tisch Ausschau zu halten. Ein paar Männer in Hemden und Schlips winken die beiden zu sich heran, während sie Whisky trinken und das Eis zwischen ihren Kiefern zermalmen. Sie sitzen vielleicht vier Meter von uns entfernt, aber es reicht einfach nicht. Mich überkommt das Verlangen, aufzustehen und sie darauf hinzuweisen, das, wenn möglich, zu unterlassen. Ich würde sie freundlich darauf hinweisen und sagen, bitte, auch wenn ich es nicht so meine. Ich würde ihnen sagen, dass das Geräusch, das sie beim Kauen verursachen, in mir das Bedürfnis auslöst, ihnen Gewalt anzutun, keine schwere, nur so, dass sie damit aufhören, vorzugsweise endgültig. Ich würde also ein Exempel statuieren. Weil es eigentlich egal ist, ob ich danebensitze oder nicht. Der Gedanke, dass sie woanders damit weitermachen, ein Gedanke, der mehr Gewissheit ist als Befürchtung, lässt mich mir vorstellen, Dinge zu tun, die die meisten von uns nicht wollen. Und dennoch würde mein Unterbewusstsein, würde ich später danach befragt, einräumen, dass sie es mit jedem weiteren Bissen darauf angelegt hätten. Aber zu dieser Befragung, die ich mir gern ausmale, kommt es in der Regel schon deshalb nicht, weil ich für gewöhnlich aufstehe und gehe, bevor ich in jemandes Haarbüschel greife und sein Gesicht, na ja …

»Jetzt gucken Sie sich das an«, brummt Wahnknecht, »kaum ist der Schweinebauer aus dem Weg, bearbeitet Berg den Herrn Verwalter, um so günstig wie möglich an Windischs Land zu kommen. Der Bauer wollte das Land um keinen Preis verkaufen. Aber jetzt mit drei Toten auf demselben Hof – das senkt den Grundstückspreis noch mal richtig in den Keller. So was kann man sich als potentieller Käufer natürlich nur wünschen.«

»Was will Berg überhaupt damit?«

»Wenn sich Geld draus machen lässt, macht praktisch jeder in alles. Ich wollte mal Aktien kaufen von einer Firma in den Niederlanden, die Schnittblumen exportiert. War mir dann aber doch zu heikel.«

»Das heißt, Berg setzt jetzt alles daran, Windischs Nachlassverwalter den Hof für ein paar Mark abzuknöpfen und dann eine Fleischfabrik daraus zu machen? Und das stört hier keinen?«

»Vielleicht will er auch einen Ponyhof dahin setzen mit Reiterferien oder eine Wellness-Oase. Das weiß ich doch nicht. Jedenfalls hat Berg seinen Platz unter den Herrschaften da drüben gefunden und wird heute Abend noch einige Runden springen lassen, so lange, bis Windischs Verwalter am Ende nicht mehr weiß, was er da überhaupt unterschreibt.«

»Vielleicht hat er auch vor, eine neue Kirche zu bauen und einen Altar für sich errichten zu lassen, und anstatt Jesus hängt Berg sein eigenes Konterfei da aus, damit er nie wieder abgewählt werden kann.«

»Als Kind war ich oft in der Kirche.« Wahnknecht lächelt verträumt. »Ich habe mir stundenlang die Konzerte darin angehört, weil das die einzigen waren, die man umsonst besuchen konnte. Ich hab sogar mal selbst im Chor gesungen, als Sopran, bis ich neun war. Und ich hätte Talent und eine große Zukunft vor mir, hatte unser Chorleiter gesagt. Das sah ich schon vor mir: ich auf den größten Bühnen in den größten Kirchen der Welt. Aber dann sagte meine Mutter mir, sie habe mit unserem Chorleiter gesprochen wegen eben meiner großen Zukunft, und sie wolle nicht, dass ich als Kastrat ende, sondern doch lieber Enkel haben, und ich wusste gar nicht, was sie meinte, aber das war's damals jedenfalls mit meiner Gesangskarriere.«

Als Isa mit ihrem Block an die Herrenrunde herantritt, wandert Bergs Hand in einem fast unbeobachteten Moment wie automatisch an Isas Oberschenkel, und er gibt ihr einen energischen Klaps auf den Po. Erschrocken zuckt sie zusammen. Die Hand ist weg, aber nicht das Gefühl. Warum tut sie denn gar nichts?

Ehe Wahnknecht begreift, was los ist, stürme ich

bereits auf Bergs Tisch zu und schiebe das erstarrte Mädchen beiseite. Berg schaut erst verblüfft drein. Dann entschließt er sich, mich nicht für voll zu nehmen, und bricht in Gelächter aus.

»Um diese Uhrzeit verstehen Sie offensichtlich noch keinen Spaß. Kommen Sie, trinken Sie erst mal was mit uns. Sie sind die neue Lehrerin an unserer Schule, nicht wahr? Frau Henning, richtig?«

Er steht auf und bietet mir den freien Platz zu seiner linken an, doch ich schiebe den Stuhl wieder an den Tisch. Berg beobachtet mich aus dem Augenwinkel. Er weiß, wer ich bin, weiß, dass ich Hanna Windisch tot auf dem Acker gefunden habe. Vielleicht weiß er noch mehr. Er geht mich durch wie eine Abrechnung. Berg knüpft seine Manschetten auf, krempelt die Ärmel hoch und legt einen Stapel Karten auf den Tisch.

»Können Sie pokern?«

»Ja.«

»Dann steigen Sie ein, Frau Henning. Wir haben viel zu selten Frauen in unserer Runde.«

»Weil die meisten Sie danach anzeigen?«

Berg lächelt.

»Nein, weil sie uns immer besiegen. Wir wollen auch mal oben sein.«

Das Knacken des Eiswürfels ist wieder in meinem Schädel. Ich sehe den fetten Mann neben Berg an und stelle mir vor, wie sein Kopf auf die Tischkante schlägt. Das Geräusch verebbt.

»Ich habe Ihre Rede im Gemeindesaal gehört«, sage ich. »Haben Sie lange gebraucht, sich diesen Schwachsinn auszudenken?«

»Hat die Rede Ihnen nicht gefallen? Das tut mir leid. Manchmal fühlt man sich wie in der großen Politik, wissen Sie, man kann es nicht allen recht machen.«

»Ich rede von dem toten Mädchen«, sage ich, »das sich nicht selbst das Leben genommen hat.«

Während Berg die Karten mischt, blickt Pastor Jensen abwesend auf seine Hände. Wahnknecht stellt sich neben mich und faltet die Arme vor der Brust.

»Hat sie nicht?« Berg lächelt nur. »Das wissen Sie aber genau. Dann waren Sie dabei, als Hanna Windisch starb?«

Ich schüttle widerwillig den Kopf.

»Gut«, Berg nickt, »dann halten wir uns doch alle an die Informationen, die wir haben, einverstanden? Und geben Sie meinen Reden vielleicht noch eine Chance, normalerweise kommen sie besser an, würde ich sagen.«

Da wendet Wahnknecht sich plötzlich an Berg, steuert mit spitzem Zeigefinger in einer Drohgebärde auf dessen Gesicht zu und brüllt:

»Ihre erschlichenen Kontakte bringen Ihnen gar nichts! Wenn Sie weiterhin versuchen, unsere Arbeit ins Lächerliche zu ziehen, werde ich persönlich dafür sorgen, dass dem Finanzamt ein Brief zufliegt mit einer lückenlosen Liste all Ihrer Pseudosteuergelder seit Amtsantritt.«

Er packt mich bei der Hand und will bereits davon, als er es sich noch mal anders überlegt und zu Berg zurückläuft.

»Und wenn Sie sich das nächste Mal mit meinem Chef zum Sonntagsnachmittagsmatch treffen, dann sagen Sie schöne Grüße, und ich hoffe, dass Sie sich einen Tennisarm holen!«

Ich schaue Wahnknecht verblüfft nach, der es sich nicht nehmen lässt, nach diesem Auftritt seelenruhig zum Tisch zurückzugehen und seinen Lachs anzuschneiden, als wäre das alles gerade überhaupt nicht passiert.

Isa steht hinter dem Tresen und trocknet schweigend ein Glas ab. Eine Weile sehen wir einander einfach nur an. Wie muss es sein, jeden Abend eingesperrt zu sein mit einem Haufen hitzköpfiger Idioten in einem Raum voll aufgestauter Sehnsüchte, wo ein Streichholzfunke genügt, dass alles in blinde Gier umschlägt? Ich lasse Wahnknecht sitzen und laufe aus der Tür. Als ich mir im Dunkeln vergeblich eine Zigarette anzuzünden versuche, höre ich keuchende Laute hinter mir, und dann klatscht etwas zu Boden. Unter dem kaputten Neonlicht liegen zwei Jungs auf der Straße und hauen einander die Schädel ein. Da erkenne ich einen der beiden Streithähne wieder, es ist der Junge mit dem Motorrad. Auch seine gesichtslosen Freunde von der Bushaltestelle sind zurück. Sie stehen da und lachen, und keiner kommt mal auf die Idee, dass das dumm ist, was die zwei da machen, und womöglich doch mal einzuschreiten, bevor die Sanitäter kommen und mitnehmen, was von den beiden noch übrig ist. Nur einer von ihnen, ein dünner blonder Junge mit Sommersprossen, tritt hervor und will eingreifen, wird jedoch augenblicklich selbst zu Boden gerissen und begraben.

Ich laufe hinüber, und zu zweit bekommen wir den Stärkeren der beiden zu fassen.

»Habt ihr euren Restverstand weggesoffen?«

»Tut mir leid, meinem Bruder geht's nicht so gut«, entschuldigt sich der Junge mit den Sommersprossen. Er ist gerade mal die Hälfte seines Bruders und hat alle Mühe, ihn festzuhalten.

»Das verstehe ich«, antworte ich. »Warum seine Adoleszenzprobleme lösen, indem man laufen geht oder am Auto schraubt, wenn man auch jemanden ins Krankenhaus prügeln kann? Sag mal, bist du eigentlich noch ganz dicht?«

»Du hältst dich raus!«, brüllt der Junge mit dem Motorrad. »Ihr Weiber seid alle gleich bescheuert. Ihr habt von nichts 'ne Ahnung, aber einmischen wollt ihr euch, wo es euch einen Scheiß angeht. Verpiss dich!«

Sein Bruder sieht mich flehentlich an. Er hat kaum Ähnlichkeit mit dem Jungen, dem er gerade eine Anzeige wegen Körperverletzung zu ersparen versucht. Ich trete näher zu den beiden hin.

»Ach, deshalb also gibt es Ärger im Paradies? Will die Liebste nicht mehr so wie du?«

»Sie hat Schluss gemacht«, erklärt sein Bruder, woraufhin er prompt einen Schlag in den Magen erleiden muss. Der Ältere fokussiert mich und kommt auf mich zu. Scheiße, denke ich, die Rippen. Gerade als ich mich auf den nahenden Schmerz einstellen will, legt er vor mir einen Stopp ein, schwankt – und drückt mir unvorbereitet einen Kuss rein.

Als er von mir ablässt, sieht er beruhigt aus, so, als würde er allmählich wieder zur Besinnung kommen. Ich hole aus und schlage zu. Der Junge fällt um wie ein Stein. Da taucht auf einmal ein atemloser Wahnknecht hinter uns auf und scheucht die Traube auseinander. Als er den Jungen auf dem Boden sieht, schüttelt er den Kopf und blickt mich strafend an.

»Das gibt Ärger.«

»Wieso? Glauben Sie, der wird mich wegen Körperverletzung anzeigen, wenn er wieder aufwacht? Dann mach ich das Gleiche wegen des Kusses.«

»So ein Quatsch.«

Wahnknecht schneidet eine Grimasse, die irgendwas zwischen augenscheinlicher Gleichgültigkeit und Eifersucht bedeuten kann.

»Meinetwegen können Sie beide so viel kuscheln, wie Sie wollen, das nehme ich ganz bestimmt nicht als Anzeige auf. Aber auf Konsequenzen können Sie sich trotzdem freuen, dafür werden die Waschweiber dahinten schon sorgen.«

Mit einer Kopfbewegung deutet er auf den Eingang des Gemeindesaals, vor dem sich eine Schar kopfschüttelnder Frauen versammelt hat. In der ersten Reihe sehe ich die Mutter von Tom, wie sie bereits verheißungsvoll den Kopf schüttelt ...

Noch mehr Scheiße, denke ich und kümmere mich lieber um den benommenen Jungen.

»Sollen wir ihn ins Krankenhaus bringen?«

Sein Bruder schüttelt den Kopf.

»Kosta wird wieder«, erklärt er, »so was passiert ihm öfter. Ich lasse ihn eine Nacht schlafen, und morgen früh wird er mit einem Schädel und ein paar Gedächtnislücken aufwachen, und alles ist wie immer. Dann fahre ich ihn mal heim jetzt.«

Und damit will der Junge sich daranmachen, seinen Bruder aufzurichten, doch ehe ich ihm dabei helfen kann, springt Wahnknecht dazwischen und knurrt:

»Halt! Du fährst Kosta nirgendwohin, Ren. Ich habe es langsam satt. Ihr wisst ganz genau, dass es nicht erlaubt ist, ungefähr alles, was einen Motor hat, zu frisieren. Und als Minderjähriger Auto zu fahren ist auch gegen das Gesetz, und da gibt's auch keine Ausnahmen. Ich habe euch schon die ganze Zeit im Auge, dich und deinen prügelfreudigen Saufbold von Bruder. Mir reicht es jetzt! Ich bringe euch beide im Streifenwagen nach Hause, und ihr anderen macht endlich, dass ihr wegkommt. Ren, Frau Henning, könnten Sie mal …?«

Am westlichen Ende des Dorfes steht ein weißes Haus. Es ist das einzige weiße Haus im Dorf, ich sah es von der Straße aus an dem Tag, als ich einzog, und hielt es für ein Geisterhaus, das wie aus Streichhölzern gebaut wirkt … Das Vordach über der Treppe ist so verbeult, dass es eine ovale Form angenommen hat und zu platzen droht. Auf dem Vorplatz hängt eine Wäscheleine mit einem kaputten Gartenstuhl zur Ackerseite hin. Die weiten Felder sind für die Menschen auf dem Land das Meer, denke ich. Rostige Autos ohne Nummernschilder stehen unter den Bäumen zur Waldseite hin. Die Fenster sind ohne Vorhänge, das Gras vor dem Haus ist ohne Farbe. Eine graugestreifte Katze springt unter einem VW-Golf hervor und flieht in den Wald. Ich öffne die Wagentür und atme den Geruch von Motoröl und Terpentin ein. Das Geisterhaus gibt es nicht mehr. Jetzt wohnen hier zwei Brüder am Rande der Legalität.

Ich leuchte den beiden den Weg, während Ren seinen Bruder mit Wahnknechts Hilfe ins Haus hievt.

»Lebt ihr allein hier?«

»Ja«, er nickt, »aber es genügt uns so. Kosta arbeitet, ich kümmere mich um das Haus. Mehr braucht man doch nicht, oder?«

Er lächelt verlegen. Wir setzen Kosta auf einen Stuhl in der Küche. Während Ren seinem Bruder mit einem feuchten Lappen den Schmutz aus den Schrammen wischt, suche ich im Kühlschrank nach Eis, finde stattdessen jedoch etwas, das nach dem tiefgefrorenen Hinterlauf eines Rehs aussieht. Ren lacht, als er meinen Gesichtsausdruck bemerkt.

»Ich hätte Sie warnen sollen, tut mir leid.«

Ich fülle Kosta ein Glas Wasser ein. Der Junge sieht aus, als müsse er jeden Moment erbrechen, während er unzusammenhängendes Zeug vor sich hin stammelt.

»Lieber nicht reden, da kommt eh nichts bei raus«, sage ich und suche nach einem Eimer. Wahnknecht schreitet unterdessen mit langen Schritten durch den Flur. Seine Lederschuhe machen auf dem Parkett Geräusche. Dann bleibt er stehen und tippt mit dem Zeigefinger auf eine alte Kuckucksuhr an der Wand. Horcht.

»Toll, so eine hatte meine Oma auch!«

Liebevoll streicht er über das glänzende Holz. Plötzlich stutzt er. Er krempelt seinen Ärmel hoch und wirft einen Blick auf seine Armbanduhr.

»Euer Kuckuck ist ja völlig falsch eingestellt. Auf meiner Uhr ist es jedenfalls Viertel vor zehn, aber auf dieser hier elf Minuten nach drei. Ist euch das gar nicht aufgefallen?«

»Doch, schon«, erwidert Ren, errötet. Ehe er antworten kann, hat Wahnknecht noch eine Uhr über der Haustür entdeckt und bereits begonnen, auch diese auf ihre Richtigkeit zu überprüfen.

Er schüttelt den Kopf.

»Halb fünf. Das ist doch Quatsch.«

In dem Moment fällt mir ein roter Plastikwecker auf dem Fenstersims hinter der Gardine auf. Der Sekundenzeiger ist abgebrochen, während die anderen zwei weiterlaufen. Fast elf Uhr. Ich sehe Ren an, der unruhig seine Hände im Schoß knetet.

»Alle Uhren im Haus wurden von unserer Mutter eingestellt. Wir wissen, dass sie nicht richtig laufen, aber es spielt keine Rolle mehr für uns, seit Mama weg ist.«

Wahnknecht schnauft und dreht an den Zeigern der Kuckucksuhr.

»Ich erinnere mich an die Geschichte«, ruft er dazwischen. »Der Pastor hat gesagt, eure Mutter hat sich endlich Hilfe gesucht, wegen ihrer Krankheit. Seitdem müsst ihr die Alleinversorger spielen.«

Kosta stöhnt und stößt auf, worauf Ren ihm gerade noch rechtzeitig den Eimer unters Kinn hält.

»Eine schwere Krankheit?«, frage ich.

»Irgendwie schon, glaube ich.«

Ren errötet.

»Sie hat was am Kopf, irgendetwas stimmt nicht mit ihr. Sie war oft wütend, dann geriet sie total außer Kontrolle. Und dann gab es wieder Phasen, in denen sie kein Wort sagte, einfach nur dasaß und ins Leere starrte. Sie war unberechenbar.«

»Eine Persönlichkeitsstörung«, überlege ich.

Ren nickt. »Kann sein. Auf jeden Fall war es schwer, es mit ihr auszuhalten. Papa hat sie verlassen, als ich jünger war.«

Mit einer Kopfbewegung deutet er auf den Wecker.

»Wir haben überall im Haus Uhren, keine geht wie die andere. Mama hätte das nicht ertragen.«

Wahnknecht lässt sich neben uns auf den Stuhl sinken.

»Gibt es Menschen, die Angst vor Zeit haben?«, fragt er ungläubig. »Na ja, heutzutage kann man anscheinend vor allem Angst haben. Mein Bruder Karsten zum Beispiel hat eine Phobie vor Geflügel, wegen der spitzen Schnäbel. Das muss man sich mal vorstellen, hier bei uns auf dem Land.«

Abwesend blickt Ren auf den Tisch.

»Ich glaube, Mama wollte immer die Zeit zurückdrehen. Ich habe ihr gesagt, dass das nicht geht. Sie kann drehen, soviel sie will, was geschehen ist, ist geschehen. Aber sie hat nie damit aufgehört.«

»An welchen Punkt in der Vergangenheit wollte eure Mutter zurückkehren? An dem Tag, an dem euer Vater euch verlassen hat?«

Ren zuckt die Achseln.

»Vielleicht. Aber manchmal glaube ich, sie wollte dahin zurück, wo es uns noch nicht gab, Kosta und mich.«

»Blödsinn«, wirft Wahnknecht ein. »Jede Mutter liebt ihr Kind, das ist biologisch gar nicht anders möglich.«

In dem Moment beugt Kosta sich nach vorn und erbricht sich so geräuschvoll, dass ich mir die Ohren zuhalte.

Eine Viertelstunde später verabschieden Wahnknecht und ich uns von Ren, nachdem dieser zusammen mit Wahnknecht seinen besudelten Bruder hoch ins Bett getragen hat. Als wir in der Tür stehen, kann Ren nicht umhin, sich noch einmal für Kosta zu entschuldigen. Wahnknecht nickt befriedigt, während ich an Kostas Kussattacke denken muss und an die Konsequenzen nach meinem Schlag. Dieser eine Schlag, bei dem ich das Gefühl hatte, er wäre nicht ganz so dumm wie die Jungs – das habe ich wirklich geglaubt, bis zu dem Moment, als Wahnknecht mit der Realität zurückkam.

»Hanna Windisch«, wirft der plötzlich ein und sieht Ren eindringlich an, während sich ein Fragezeichen in Rens Gesicht abzeichnet.

»Der Name sagt mir was.«

»Die jüngste Tochter vom Schweinebauern. Hatte

eine ältere Schwester, Malis. Ich bin sicher, du und dein Bruder kennt die beiden Mädchen.«

Auf einmal beginnt Ren zu schwanken, hält sich am Türrahmen fest. Er atmet ein paarmal tief durch, dann scheint er sich beruhigt zu haben.

»Sie haben recht, ich weiß wieder, wer Hanna ist. Dass sie tot ist. Kosta hat mir davon erzählt. Dass man ihre Leiche auf dem Feld gefunden hat neben dem Hof ihres Vaters, und keiner kann sagen, woran sie gestorben ist. Das ist unheimlich.«

»Unsinn«, fährt Wahnknecht dazwischen, »wir können sehr wohl sagen, woran sie gestorben ist. Aber viel wichtiger ist, ob einer von euch beiden näheren Kontakt zu Hanna hatte. Ihr Jugendlichen kennt hier einander doch alle.«

Bedrückt schüttelt Ren den Kopf.

»Ich wünschte tatsächlich, ich hätte sie besser gekannt«, antwortet er leise. »Wenn ein Mensch plötzlich nicht mehr da ist, denkt man sich immer, man hätte mehr Zeit mit ihm verbringen können, als man noch die Chance dazu hatte.«

Er überlegt, fährt sich über die Wange. Dann deutet er auf die Straße, die am Wald vorbeiführt.

»Ich habe Hanna nur einmal in diesem Jahr gesehen, glaube ich, im Frühling bei den Pferden da draußen an der Koppel.«

»Malis ritt«, bemerkt Wahnknecht, »Hanna vielleicht auch?«

Ren zuckt die Achseln.

»Ich glaube, sie wollte den Pferden einfach nur nahe sein. Ich habe sie auch nur dieses eine Mal dort draußen gesehen, vielleicht war ihr Vater an dem Tag nicht zu Hause. Die Leute sagen, er hat sie eingesperrt.«

Wahnknecht brummt etwas Unverständliches, holt seinen Notizblock hervor und schreibt noch ein paar unleserliche Worte auf.

»Malis Windisch, die ältere der beiden Schwestern, wie sieht es mit *ihr* aus? Sie muss in eurem Alter gewesen sein, seid ihr euch mal begegnet?«

Ren nickt. Er starrt an einen unsichtbaren Punkt in der Luft und sieht aus, als müsse er sich stark konzentrieren. Ungeduldig tippt Wahnknecht mit seinem Stück Restbleistift auf das Papier.

»Kommt da noch was?«

»Ein paarmal beim Einkaufen«, erklärt Ren, »da sind wir uns über den Weg gelaufen. Malis kaufte immer Brot, Fleisch und Zigaretten. Sie sagte hallo und lächelte. Einmal wollte sie wissen, wie es Kosta geht. Ich glaube, sie kannten sich besser.«

»Aha!«, ruft Wahnknecht. »Dachte ich's mir doch. Dein Bruder und die Frauen, das ist eine Geschichte mit mehr Seiten als die Bibel. Er und Malis standen sich also nahe.«

Unsicher blickt Ren zwischen Wahnknecht und mir hin und her.

»Kann sein«, entgegnet er nur. »Aber ist das so wichtig? Ich habe gehört, Malis ist abgehauen, nach Bayern oder so.«

»Das hat er bestimmt vom Pastor«, nuschelt Wahnknecht mir zu und blickt Ren dann wieder streng an. »Ich würde zeitnah noch einmal mit Kosta darüber reden wollen, wie sein Verhältnis zu Malis Windisch ganz genau aussah. Aber heute Abend wird das wahrscheinlich nichts mehr. Also richte deinem Bruder bitte aus, er soll sich auf der Wache blicken lassen, sobald er seinen Rausch ausgeschlafen hat, und wehe, er taucht da mit einem dieser zusammengeklauten Ersatzteillager auf, die er Autos nennt.«

Kaum sitzen wir im Streifenwagen, schüttelt Wahnknecht auch schon den Kopf. Er zeigt deutliche Anzeichen eines inneren Monologes und steht kurz davor, sich wie üblich den Hinterkopf zu kratzen.

»Tun Sie's nicht«, sage ich, »bald haben Sie dahinten keine Haare mehr.«

Er schaut mich verwirrt an. Sein Blick wandert grimmig über das Lenkrad in den Lichtkegel der Scheinwerfer.

»Der Große wird sich noch mal ins Koma saufen, und sein kleiner Bruder ist drauf und dran, mit den geklauten Autos einen Unfall zu bauen, obwohl er nicht mal einen Führerschein hat. Früher nannten wir so was *Problemkinder*.«

»Aha«, erwidere ich uninteressiert, »und wie hat man Sie früher genannt? Spielverderber?«

»Halten Sie die Klappe, ich mache nur meinen Job.«

Er drückt aufs Gaspedal und nähert sich gefährlich der 45-km/h-Grenze.

Als wir die Auffahrt zu meiner Wohnung erreichen, bleibt Wahnknecht demonstrativ auf seinem Platz sitzen und weist mich darauf hin, dass, wer schon wieder blöde Sprüche klopfen, auch allein zur Tür finden kann, was mir recht ist. Als ich aufschließe und nach oben gehen will, dreht er sein Fenster herunter und ruft mir hinterher:

»Viel Spaß bei der Schulleitung. Jugendliche vermöbeln spricht sich hier schnell rum. Gute Nacht.«

Damit kurbelt er fix wieder hoch und ist in seiner TÜV-überfälligen Kiste auch schon hinter der Kurve verschwunden. Was soll's?, denke ich. Wahnknecht übertreibt für gewöhnlich.

— — —

Am nächsten Morgen um Viertel nach neun stehe ich zähneknirschend vor Frau Bergs Bürotür. Mir ist immer noch übel von Erpelmanns Grimasse des Triumphs, als sie mich gleich nach meiner Ankunft mit dem Befehl, im Büro der Schulleitung zu erscheinen, aus dem Lehrerzimmer dirigieren durfte. Jetzt lese ich das Namensschild neben der Tür schon zum dritten Mal, während ich mich immer noch nicht zum Anklopfen durchringen kann. Natürlich könnte es sich bei dem Nachnamen um einen bloßen Zufall handeln, überlege ich. Hätte ich mein altes Telefonbuch aus der Stadt aufgeschlagen, hätte ich eine Seite voll Bergs in meiner Nähe gefunden, und die wenigsten davon dürften durch Kopulation in irgendeiner Verbindung miteinander stehen. Doch in einem Dreihundertfünfzig-Einwohner-Dorf brauche ich mir da nichts vorzumachen, Berg ist Berg, und mindestens einer von beiden kann mich nicht leiden. In einem unachtsamen Moment landen meine Fingerknöchel an der Tür, und bereits im nächsten Augenblick bittet mich eine Stimme, hereinzukommen. Frau Berg trägt ihr schwarzes Haar zu einem Dutt. Ihre schmale, randlose Brille sitzt vorn, auf ihrer Nasenspitze. Verheißungsvoll deutet sie auf den leeren Stuhl vor ihrem Tisch, doch ich lehne vorerst ab.

»Auch in Ordnung, kommen wir gleich zur Sache. Ich habe gestern Abend den Anruf einer Mutter eines Ihrer Schüler bekommen. Sie sagt, sie habe die Klassenlehrerin ihres Sohnes dabei beobachtet, wie diese Minderjährige in der Öffentlichkeit zum Alkoholkonsum nötigt und anschließend zusammenschlägt. Kommt Ihnen unter Umständen etwas davon bekannt vor?«

Abwartend schauen wir einander an. Ich schüttle den Kopf, was gelogen ist und weshalb aus der Bewegung ein einsichtiges Nicken wird und ich schließlich doch auf den Stuhl gleite.

»Wie kommen Sie dazu, Kindern Alkohol zu geben? Und dann schlagen Sie sie auch noch? Wir reden hier von Schutzbefohlenen. Sie haben eine Aufsichtspflicht, die über den Stundenplan hinausgeht, Frau Henning. Man könnte Sie anzeigen, das wissen Sie?«

»So war das nicht«, erwidere ich halblaut. »Ich habe bei einer Schlägerei unter ein paar Jugendlichen zu schlichten versucht und bin dazwischengeraten. Als ich mich verteidigen musste, kam es zu einer misslichen Lage, einem Missverständnis sozusagen, und ich habe leider getroffen, wo der Schlag hätte daneben gehen sollen. Er war als reine Warnung gedacht, und außerdem war es ja auch Notwehr, wofür es Zeugen gibt, zum Beispiel die Polizei, die vor Ort war. Der Täter hat sich bei mir entschuldigt. Wir haben das geklärt.«

Es läuft, zumindest muss Frau Berg mir erst mal das Gegenteil beweisen. Auch für den Irrtum mit dem Alkohol entschuldige ich mich und erkläre im gleichen Zug, dass wir letzte Woche lediglich mit Dosenbrause angestoßen hätten, alles andere hätte ich gar nicht angenommen, man hört ja immer so viel. Frau Berg sieht wenig überzeugt aus, aber ihr mangelt es in dieser Sache ganz einfach an Beweisen. Während sie augenscheinlich nachzudenken versucht, fällt mir ein Foto von ihr und Herrn Dr. Berg auf, das auf dem Schreibtisch steht. Die beiden halten ein dunkelhaariges Mädchen im Arm und geben sich alle Mühe, natürlich auszusehen, während sie angestrengt in die Kamera lachen. Sie erinnern mich an die Werbung für meine Zahnpasta. Lediglich das Mädchen lächelt zaghaft mit geschlossenem Mund und blickt abwesend auf einen unbestimmten Punkt im Raum. Neben dem Foto befindet sich der Kopf einer Sonnenblume, ein paar Blüten haben sich gelöst und liegen auf dem Boden. Plötzlich begreife ich, woher ich das Mädchen kenne, sie war es, die sich mit Kosta an der Wand hinter der Kneipe rieb. Frau Bergs kleine Tochter ist nicht mehr klein. Sie ist Kostas Freundin, oder zumindest ist sie das Mädchen, das sich mit Jungs in dunklen Gassen zur schnellen Katzenliebe trifft.

»Sie sind für zwei Wochen beurlaubt«, reißt Frau Berg mich aus meinen Gedanken. »Diese Zeit stünde Ihnen sowieso zu, da Sie eigentlich noch krankgeschrieben sind. Ich denke, zwei Wochen sind wohl eine angemessene Zeit, sich zu erholen und möglicherweise in sich zu gehen. Wer suchet, der findet, nicht wahr?«

Mit einem uninteressierten Blick wartet Frau Berg ab, bis ich mich vom Stuhl erhoben habe. Wortlos nicke ich ihr zu und gehe zur Tür.

Als ich aufmache, steht Erpelmann wie bestellt im Flur. Sie beeilt sich, von der Tür wegzukommen, und grinst. Ich weiß, dass sie grinst, als ich ihr den Rücken zukehre, und das »blöde Kuh« habe ich mir auch nicht eingebildet. Was, um alles in der Welt, hat Wahnknecht bloß an dieser Frau gefunden? Aber vor allem muss ich ihn fragen, wie er sie wieder losgeworden ist.

11

Zwei Tage bringe ich damit zu, Fenster zu putzen, Staub zu wischen, den Küchenschrank neu zu streichen, das Besteck zu polieren, die Zimmerpflanzen umzutopfen und die Unterrichtsinhalte bis zu den Zeugnissen vorzubereiten. Dann fällt mir nichts mehr ein. Hinter dem Haus habe ich einen alten Blumentopf mit einem welken Kraut gefunden. Ich nahm es mit in die Küche, lockerte die Erde und goss sie mit Wasser auf. Ich glaube, es ist Basilikum, und ich werde ihm die Chance geben, noch etwas aus seinem Leben zu machen. Nun steht die Pflanze auf dem Fenstersims in der Küche und wird von mir seit einer halben Stunde beäugt, in der Hoffnung, sie beim Wachsen zu erwischen, da klopft es an der Tür.

Während ich aufschließe, bereite ich mich auf Wahnknechts Gesicht vor, in dem ich nach seiner glücklichen Prognose mit dem Donnerwetter eine Note Besserwisserei vermute. Doch als ich die Tür öffne, steht nicht Wahnknecht vor mir, sondern Dr. Berg in einem schwarzen Mantel. Er bleibt vor der Treppe stehen, als sei er sich nicht sicher, ob er wirklich zu mir will. In der linken Hand hält er eine nahezu abgebrannte Zigarette, er trägt schwarze Lederhandschuhe, eine Hand in der Manteltasche vergraben. Ich werde ihn nicht hereinbitten.

»Weshalb sind Sie hier?«, frage ich und denke: wegen des toten Mädchens.

»Schön, dass mal jemand den Smalltalk überspringt. Also gut, ich muss mit Ihnen über Ihre Beziehung zur Polizei reden.«

»Ich habe keine Beziehung«, sage ich.

»Das ist womöglich traurig, aber Ihr Problem. Was ich meine, ist dieser Dorfsheriff, Nils Wahnknecht. Man hat sie oft zusammen gesehen in den letzten Wochen, es heißt, er habe Sie im Krankenhaus besucht und mit Ihnen über den Fall der toten Hanna Windisch gesprochen. Sie wissen mehr, als Sie wissen dürften, das ist Ihnen klar. Diese Sache könnte Ihnen eine Menge Ärger bereiten, aber deswegen bin ich nicht hier.«

»Sind Sie sicher?«

Dr. Berg holt ein Foto aus seiner Manteltasche hervor. Es ist nicht das gleiche Bild, aber dasselbe Mädchen wie aus Frau Bergs Büro. Kostas Freundin.

»Das ist meine Tochter Lara. Meine wundervolle Tochter Lara. Sie ist fünfzehn. Sie geht aufs Gymnasium, in die zehnte Klasse. Sie spielt Klavier, seit sie sechs ist, und sie singt, sie hat eine Stimme wie ein Engel.«

»Das ist schön, aber, ich meine … warum …?«

»Ich bin hier, weil sie weg ist«, erwidert Berg düster, seine Augen sind glasig geworden. »Lara ist seit gestern Nacht verschwunden. Meine Frau wollte Lara heute Morgen wecken, da war ihr Bett leer. Sie hat letzte Nacht gar nicht darin gelegen. Mein Kind ist weg. Ich glaube, Sie wissen nicht, wie das ist, zumindest hoffe ich, dass Sie das nicht wissen. Was ich jetzt von Ihnen will, ist, dass Sie Lara finden. Ich meine es ernst. Sie haben Ihre Kontakte zur Polizei, also werden Sie sich wieder einmischen, und Sie werden wieder etwas entdecken, was die Sesselfurzer übersehen haben.«

»Sie reden von Malis Windisch.«

Berg nickt.

»Die Polizei hatte keine Ahnung, wo sie suchen sollte. Die haben ein ganzes Scheißarsenal und kommen nicht darauf, in die Jauchegrube zu gucken. *Sie* haben Malis Windisch gefunden, niemand sonst. So wie Sie Hanna Windisch auf dem Feld gefunden haben und den Schweinebauern zwischen seinen beschissenen Tieren. Sie können meine Tochter finden.«

»Da verwechseln Sie etwas«, entgegne ich, »alle Personen, die ich gefunden habe, waren bereits tot.«

Über Berg zieht ein Schatten auf, er tritt einen Schritt näher an mich heran.

»Lara lebt noch, das kann ich spüren. Wenn Sie nach ihr suchen, werden Sie sie rechtzeitig finden. Aber beeilen Sie sich.«

»Ich mache das nicht allein, wie Sie wissen«, wende ich ein.

»Mir ist egal, wie viele von diesen uniformierten Statisten Sie brauchen, um das Gefühl zu haben, auf der richtigen Spur zu sein. Manche von uns haben Triebe und Instinkte, die andere im Lexikon nachschlagen müssten, um auch nur eine Ahnung davon zu bekommen. Sie sind nicht wie der Rest im Dorf. Das heißt, Sie werden es wahrscheinlich nicht lange hier aushalten. Aber bis dahin werden Sie Ihren Drang, weiteres Unheil zu verhindern, nicht unterdrücken können – also finden Sie meine Tochter.«

Dr. Berg läuft zurück zur Straße und steigt in seinen BMW. Ich gehe in die Küche und hänge das Foto von Lara an die Wand über dem Tisch, neben den Notizen über die vermeintlich vermisste und jetzt offenkundig tote Malis Windisch. Dann suche ich nach meiner Jacke und den Schuhen und verlasse die Wohnung. Der Wind kommt jetzt aus Norden, er beißt an der Haut. Das macht nichts. Solange der Frost in der Nacht noch nicht über das Land zieht, hat der Winter nicht Einzug gehalten, und das Leben ist noch irgendwo da draußen zu finden.

– – –

Als ich die Tür des Präsidiums aufstoße, strömt mir der Duft von frischem Kaffee bereits entgegen. Ein älterer Polizist mit Glatze kaut auf seiner Unterlippe, während er sich nachdenklich über ein Papier beugt. In der rechten Hand wedelt er mit einem Kugelschreiber, setzt ihn an, überlegt. Und streicht dann die Buchstaben im Kreuzworträtsel fluchend wieder durch.

»Aha«, sage ich, als Wahnknecht um die Ecke kommt, »so sieht hochkonzentrierte Polizeiarbeit also aus.«

Wahnknechts Kollege schaut stirnrunzelnd auf und macht Anzeichen, etwas einwenden zu wollen, als Wahnknecht mich bereits zur Tür hinausschiebt. Er sieht unausgeglichen aus, so, als wolle er mir irgendwas mitteilen, wisse aber nicht, wo er anfangen soll. Wie Wahnknecht aussieht, tippe ich auf Nierensteine.

»Ich kann mir schon denken, warum Sie hier sind«, stottert er. »Ich bin Ihnen wohl eine Erklärung schuldig.«

»Nicht, dass ich wüsste.«

Wahnknecht nickt.

»Sie haben sich natürlich gefragt, warum ich mich die letzten Tage nicht gemeldet habe.«

»Nein, habe ich nicht.«

»Dafür gibt es einen Grund«, fährt Wahnknecht ungehindert fort, »sicherlich möchten Sie ihn wissen.«

Ich schüttle den Kopf.

»Jedenfalls möchte ich Ihnen die ganze Sache auch wirklich gern erklären, ich weiß nur nicht, was ich sagen soll.«

»Merken Sie sich diesen Zustand«, entgegne ich bloß und krame in meiner Jackentaschen nach den Zigaretten.

»Ich bin nur hier, weil ich wissen will, was Sie bei Lara Berg zu Hause gefunden haben oder, besser gesagt, was Sie *nicht* gefunden haben.«

»Wie meinen Sie das?«

»Berg hat mir vorhin einen Besuch abgestattet. Er hat mir erzählt, dass seine Tochter heute Morgen nicht in ihrem Zimmer war und seitdem spurlos verschwunden ist. Und er bat mich, nach ihr zu suchen. Ich gehe davon aus, dass er wenigstens den Anstand hatte, sich zuerst bei Ihnen zu melden und Lara als vermisst zu melden. Und dann sind Sie sicherlich zu den Bergs nach Hause und haben sich umgesehen, ob es irgendwelche Anzeichen einer Entführung geben oder ob Lara selbst Hinweise auf ihren Verbleib hinterlassen haben könnte. Die Sie wiederum wohl nicht gefunden haben, sonst stünden Sie jetzt nicht mit mir hier, sondern würden der Spur bereits mit Hochdruck folgen.«

Wahnknecht zieht eine wütende Grimasse.

»Wir arbeiten daran! Ja, ich war dort. Ja, ich habe alles untersucht und nichts gefunden, zumindest nicht genug. Also haben wir die Kollegen informiert und die Suche ausgeweitet.«

»Was haben Sie in Laras Zimmer gesehen?«

»Da war nichts Auffälliges. Ein Teenager mit den üblichen Vorlieben: Popstars, Jungs, und Schokolade habe ich auch unter dem Bett gefunden.«

»Ich wette, einen von den Jungs kennen wir«, bemerke ich.

Wahnknecht schaut mich fragend an. Er überlegt. Schneidet erneut eine Grimasse, diesmal mit Aversion.

»Sie meinen entweder Al Capone oder seinen kleinen Bruder. Aber ich tippe auf Ersteren. Mit tiefergelegten Autos sind Frauen leicht zu beeindrucken.«

»Ich habe die beiden hinter dem Wirtshaus erwischt, Lara Berg und Kosta. Ist schon eine Weile her. Vielleicht ist sie es, deretwegen Kosta so ausgerastet ist. Möglicherweise hat sie Schluss gemacht.«

»Das wissen die Bergs aber garantiert nicht, dass dieser Saufbold ihre Tochter rumgekriegt hat. Den hätten sie schon längst angezeigt, Lara ist noch nicht mal sechzehn.«

Ich denke an die Schlägerei auf der Straße, an Kostas Anspannung. Er war wütend, aber es war keine blinde Wut. Er brauchte ein Ventil, und er wusste, wie er es bekommen konnte. War das alles, was

Kosta gebraucht hat, um nicht den Verstand zu verlieren? Oder war es dafür schon zu spät?

»Und natürlich ist der Bengel immer noch nicht auf der Wache aufgetaucht«, knurrt Wahnknecht weiter, während er den Rest Kaffee ins Gras schüttet. »Dem werde ich gleich mal einen Besuch abstatten. Malis Windisch und Lara Berg, mal sehen, ob da was bei ihm klingelt.«

Wahnknecht sieht aus, als wolle er mir noch etwas sagen, wird in dem Moment aber von dem schrillen Ton einer Fahrradklingel unterbrochen. Überrascht drehe ich mich um. Da steht plötzlich Marta hinter mir und strahlt wie Mutters Weihnachtsengel. Eine Kette Gänseblümchen, etwas, das aussieht wie der Plastikschmuck einer Puppe und eine Sonnenblume sind um ihren kleinen Fahrradkorb gewickelt. Marta hält mir eine Pappschachtel hin und stülpt voller Stolz den Deckel auf. Zwölf bunte Eier zähle ich, sechs braune, vier weiße und zwei, die ich farblich beim besten Willen keinem Vogel zuordnen könnte.

»Ich habe Sie gesucht, Frau Henning, aber Sie waren nicht zu Hause. Das versteh ich nicht, Sie sind doch krank? Ich habe Ihnen etwas mitgebracht, damit Sie wieder gesund werden, hier.«

Lächelnd überreicht sie mir den Karton. Wahnknecht und ich wechseln einen flüchtigen Blick.

»Ja, super, Mensch ... da habe ich genug zu essen für den ganzen Monat. Ich danke dir.«

Marta lächelt emsig, holt tief Luft und sagt in einem Satz:

»DIE EIER STAMMEN VON UNSEREN HÜHNERN UND ENTEN WIR HABEN ACHTUNDZWANZIG ALSO BIS GESTERN JETZT SIND ES NOCH SIEBENUNDZWANZIG ICH HOFFE SIE SCHMECKEN IHNEN EIER HABEN SIEBEN VERSCHIEDENE VITAMINE A D E UND K UND B1 2 UND 3 UND CALCIUM HABEN SIE AUCH!«

Ich nicke verwirrt und ein bisschen gerührt und tue so, als wäre dies das beste Geschenk, das ich jemals bekommen habe. Und irgendwie, auf eine bestimmte, ungewohnte Art, ist es das auch.

»Vielen Dank noch mal«, sage ich warm und tätschle Marta zum Abschied den Kopf.

Marta lächelt, aber dann wird sie plötzlich sehr ernst und sagt:

»Hoffentlich sind Sie bald wieder gesund. Im Moment werden wir von Herrn Wortmann unterrichtet, aber ich glaube, er mag Ihre Fächer nicht so gern.«

Ausgerechnet Paul Wortmann, der selbst in den Pausen noch nie etwas anderes als eine Fußballzeitschrift gelesen hat, in meinem Deutschunterricht? Ich werde heute Abend bestimmt nicht einschlafen können.

»Ich bin auf dem besten Weg der Besserung«, erwidere ich möglichst glaubhaft, und dann fährt Marta davon.

»Nettes Mädchen«, bemerkt Wahnknecht und balanciert ein Ei in seiner Hand. »Wohnt gleich die Straße rauf, nach der Kurve links. Die Kowalskys haben einen richtigen Hühnerhof hinterm Haus, damit verdienen sie sich ein bisschen was dazu. Aber ich glaube, wenn deren Papa nicht da ist, ist das Geflügelvieh auch so was wie ein Trostpflaster für die Kleine.«

»Ist er oft weg?«, frage ich.

Wahnknecht nickt.

»Montage, wenn's gut läuft. Wenn nicht, wird getrunken. Dabei ist das die netteste Kleinfamilie im ganzen Dorf. So, ich muss jetzt los, unseren Hauptverdächtigen befragen.«

»Ich wette, auf diesen Satz haben Sie seit dem Tag gewartet, als Sie hier angefangen haben. Viel Glück.«

Als ich nach Hause komme, liegen ein Brief und die Werbung für die Neueröffnung irgendeines Möbelhauses in meinem Briefkasten.

Ich werfe die Werbung in den Papierkorb und setze mich an den Schreibtisch. Den Brief lege ich vor mir hin, doch öffnen kann ich ihn nicht. Minutenlang sehe ich ihn an, als ob ich nicht wüsste, was drin steht. Das ist es ja: Manchmal ist die Gewissheit das, was man am meisten fürchtet. Solange sie dort im Verborgenen liegt, ist sie noch nicht eingetreten. Es gibt sie noch nicht.

12

Papas Uhr zeigt zwanzig nach neun, als ich aus dem Haus gehe. Nach der Kurve komme ich zur Kreuzung mit der großen Eiche. Links davon die Straße, die an der Schänke vorbeiführt, am Löschteich, dem Gemeindesaal, dem Kiosk und der kleinen Löwenapotheke. Am Ende der Straße Windischs leerstehender Schweinehof. Gehe ich rechts, führt der Weg entlang den Pferdekoppeln, dem Sportplatz und dem westlichen Teil des Waldes bis zum Geisterhaus. Ich entscheide mich weder für die eine noch die andere Variante, sondern trete auf eine von hohen Bäumen gesäumte Pflastersteinstraße, den *Mittelweg,* der hinaus zu den Schafweiden führt und geradewegs in die Dunkelheit. Keine Laternen, nur das spärliche Licht aus der Wohnstube eines Bauernhauses, und vor meine Füße fällt der Lichtkegel meiner Taschenlampe. Schließlich habe ich die vorletzte Kreuzung am äußeren Rande des Dorfes erreicht. Eine Wand aus Ästen und Blättern türmt sich vor mir auf, der Wind lässt die Blätter knistern. Der Geruch fettiger Wolle dringt in meine Nase. Wie Milch, denke ich, oder

der Atem der Pferde, jetzt müssen die Schafe ganz in der Nähe sein.

Ich wähle die linke Seite und laufe unter dem Knick fast einen Kilometer in absoluter Schwärze. Meine Taschenlampe habe ich an der Kreuzung ausgeschaltet und in meine Jackentasche gesteckt. Nur wenn ich selbst zum Teil der Dunkelheit werde, kann ich sehen, was in ihr ist. Langsam schieben sich die Wolken am Himmel weiter, und der Mond kommt zum Vorschein. Ich erreiche die letzte Kreuzung im selben Moment, als sein Licht sich weiß und glänzend über die Weiden auszubreiten beginnt. Von irgendwo her klingt der Schrei eines Käuzchens, und dann scharrt ein Schaf mit seinem Huf. Ein kleiner Trampelpfad führt zwischen zwei Koppeln vorbei ins Nichts. Noch mehr Nichts. Noch mehr von der schwarzen Materie, auf die man zugeht, um von ihr verschluckt zu werden. Vielleicht wegen ihres sympathetischen Soges, dem sich die einen nicht entziehen können, es auch gar nicht wollen, während sich die anderen vor ihm fürchten, seit sie den Geschichten gelauscht hatten, die vom Dunkeln erzählen und nie ein gutes Ende nehmen.

Oder vielleicht geht man auch nur, um allein zu sein, und sie haben alle gar nicht recht.

Ich bin nicht, was sie glauben, und ich suche gar nicht nach einem Grund, das Richtige tun zu können. Möglicherweise bin ich viel eher der Grund, warum

Dinge passieren, die keiner erträgt. Ich bringe ihnen Unglück, ohne dass sie überhaupt wissen, wer ich bin. Und möglicherweise werden noch schlimmere Dinge passieren, und anstatt sie zu verhindern, kann ich nur zulassen, dass sie geschehen, weil es immer schon so war und ich noch immer nicht weiß, wie es anders geht. Ich bin das schwarze Schaf, nur in der Dunkelheit sehe ich aus wie alle anderen. Jeden Tag warte ich auf sie. Manchmal habe ich das Gefühl, es ist auch anders herum.

Ich laufe den Pfad ab, auf einen kahlen Baum am Rande des Grabens zu. Seine kargen Äste wiegen sich im Wind. Ich bleibe unter ihm stehen und schließe die Augen, mitten im Nichts mache ich die Augen zu, unter dem Geräusch, das der Wind verursacht, als er an den Zweigen zerrt, mache ich die Augen zu und gebe mich der Dunkelheit hin bei egal, was passieren wird in den nächsten Sekunden. Ich werde die Augen nicht öffnen, sondern warten, bis mein Herzschlag wieder normal geht und die Angst weg ist, raus aus meiner Einbildung, raus aus meiner Haut. Bis da nichts mehr in mir ist, das ich nicht kontrollieren kann.

Ich zähle. Im Schatten fühlen sich die Sekunden langgezogen an. Zwölf, dreizehn. Eigentlich will ich sie ausschalten. Die Stimme, die die Zeit zählt, ist dieselbe, die mir rät, Angst zu haben, und die sagt, wann es Zeit ist, zu gehen, und wenn jemand nicht vertrauensvoll ist. Weniger als das: wenn die Täuschung seine zweite Haut ist, die er überstülpt und wieder auszieht, wie er sie braucht, während er etwas schon so lange vorgibt, zu sein, dass er angefangen hat, selbst daran zu glauben. 25. Auf einmal denke ich, dass etwas anders ist. Es ist, als wäre ich nicht mehr allein. 26. Das Gras hinter mir bewegt sich. 27. Ich halte den Atem an, um besser zu hören. 28.

29.

30.

Langsam öffne ich die Augen. Das Mondlicht lässt den Baum wie ein Skelett in der Luft stehen. Plötzlich ist das Gefühl wieder unmittelbar. Da ist tatsächlich etwas, ich bin nicht die Einzige, die den Weg hier raus gesucht hat.

Langsam erhebt sich eine Gestalt aus dem kniehohen Gras und dreht sich zu mir um. Sie ist etwa zehn Meter von mir entfernt und starrt mich regungslos an. Das Mondlicht flankiert ihr Gesicht, und da erkenne ich, dass die Gestalt einem Mädchen gehört. Ehe ich verstehe, was los ist, schreit sie: »Hau ab!«, und deutet mit einer Handbewegung auf die Straße. Ich? Nein, du meinst nicht mich. Wir sind nicht zu zweit hier draußen. Da richtet sich auf einmal eine zweite undefinierbare Gestalt aus dem Gras auf, bemerkt mich und rennt los. Alles geht so schnell, dass ich beim Versuch, ihr nachzulaufen, meine Taschen- lampe verliere. Mit zwei Sätzen ist die Gestalt auf den Wall gesprungen und zwängt sich durch das Ge- äst. Der Schmerz in meinen Rippen brennt wie der Teufel. Ich renne den Pfad entlang zur Straße zurück. In dem Moment, als ich wieder den Asphalt berühre, springt die Gestalt aus dem Gebüsch, stolpert und rennt in entgegengesetzter Richtung vor mir davon. Plötzlich tauchen Scheinwerfer in der Dunkelheit auf. Ein Autofahrer fährt viel zu schnell und steuert direkt auf uns zu. Das Phantom rennt vor den Wa- gen, springt ab und rollt sich im nächsten Moment über die Motorhaube zur anderen Seite. Das Fern- licht blendet mich, ich halte den Arm vor mein Ge- sicht, doch ich kann nichts mehr sehen. Dann laufe ich auf den Wagen zu, aber als ich die Stelle erreiche, an der die Gestalt aufschlug, ist von ihr nichts mehr zu erkennen.

Atemlos blicke ich über die Äcker. Sie scheinen endlos, umzingelt von Bäumen, deren Schatten sich auflösen, in dem Moment, als die Wolken wieder vor den Mond treiben. Der Mantel der Dunkelheit ist für alle da, manche lässt er in ihr verschwinden. Ich will zurücklaufen, an die Stelle, an der alles begann, und das Mädchen suchen, da bemerke ich, wie sich der Fahrer des Wagens innen an die Tür klammert. Ein alter Mann mit schütterem Haar und aufgerissenen

Augen, der unablässig mit dem Ellenbogen gegen die Hupe drückt. Ein quäkendes Geräusch, das alles noch viel schlimmer macht. In dem Moment begreife ich, dass er seine Tür gar nicht öffnen will, sondern sich an ihr festhält. Der Mann hat einen Herzinfarkt.

Ich rüttle, so fest ich kann, bis die Tür schließlich aufspringt, und richte den Mann auf. Was ich ihm sage, weiß ich nicht, ich höre mich selbst nicht mehr. Alles, was ich in diesem Augenblick tue, ist, ihn irgendwie davon abzuhalten, zu sterben. Das Letzte, woran ich mich erinnere, ist sein Atem. Der zuckende Brustkorb. Die vielen kleinen zitternden Nerven. Für diese große empfindsame Maschine ist es nicht viel, aber es reicht.

– – –

Der Zeiger auf Papas Uhr springt auf die Elf, als Schritte durch den langen Flur hallen. Wahnknecht hält zwei Plastikbecher in den Händen. Er reicht mir einen hin und nimmt schweigend neben mir Platz. Ich werfe mir noch eine Schmerztablette ein und schaue aus dem Fenster am Ende des Flurs in die Schwärze. Der Duft des Desinfektionsmittels schiebt sich wieder langsam durch den Gang. In der Notaufnahme standen drei große Flaschen Octenisept auf dem Schrank mit den Kanülen, ich kann einfach nicht aufhören, an sie zu denken.

Wahnknecht lehnt den Kopf gegen die Wand und schließt die Augen. Plötzlich kommt ein tiefer, trauriger Seufzer aus ihm hervor.

»Ich will nicht mit Nissens Frau reden«, murmelt er. »Die waren fünfundvierzig Jahre verheiratet, keine Frau will hören, dass sie Witwe geworden ist.«

»Jedenfalls keine, die nicht bloß des Geldes wegen geheiratet hat.«

Wahnknecht schüttelt den Kopf.

»Die haben kaum welches. Die hatten sich einfach nur gern.«

Er sieht mich mit einer Mischung aus Anteilnahme und völliger Erschöpfung an.

»Was haben Sie gefühlt, als der alte Nissen in Ihren Armen gestorben ist?«

»Er ist nicht in meinen Armen gestorben, sondern den Sanitätern unter den Händen weg. Fragen Sie die, ich glaube, es muss scheiße sein.«

»Brauchen Sie noch irgendwas, oder wollen Sie nach Hause?«

»Nicht mehr viel«, entgegne ich. »Wenn ich gleich mal kurz in diesem Zimmer verschwinde und nach einer Minute gewöhnlich flott mit auffallend vollen Taschen wieder herauskomme, dann müssen Sie rennen, verstanden?«

»Na, kommen Sie«, erklärt Wahnknecht lächelnd, »ich fahre Sie. Sie tun zwar immer so, als könnten Sie Autofahren mit mir nicht leiden, aber ich bin mir sicher, im Grunde Ihres Herzens stehen Sie auch auf die Ära des wilden Rock 'n' Roll. Wer tut das nicht?«

Als er aufsteht, reicht er mir seine Hand, und ich nehme sie an.

– – –

Es ist fast Mitternacht, als ich Teewasser aufsetze. Wahnknecht steht am Fenstersims und zupft an den Blättern des Basilikums, während er ihn mitleidig anschaut. Das Licht der Petroleumlampe flackert vor dem Foto von Lara Berg über dem Küchentisch. Es war dunkel. Alles, was mir in dem Augenblick draußen bei den Schafweiden blieb, war der Klang ihrer Stimme. War sie so schön, wie Bürgermeister Berg sie beschrieben hatte? Ein schmales Paar Schultern und eine zierliche Hand, die auf die Straße deutete. Der Schimmer ihres Gesichts, eigentlich nur ihre Wange. Es ist nicht viel. Ich schüttle den Kopf.

»Ich hatte nicht mal Zeit, meine Taschenlampe hervorzuholen. Mist, die muss noch da draußen liegen.«

»Macht nichts«, erwidert Wahnknecht, »ich überlasse Ihnen eine von meinen.«

»Vielleicht war es Lara Berg dort draußen«, überlege ich, »aber wer war bei ihr? Das Mädchen hat ihn gewarnt, er sollte verschwinden. Nicht einfach unerkannt bleiben, umdrehen und gehen, sondern fliehen. Wissen Sie, was ich meine? Sie dachten, sie seien so weit draußen, dass sie nicht gestört würden bei was auch immer, auf jeden Fall glaubten sie das. Würde man sich nicht zu Hause treffen oder im Dorf, wenn man sich einfach nur sehen will? Die beiden hingegen suchten eine der abgelegensten Stellen auf, wie zwei Aussätzige. Niemand sollte von ihnen wissen.«

Wahnknechts Blick wandert abwesend auf Papas Uhr.

»Sie müssen morgen früh raus?«

»Nee, eigentlich nicht. Ich dachte nur, Sie wollen sich bestimmt bald hinlegen ...«

Ich gehe zum Regal und nehme zwei Tassen heraus, eine Dose Schwarztee und eine Flasche Ron-Zacapa-Rum.

Um Viertel vor drei lösche ich das Licht in der Lampe. Die Wolken sind vorübergezogen, und über den Feldern leuchtet der Mond. Das Thermometer am Fenster zeigt minus 1 Grad. In dieser Nacht legt sich ein Frost über das Land und über uns.

13

Am Donnerstagmorgen schrecke ich um zwanzig nach acht auf. Diesmal war ich es, die im Nachtlicht der Scheinwerfer vor den Wagen lief, von der Motorhaube erfasst und dann über die Windschutzscheibe katapultiert wurde. Ich lag da mit dem Rücken auf der Straße und über mir der rote Mond. All meine Gliedmaßen waren gelähmt. Nur meine Rippen gaben mir das Gefühl, noch am Leben zu sein und von innen zu verbrennen. Ich konnte nicht aufstehen oder weglaufen. Ich konnte nur mit ansehen, wie sich Alfred Windischs fleischiges Gesicht vor mich schob. Sein Kopf war eine einzige, triefende Wunde. Blut lief ihm über die Stirn. Er lachte, als er sich auf mich legte, und presste seine Hand auf meinen Mund.

Ich erwache von dem Gefühl zu ersticken. Mit pochendem Herzen suche ich nach der Schachtel Zigaretten. Langsam setze ich die Füße auf den kalten Boden. Was für ein Glück es sein kann, aufzuwachen und festzustellen, dass man gesund ist! Ich zünde mir eine Zigarette an, und während ich zum Fenster hinaus über die Felder blicke, denke ich noch einmal an das Telefongespräch zurück, das Wahnknecht und ich gestern geführt haben. Er hatte gegen zwei Uhr angerufen, kurz nach seiner Mittagspause, und über Dinge gesprochen, die sich beweisen lassen, und über jene, an die Menschen hier glauben wollen, um sich das Unbegreifliche leichter zu erklären.

Die Sicherung der Spuren auf dem Acker neben der Straße, über den der Unbekannte geflohen war, hatte Abdrücke ergeben, die etwa einer Schuhgröße 42 entsprachen und somit denselben, die auch auf dem Feld in der Nähe von Hanna Windischs Leiche gefunden wurden. Das Profil sei praktisch unkenntlich gewesen, erklärte Wahnknecht, so, als habe derjenige gar keine Schuhe getragen. Welcher Mensch geht zu dieser Jahreszeit barfuß aus dem Haus, hat Wahnknecht sich gewundert. Einer, der genau weiß, was er tut, habe ich geantwortet. Er war nicht da draußen, um das Mädchen, das bei ihm war, zu töten. Er wollte wohl viel eher ungestört mit ihr sein, das ist vielleicht etwas anderes. Wahnknecht machte komische Geräusche durch den Hörer. Zunächst hatte er Gebäck geknabbert, was so unerträglich laut an meinem Ohr gewesen war, nicht das Gebäck an sich, sondern Wahnknechts Art, es zu essen, obwohl ich von diesem Menschen, soviel er auch zu krümeln gewöhnt war, stets dachte, zumindest das mit dem Atmen zu beherrschen, ein bisschen besser als die meisten zu beherrschen, weswegen ich auch im Krankenhaus nichts sagte mit dem Spekulatius, aber diesmal ging er einfach zu weit. Wahnknecht nahm drei große Schlucke Wasser und sagte, er sei jetzt sowieso satt, was ich ihm nicht abkaufte, und dann konnten wir fortfahren.

»Woran denken Sie?«, fragte ich.

»Daran, wie eine Gestalt so einfach verschwinden kann. Eine Gestalt ohne Identität. Da war praktisch nichts Brauchbares, das wir hätten finden können, nicht mal ein Fingerabdruck an Nissens Wagen. Sind Sie sicher, dass derjenige über die Haube gesprungen ist?«

»Ja, es ging schnell, er war wendig. Und er hatte ungemeines Glück, jeder andere wäre vermutlich über die Windschutzscheibe katapultiert und schwer verletzt worden. Derjenige aber nicht, er hat die Situation genau abgepasst und ist im richtigen Augenblick gesprungen. Warum Sie keine Fingerabdrücke gefunden haben, kann ich Ihnen nicht sagen. Womöglich hat er Handschuhe getragen.«

»Haben Sie welche gesehen?«

»Nicht, dass ich wüsste.«

»Klingt alles merkwürdig. Ein Mensch ohne DNA, der sich einfach so in Luft auflösen kann, so, als gäbe es ihn gar nicht.«

Ich spürte ein Gefühl in mir aufsteigen, das mir sagte, dass Wahnknecht ein dummer Gedanke im

Kopf herumschwirrte, der ihn bereits erfolgreich ablenkte.

»Wenn Sie glauben, ich hätte mir das alles nur ausgedacht, läge der alte Nissen jetzt wohl kaum mit einer Nummer am Zeh in der Pathologie.«

»Das sage ich auch gar nicht«, erwiderte Wahnknecht grüblerisch. »Ich bin mir sicher, da draußen ist Ihnen irgendjemand begegnet. Die Frage ist nur, wer.«

»Klingt, als hätten Sie einen konkreten Verdacht.«

»Kann sein.«

»Aha?«

»Kann ich nicht einmal was für mich alleine denken?«

»Sie glauben, es war Kosta, der vor mir davonlief, richtig? Dass er da draußen mit Lara Berg war, der er ebenfalls etwas antun wollte. Als ich die beiden überrascht habe, hätte Lara Kosta gewarnt, vielleicht aus Liebe oder so was Ähnlichem. Er konnte weglaufen und sprang Nissen dabei vors Auto. Ist das so weit Ihre Theorie?«

»Na ja«, begann Wahnknecht, »das ist auch eine Möglichkeit. Als ich vorgestern bei ihm zu Hause war, war der Junge jedenfalls wieder mal alles andere als nüchtern. Sein Zustand genügte wenigstens, um ihm die nötigen Fragen zu stellen. Die nach Malis, Hanna und Alfred Windisch. Zunächst hat er bloß seinem Unmut über den Bauern freien Lauf gelassen,

bis ich ihm sagte, er soll die Klappe halten und endlich auf meine Fragen antworten. Dann behauptete
er, er habe Hanna praktisch nicht gekannt, höchstens mal im Dorf gesehen, nie mit ihr geredet. Bei
Malis war Kosta da schon anders drauf. Ich glaube, die beiden kannten sich besser, als er zugeben
will, jedenfalls sprach er auffallend, wie soll man sagen, respektvoll von ihr. Solche Worte, so gar nicht
vulgär, das kennt man von dem gar nicht. Er meint,
er habe Malis gemocht, mehr nicht. Er habe sie ein
paarmal getroffen, sie hätten sich vielleicht mal unterhalten, worüber, wisse er nicht mehr. Wenn Sie
mich fragen, lügt er, ich traue dem alles zu.«

»Was hat Kosta über Lara Berg gesagt? Die beiden
waren zusammen, das weiß ich.«

»Das hat er auch eingeräumt. Kosta sagte, das lief
ein paar Monate, aber nicht so, wie er wollte. Oder
sie. Einer von beiden hat den anderen immer wieder
hingehalten, wenn sich die Gelegenheit bot. Hätte
ich gar nicht von der kleinen Berg gedacht, die macht
immer so einen frommen Eindruck. Jedenfalls wollte sie nicht mehr. An dem Abend, kurz bevor Kosta sich vor versammeltem Dorf mal wieder von seiner besten Seite gezeigt hat, habe sie ihn verlassen.
Dann ruderte er zurück und behauptete, sie hätten
es *beide* beendet. Alles andere hätte sein Ego wohl
nicht zugelassen. In der Nacht, als Lara verschwunden ist, sei er zu Hause gewesen, Ren hat das bestä-

tigt. Er habe irgendeinen Wagen zur Reparatur abgeholt und zwei Tage daran geschraubt, hat er gesagt.
Ren hat alles abgenickt, und wenn ich wollte, hätte
ich auch noch den Kerl aufsuchen können, dessen
Kiste er auseinandergenommen hat. Wollte ich aber
nicht. Wenn's drauf ankommt, lügt da eh einer für
den anderen.«

»Was bedeutet das?«, wollte ich wissen. »Glauben
Sie nun, dass es Kosta war in der Nacht dort draußen oder nicht?«

»Weiß ich nicht«, entgegnete Wahnknecht un-
wirsch. »Ich weiß überhaupt nichts mehr, das ergibt
alles keinen Sinn.«

»Sie reden nicht von den Jungs. Wovon sprechen
Sie?«

»Von diesem Phantom«, seufzte Wahnknecht
schwer. »Eine Gestalt, die einfach verschwindet, wie
vom Nebel verschluckt ... die einfach auftaucht und
ins Nichts zurückgeht. Und nichts hinterlässt außer
dem Hinweis, dass es sie gibt. Das finde ich nicht
normal. Vor allem nicht an diesem Ort.«

»Sie reden komisches Zeug.«

»Ich weiß.«

»Was soll an diesem Ort denn nicht normal sein?
Sagen Sie bloß, hier werden manchmal Kühe von
Außerirdischen entführt und gegen deren Kühe aus-
getauscht?«

»Die Leute hier haben schon ein paar schreckliche

Dinge sehen müssen. Dinge, nach denen Sie abends jedenfalls nicht mehr so lustig durch die Gegend laufen würden.«

Langsam bekam ich Kopfschmerzen.

»Ich spreche kein Kryptisch«, brummte ich. »Sagen Sie mir schon, wovon Sie eigentlich reden.«

»Von der Legende eben. Wissen Sie noch? Die toten Mädchen, die damals gefunden wurden.«

»Sie haben gesagt, es gebe keinen Zusammenhang zwischen einer alten Dorflegende und dem Fund von Hannas Leiche auf dem Acker. Das haben Sie gesagt.«

»Ich weiß, was ich gesagt habe«, knurrte Wahnknecht unkonzentriert. »Aber ich bin mir inzwischen einfach nicht mehr sicher, verstehen Sie? Was, wenn ich mich geirrt habe, weil ich mich irren *wollte*? Alles deutet darauf hin, dass es zurück ist, dieses Phantom. Der Soldat, der mit dem Herbstnebel ins Dorf kommt, um das Unrecht, das ihm angetan wurde, zu rächen. Davon erzählt man sich bis heute, jeder kennt die Geschichte. Na ja, Sie nicht, Sie sind ja noch nicht so lange hier.«

»Sie meinen, in einem Dorf, in dem man an Ammenmärchen glaubt und um Scheiterhaufen tanzt?«

»Den Soldaten gab es wirklich«, erklärte Wahnknecht. »Sein Name war Hans Heinrich Marten. Er ist in diesem Dorf aufgewachsen, dann kam der Erste Weltkrieg, und er musste an die Front. Marten ließ seine Verlobte zurück, Elisa Rohweder. Eine traurige Geschichte. Elisa hörte nichts mehr von Marten, er galt als vermisst. Sie heiratete auf Drängen ihrer Eltern einen anderen Mann, lebte mit ihm in dem Haus am Waldrand, dem Grundstück, das Kosta und Ren heute bewohnen, aber damals war das noch ein richtiger Hof. Sie bekam einen Sohn. Dann ging der Krieg zu Ende, und plötzlich kehrte Marten zurück. Als er sah, dass Elisa einen anderen Mann geheiratet hatte, brach alles zusammen, was ihn den Krieg über am Leben gehalten hatte. Er wollte Elisa nicht aufgeben. Marten fand heraus, dass es sein Sohn war, den Elisa mit einem anderen Mann aufgezogen hatte, zumindest glaubte er das. Er und Elisa wollten das Dorf mit dem Jungen verlassen, anderswo ein neues Leben beginnen. Aber Elisas Mann sah das natürlich nicht so gern. Er trommelte einige Männer aus dem Dorf zusammen, und gemeinsam erschlugen sie Marten auf dessen Flucht. Anschließend begruben sie ihn im Wald. Elisa wurde zurück in die Ehe gedrängt und gezwungen, nie wieder ein Wort über Marten zu verlieren. Wahrscheinlich wären alle damit durchgekommen, aber ein Jahr später, im Herbst des Jahres 1919, passierte etwas, das das Dorf glauben ließ, Marten sei wieder da. Es trug sich zu, als der erste Nebel über die Felder kam. In der Nacht verschwand Elisa spurlos aus dem Haus ihres Mannes. Zwei Tage später fand man ihre Leiche auf einem Acker. Man hatte damals kein Fremdwirken als Todesursache feststellen können. Die tote Elisa war völlig unversehrt, ihr Herz hatte einfach aufgehört zu schlagen. Sie habe Marten folgen wollen, heißt es, genau wie auf der Flucht, als man Marten totschlug.«

»Genau die richtige Geschichte fürs Lagerfeuer. Ich merke langsam, die Zeit ist hier irgendwie stehengeblieben. Außerdem, Selbstmord aus Liebe ist nicht neu. Vielleicht hat Elisa ein Gift geschluckt, das sich nur schwer nachweisen ließ.«

»Die Geschichte ist aber noch nicht zu Ende. Kaum hatten die Dorfbewohner Elisas Leichnam unter die Erde gebracht, wurde eine zweite junge Frau tot aufgefunden, und zwar unmittelbar nach einer Oktobernacht, als Nebel über die Erde gekrochen kam. Todesursache: nie geklärt. Und bevor Sie jetzt Luft holen: Es blieb nicht bei diesen beiden Toten. Fast ein Monat verging, in dem die Bewohner alles taten, um das alles zu vergessen. Und den Nebel. Dann wurde es November, feucht und kalt. In einer Nacht stieg wieder Nebel über den Äckern auf. Er drang von den Wäldern über den Weiher bis ins Dorf. Ein Bauer, der die ganze Nacht auf den Beinen gewesen war, weil eine seiner Kühe kalbte, sah, wie der Nebel das Dorf fast vollständig verschwinden ließ. Es war schon in den frühen Morgenstunden, als der Alte sich noch mal schlafen legen wollte, da beobachtete er, wie seine Tochter, Christina, wenn ich mich recht erinnere, plötzlich über den Hof lief. Er rief nach ihr, aber sie hörte ihren Vater gar nicht, sondern lief einfach hinaus in den Nebel. Als der Bauer ihr folgte, meinte er, eine Gestalt über dem Feld gesehen zu haben. Ein junger Mann in Uniform wie vom Militär. Er war wie aus dem Nichts aufgetaucht und im nächsten Augenblick wieder verschwunden. Der Bauer weckte das ganze Dorf auf. Alle suchten nach seiner Tochter, aber niemand fand sie. Drei Tage vergingen. Dann entdeckte ein junger Zimmermann, der auf der Walz durch das Dorf kam, den leblosen Körper im Waldsee. Die Leute glaubten ihm nicht. Sie dachten, er habe etwas mit dem Tod des Mädchens zu tun, obwohl der Junge seine Unschuld beteuerte. Sagen wir mal, fast wäre noch ein Unglück passiert, aber der Zimmermann konnte rechtzeitig fliehen. Alle drei Frauen waren gestorben, ohne dass jemand sagen konnte, woran. Für die Menschen aus dem Dorf war klar: Marten war zurückgekehrt. Er hatte die Bewohner da treffen wollen, wo es am schmerzhaftesten war, und ihre Töchter mit in den Tod genommen. Achtzig Jahre ist das jetzt her, fast. Hass verjährt nicht.«

»Davon haben die Leute auf der Versammlung also gesprochen.«

»Hanna Windisch tot auf dem Feld«, erklärte Wahnknecht. »Alles sieht wieder nach Martens Handschrift aus.«

»Sie sind Polizist. Den Gedanken würde ich ganz schnell dort verscharren, wo er hingehört. Alles, wonach Sie suchen, muss rational begründet sein, nur *das* können Sie beweisen. Und nichts anderes kann einen Menschen töten als das, was es auch tatsächlich gibt.«

»Es gibt vieles da draußen«, protestierte Wahnknecht mit Grabesstimme. »Ich suche nach einem Täter ohne Profil. *Einem Phantom,* wie Sie so richtig bemerkt haben. Wenn dieser Mensch so real ist, wieso scheint er dann nicht zu existieren?«

Irgendwann hatte ich den Hörer einfach aufgelegt und nach der Packung Schmerztabletten zu suchen begonnen. Jetzt war es also so weit, man suchte nicht länger nur nach einem Mörder, sondern auch noch nach einem Gespenst in den Köpfen der Menschen. Wo der Verstand aufhört, fängt bei Wahnknecht die Fantasie also an.

Beim Öffnen des Fensters entdecke ich einen Lkw auf dem Asphaltplatz vor dem Schuppen. Das Tor steht offen, während es zwischen Holz und Gerümpel poltert und jemand beides durcheinanderwirft. Ein schwarzes Kabel fliegt durch die Luft und fällt neben den Hinterreifen des Lastwagens, dann folgt Husten, und ein Klumpen Spucke landet vor der Tür. Kosta ist da. Er trägt eine schmutzige graue Latzhose über seinem blaukarierten Flanellhemd und ein gelbes Schweißgerät in der Hand. Plötzlich sieht er auf und schaut mich an. Ich mache einen Satz zurück und zähle bis fünf.

Während ich vorsichtig einen zweiten Blick hinauswerfe, steht Kosta bereits mit den Händen in den Hosentaschen grinsend an die Motorhaube gelehnt.

Als ich den Müll in die graue Tonne werfe, hält Kosta die Fahrertür mit beiden Händen in die Luft.

»Guten Morgen, Prinzessin.«

Ich schneide eine Grimasse.

»Was macht der Schädel?«

»Dick wie eh und je.«

Ein Lächeln und eine Zigarette, der ölverschmierte Ärmel über der Stirn mit dem Schweiß.

»Keine Sorge, ich bin dir nicht böse. Vielleicht wär die Welt 'n bisschen besser, wenn's mehr Frauen wie dich gäbe. Solche, die sich zu wehren wissen, meine ich, tut mir leid.«

»Mir auch. Schick mir eine Rechnung, wie viele Gehirnzellen bei dem Schlag zu Schaden gekommen sind. Ich reiche es an meine Versicherung weiter.«

Er lacht.

»Für 'ne Polizistin bist du echt okay.«

»Ich bin keine. Möglicherweise braucht man nicht immer eine Dienstmarke, um die Wahrheit zu finden.«

»Nach welcher Wahrheit suchst du denn?«

Prüfend guckt Kosta mich von der Seite an. Für einen Augenblick bin ich mir nicht mehr sicher, ob ich mich weiter mit ihm unterhalten sollte. Manche Menschen werden im Licht geboren, für andere scheint es ihr ganzes Leben lang nicht. Wenn ich Kosta ansehe, weiß ich nie, zu welcher Sorte er gehört. Abwartend lehnt er an der Fahrertür. Dann wird ihm meine Unentschlossenheit langweilig, und er holt sein Schweißgerät hervor. Als er zurückkommt, fällt mir auf, dass er sein linkes Bein ein wenig nachzieht. Ein fast unmerkliches Lahmen von der Kniescheibe abwärts.

»Bist du umgeknickt?«

Er schüttelt den Kopf. Dann sieht er mich unverwandt an und beginnt zu lachen.

»Du hast den Schlag eines Kleinganoven, hast mich richtig aus den Schuhen gehauen. Na, meinen Knöchel hat's jedenfalls gewaltig verdreht.«

Vor meinem inneren Auge sehe ich noch einmal den Moment des Aufschlags in der Nacht vor dem Auto. Ein aufgeplatztes Schienbein oder ein umgeknickter Knöchel. Mindestens. Er hatte Glück genug, den Aufprall zu überleben.

»Welche Schuhgröße hast du?«

»Dreiundvierzig. Kommt auf den Schuh an.«

Er lächelt und reicht mir eine Schutzbrille.

»Wenn du noch etwas bleiben willst, setz die besser auf, sonst haste morgen keine Hornhaut mehr, und dann kannst du mir gar nicht mehr auf den Hintern gucken.«

»Wann hast du Lara das letzte Mal gesehen?«, frage ich.

Sein Grinsen reißt plötzlich ab.

»Wieso? Sie hat Schluss gemacht, ich meine, *wir* haben Schluss gemacht, miteinander. Ich hab keinen Bock, sie zu sehen. Will sie irgendwas?«

»Du weißt, dass sie weg ist. Wahnknecht war bei dir. Er hat dich nach Lara und den anderen Mädchen befragt.«

»Kann sein.«

»Du weißt nicht, wo sie ist?«

»Nee, und ist mir auch egal, die Alte weiß nicht, was sie will. Vielleicht hat sie jemand Neuen und ist mit dem abgehauen.«

»Wenn es einen anderen gäbe, hättest du ihn dann nicht schon längst ins Krankenhaus geprügelt?«

»Vielleicht.« Er lacht. »Herausgefordert hätte ich ihn wahrscheinlich. Einfach, um zu sehen, was für ein Lappen das ist.«

»Eifersucht tut weh.«

»Mir nicht.«

Er drückt die Zigarette unter der Sohle aus.

»Es muss einsam sein, da draußen zu wohnen, nur du und Ren.«

»Du sagst es, ich und Ren. Ich bin nicht allein.«

»Fehlen euch eure Eltern nicht?«

Er schüttelt den Kopf.

»Man vermisst doch nicht, was nie da war. Ich kann mich an Papa erinnern, an seine Stimme und so und welches Rasierwasser er benutzt hat, aber das ist alles. Ist zehn Jahre her. Er war eh nie zu Hause, meistens auf Montage oder was ihm sonst noch so gelegen kam, um nicht nach Hause kommen zu müssen.«

»Und eure Mutter?«

»Hat Ren dir doch erklärt, die Alte hat einen Riss. Vielleicht ist sie mal auf den Kopf gefallen, und dann ist da drin was kaputtgegangen, normal ist die jedenfalls noch nie gewesen. Herrisch. Stur. Uneinsichtig. Wie ein großes, bockiges Balg. Es gab eine unsichtbare Ordnung in ihrem Leben, die niemand durcheinanderbringen durfte. Taten wir's doch, ist sie durchgedreht. Das mit den Uhren, das hast du ja mitbekommen. Es gibt keine verdammte Uhr in unserem Haus, die die richtige Zeit angezeigt hat. Wir haben sie so gelassen, auch nachdem Mama weg war, vielleicht als Beweis, keine Ahnung. Sie hat das Hier und Jetzt nie ertragen. Ihr Leben war scheiße. Pure Scheiße. Sie hat es gesagt, wenn sie glaubte, wir hörten nicht hin.«

Kosta gibt mir Feuer.

»Wieso war sie so wütend?«, frage ich.

Kosta zuckt die Achseln und blickt auf einen

Punkt in der Ferne. Ein schwarzer Vogel verschwindet hinter den Bäumen.

»Irgendwann fing Mama an, sich zu kratzen, als wäre sie befallen. Als wären irgendwelche Parasiten in ihrer Haut, die rausmüssten, sonst würden sie sie von innen auffressen. So ist das wohl, wenn man krank im Kopf ist. Am Ende bleibt von einem gar nichts mehr übrig.«

»Ihr seid also froh, dass sie weg ist?«

Keine Antwort, nur ein langer Atemzug.

»Ren hat mehr Scheiße abbekommen als ich. Ich hab mir immer eine andere Mutter für uns beide gewünscht oder dass sie uns wenigstens in Ruhe lässt. Es gab Tage, da kam ich heim, und sie hatte Ren in sein Zimmer gesperrt. Und es gab Tage, da wollte ich sie verprügeln, wie sie uns verprügelt hat. Hab ich aber nicht. Ich hab nur immer mehr verstanden, warum unser Vater sie nicht mehr ausgehalten hat. Der Alte hätte uns bloß mal mitnehmen sollen, wohin auch immer er sich verpisst hat.«

Er schnipst den Zigarettenstummel auf das Dach des Schuppens und zieht die Schutzbrille ins Gesicht.

»Geht los jetzt«, ruft er, »sonst werde ich hier ja nie fertig.«

Ich nicke Kosta zu und gehe zurück zur Treppe. Das Geräusch des Schweißgerätes, das sich durchs Metall fräst, heult in der Luft. Auf dem Schreibtisch liegt immer noch der Brief mit dem grünen Stempel. *Kroymann & Wieland, Partner.*

Ja, aber innen drin geht es um Henning & Richter, nie wieder Partner.

– – –

Ein Schwarm Mücken tanzt unter der Regenrinne. Es ist grau geworden. Dicke, neblige Wolken verhängen den Himmel. Ich muss unter dem Geräusch des Schweißgerätes eingeschlafen sein. Nun ist es bereits Viertel vor fünf, und der Lkw und Kosta sind nicht mehr da. Ich beschließe, bei den Bergs anzurufen, doch die Leitung ist besetzt. In den Unterlagen von der Schule finde ich Frau Bergs Adresse und schreibe sie mir auf die Hand.

Nachdem ich einen ernüchternden Blick in die Zigarettenschachtel geworfen habe, suche ich mein Portemonnaie und mache mich auf den Weg zum Kiosk.

Bergs Haus liegt in der Mitte des Dorfes. Es ist das vorletzte Haus an einer Kreuzung mit Blumen und Kürbissen im Beet unter den Fenstern. Im Flur brennt Licht, ich drücke die Klingel. Sofort ertönt Hundegebell, und eine große schwarze Silhouette zeichnet sich hinter der Glastür ab. Dann ertönt ein lauter Pfiff, und der Hund verstummt.

Als die Tür aufgeht, steht Dr. Berg vor mir, das Halsband im Griff. Ausdruckslos blickt er mich an.

Ich wollte sagen, ich habe eine Spur, ich bin mir fast sicher. Ich habe Lara gesehen, also ist sie am Leben, und alles wird wieder gut, oder zumindest ist es nicht so schlimm, die Chance, dass sie es war, besteht, und die Chance, dass sie zurückkommt, auch, Lara ist da draußen, sie ist am Leben.

Und Berg hätte gesagt: Ich wusste es! Ich wusste es die ganze Zeit. Dann hätte ich gelächelt, so, wie es angemessen ist, einmal kurz oder einmal lang, das ist egal, nur nicht zweimal kurz, sonst erweckt man den Eindruck, keine Ahnung zu haben, was man tut. Ich hätte ihm gesagt: Einer von uns findet sie, oder sie kommt von sich aus zurück, denn sie ist ja nicht blöd. Ich habe ihre Stimme gehört, hätte ich gesagt, und gewusst, dass sie es ist, weil das die Stimme eines Engels war, wie versprochen. Aber ich sag's nicht. Berg weiß, was los ist. Er weiß, dass ich da war, und weiß, dass jemand, der wahrscheinlich sehr wichtig für uns ist, schneller war als ich und von mir nicht einmal identifiziert werden konnte. Der Mensch, der weiß, wo Lara jetzt ist, war schneller als ich, cleverer, und er hatte mehr Glück.

Der Hund in Bergs Griff reicht ihm bis zur Hüfte. Der hätte ihn gekriegt.

»Es tut mir leid«, sage ich, »es war knapp, wissen Sie, ich war ihm nah.«

Berg nickt.

»Natürlich, deshalb waren Sie da. Weil Sie wussten, wo sie sein würden. Und trotzdem hat es nicht
gereicht.«

»Ich wusste nicht, dass sie dort sein würden«, sage
ich. »Hätte ich es gewusst, hätte ich der Polizei doch
Bescheid gesagt.«

Als der Hund wieder zu knurren beginnt, gibt Berg
ihm einen Ruck und wirft ihn in den Flur.

»Dieser Psychopath ist noch irgendwo unter uns.
Was auch immer Sie da draußen gesehen haben, ist
der Beweis dafür. Also ist Lara bei ihm, und ich kann
nichts dagegen tun – Sie schon.«

»Ich bin nicht Ihr Lakai!«

»Aber Sie sind auch nicht in der Lage, sich schlafen
zu legen, ohne dass Ihr letzter Gedanke da draußen
ist. Bis Lara wieder da ist, gehen meine Frau und ich
durch die Hölle. Seien Sie froh, dass Sie nicht denselben Weg haben.«

»Sie wissen gar nichts über mich. Vielleicht interessiert es mich nicht einmal, was mit Ihrer Tochter
passiert, und ich will einfach nur meine Ruhe.«

»Die haben Sie nicht mehr seit dem Tod Ihrer Cousine. Ist lange her, nicht wahr? Sie beide waren Teenager. Ungeklärter Sexualmord. Sie haben Ihre Cousine damals gefunden und waren die Letzte, die sie
lebend gesehen hat. Es gibt Akten über jeden Menschen, man muss sie nur aufschlagen.«

»Sie sind ein Arschloch.«

Berg zuckt bloß die Achseln.

»Ich möchte nur nicht mit Ihnen tauschen. Auf keinen Fall.«

Wütend drehe ich mich um und gehe. Als ich das Grundstück verlasse, setzt Regen ein, immerhin. Eigentlich wollte ich nach Hause, aber jetzt nicht mehr, lieber laufe ich, bis die Wut aus meinem Bauch ist.

An der Kreuzung hinter der Wache steht eine Eiche, die mir noch nie aufgefallen ist. Ich wechsle die Straßenseite und blicke die lichter werdenden Äste hinauf, die sich im Wind bewegen. *Zur Erinnerung an 1870–71*, steht auf der Basaltsäule darunter. Vielleicht ist der Baum so alt wie Menschen, an die er erinnern soll.

Die Tür des Präsidiums schwingt auf, und Wahnknecht läuft mit einem grauhaarigen Dackel zwischen seinen Füßen die Auffahrt hinunter. Er stoppt, sieht mich und will gerade winkend auf mich zulaufen, als die Leine des meerschweinchengroßen Hundes sich um seine Beine wickelt. Stolpernd und strauchelnd kippt Wahnknecht im nächsten Moment vornüber ins Gebüsch.

Das Meerschweinchen läuft auf mich zu, ich lese es auf, und es leckt mein Gesicht ab. Keuchend klettert Wahnknecht aus dem Gestrüpp und sieht mich zerknittert an.

»Sind das diese *Abenteuer,* die Sie meinten, zu er-
leben?«

»Sehr witzig.«

»Wohin wollten Sie? Gibt es eine Spur, die zu Lara
führt?«

»Nein. Die Kollegen aus der Stadt haben übernommen und führen seit gestern eine großangeleg-
te Suche nach ihr durch, mit knapp zwanzig Mann
und Spürhunden ... etwas größeren als unseren hier.
Wenn Lara Berg das Mädchen auf dem Feld war,
verlief sich ihre Spur auf der Straße. Vielleicht hatte
sie ein Rad dabei. Haben Sie eines gesehen?«

Ich schüttle den Kopf. Es war so dunkel, dass es
mir möglicherweise nicht einmal aufgefallen wäre,
hätte es irgendwo im Graben gelegen.

»Wollen Sie mitkommen«, fragt Wahnknecht lächelnd, »eine Runde durch unser schönes Dorf drehen?«

»Meinetwegen«, sage ich. »Aber seien Sie vorsichtig: Manche Leute rufen glatt die Polizei, wenn sie
bemerken, dass jemand versucht, in ihren Garten
einzudringen.«

– – –

Das Telefon klingelt.

Ich setze mich auf den Schreibtisch und nehme den
Hörer ab. Ich denke an die Bergs, habe allerdings

auch nicht auf die Nummer auf dem Display geachtet. Draußen prasselt der Regen aufs Dach.

»Hallo?«

»Guten Abend, ich hoffe, ich habe Sie nicht gestört? Hier ist Marta.«

So spät noch?

»Schon gut«, antworte ich, »was gibt es denn?«

Für einen Augenblick ist es still zwischen uns, bis ich höre, wie Marta tief Luft holt und dann fragt:

»Rauchen Sie gerade, oder haben Sie Sex?«

Wie vom Donner gerührt starre ich auf das Telefon in meiner Hand. Es dauert mehrere Sekunden, bis ich es wieder an mein Ohr halte. Verunsichert ziehe ich den Aschenbecher näher an mich heran und drehe mich zu Wahnknecht um, der einen Teller Nudeln auf seinem nackten Bauch balanciert, während er mir vom Bett aus zuwinkt. Ich fühle mich furchtbar beobachtet.

»Wie kommst du denn darauf?«

»Nur so. Es ist etwas in Ihrer Stimme. So eine Heiserkeit. Aber nicht so schlimm, als hätten Sie sich erkältet. Dann würden Sie auch wieder anders klingen, nasaler irgendwie.«

Ich reibe mir die Stirn.

»Aha«, sage ich, unschlüssig, ob ich Marta belügen soll oder nicht. Ich entscheide mich dafür, einfach über ihre Mutmaßung hinwegzugehen. »Wieso rufst du an? Wenn es um eure Hausaufgaben geht, fragst du im Moment vielleicht besser Herrn Wortmann.«

Plötzlich atmet Marta schwer in den Hörer, und ihre Stimme bebt, als kämpfe sie mit den Tränen.

»Es ist wegen Isa, sie ist nicht da!«

»Was meinst du damit?«

»Isa ist weg. Sie wollte mich heute nach der Schule abholen, aber das hat sie nicht getan. Sie war nicht zu Hause, den ganzen Tag noch nicht. Eben hat Herr Kracht angerufen. Er hat mich gefragt, wo Isa bleibt, sie sollte vor einer Stunde auf der Arbeit sein. Ich hab gesagt, ich weiß es nicht. Ich weiß nicht, wo Isa ist.«

Das Gefühl überkommt mich urplötzlich. Noch ein verschwundenes Mädchen. Noch eins, irgendwo da draußen in der Dunkelheit, wo sie alle nicht hingehören. Meine Faust landet auf dem Tisch. Überrascht blickt Wahnknecht auf.

»Marta, wann hast du Isa das letzte Mal gesehen?«

»Letzte Nacht um Viertel vor drei. Immer wenn sie von der Arbeit heimkommt, schaut sie noch einmal zu meiner Tür herein, um sicher zu sein, dass ich schlafe. Diesmal bin ich wach geworden. Sie hat gelächelt und gesagt: *Schlaf schön, bis morgen,* aber da war sie nicht mehr da.«

Marta bricht in Tränen aus.

»Ist dein Papa zu Hause?«

»Ja, aber Papa weiß auch nicht, wo Isa ist. Er ist eben in Krachts Kneipe gegangen, jetzt sucht er sie dort.«

Bestimmt nicht.

»Hör mal«, sage ich, »es ist gut möglich, dass Isa etwas dazwischengekommen ist, deswegen konnte sie dich heute nicht von der Schule abholen. Wer weiß, womöglich ist sie bereits auf dem Weg in die Schänke und steckt später wieder ihren Kopf durch deine Zimmertür, um dir eine gute Nacht zu wünschen. Mach dir heute Abend keine Sorgen. Wir sprechen uns morgen wieder, in Ordnung?«

Als ich den Hörer auflege, steht Wahnknecht bereits hinter mir.

»Sie wird nicht heimkehren«, sage ich, er schüttelt den Kopf. »Das ist ein beschissenes Gefühl, weil ich Isa kenne, das macht es noch schlimmer.«

Plötzlich legt Wahnknecht seine Hand auf meine Schulter. An genau diese Stelle, die letzte, die Tim berührt hat, bevor wir auseinandergingen wie zwei Menschen, die einander nie gekannt haben. Ich zucke zusammen.

»Es ist sehr spät«, sage ich. »Sie müssen morgen früh zur Arbeit.«

Gekränkt zieht Wahnknecht sich zurück, nickt stumm und nimmt seine Sachen. Als er die Haustür hinter sich zugemacht hat, stehe ich auf und wickle mich in eine Decke. Der Regen spielt seine Melodie.

232

14

Ich habe noch nie jemandem erzählt, was passierte, nachdem ich Lissy tot im Gebüsch fand.

Ich habe es auch nicht dem Mann vom Sanatorium erzählt, den ich an einem Dienstagnachmittag besucht habe, weil er einer von Mutters Bekannten ist, und das reicht, um einen dort abzusetzen, wenn man glaubt, das Kind müsse mal mit jemandem reden, nach allem, was es mitangesehen hat. Ich weiß nicht mehr, wie der Mann vom Sanatorium hieß, ich weiß nicht mal mehr, wie das Sanatorium hieß, weil ich nicht hingehört habe. Als der Mann mir öffnete, trug er eine graue Faltenhose und braune Lederschuhe, die vorn spitz zusammenlaufen, das weiß ich noch, weil ich fünfundvierzig Minuten lang darauf geguckt habe. Auf dem beigefarbenen Teppich waren grüne und rote Schlagen zu sehen, die einander jagten. Und auf dem Glastisch neben dem Ledersessel stand eine Vase mit Blumen aus dem Garten des Sanatoriums, ich bin an ihnen vorbeigegangen auf dem Weg zum Eingang. Er legte ein schwarzes Notizbuch auf seinen runden Bauch, wartete und schrieb dann irgendetwas auf, was keinen Sinn ergab, denn ich sagte keinen Ton. Wahrscheinlich hatte Mutter ihm von Lissy erzählt. Aber was wusste sie schon von ihr? Was wusste *ich* von ihr? Seit ich auf der Welt war, war Lissy da gewesen und hatte mir alles erzählt, aber das Entscheidende, das das Leben vom Tod trennt, hatte sie mir nicht gesagt. Der Mann vom Sanatorium schob unauffällig mit seinem Ellenbogen die Box mit den Taschentüchern, die auf dem anderen Tisch neben meinem Sessel stand, näher an mich heran. Ich überlegte, ob ich mich irrte. Vielleicht waren es gar keine Schlangen im Teppich, sondern, von weiter weg betrachtet, die verschlüsselten Botschaften der Kinder, die ihn sechzehn Stunden am Tag geknüpft hatten.

Was passiert ist, als ich Lissy im Gebüsch fand? Ich glaube, ich bin gerannt und dann über einen Hasenbau gestolpert und habe mir den Knöchel verstaucht, aber darum geht es nicht. Dass man wegläuft, wenn man etwas sieht, von dem man glaubt, es nicht auszuhalten, passiert einem manchmal. Als Kind hältst du dir die Augen zu. Aber wenn du kein Kind mehr bist, begreifst du irgendwann, dass das Monster noch da ist, auch wenn du nicht hinguckst. So einfach funktioniert es nicht mehr. Wegrennen ist besser. Aber wohin? Ich lief vielleicht dreißig Meter, bis ich das erste Mal daran dachte, umzudrehen. Ich sah zurück, mein Knöchel pulsierte. Die Luft in meiner Lunge hätte womöglich noch den Abhang zum Haus hinauf gereicht. Dann zum Telefon, die Nummer wählen. Aber welche? Mit wem wollte ich darüber reden, was ich gesehen hatte? Wer würde zuerst hier eintreffen: der Krankenwagen, die Polizei, Lissys Eltern oder der Leichenwagen? Und wo sollen die alle hin? Es gibt nur diesen Weg über die Wiese. Sie würden kommen und alles kaputttrampeln und mir sagen, ich solle im Haus warten, bis alles vorbei ist. Und dann würden sie Lissy finden und Fotos machen und sie anfassen. Sie würden sie auf eine Bahre legen und wegbringen, und ich würde sie nie wiedersehen. Egal, wen ich anriefe, von dem Moment an, in dem irgendjemand hiervon erfährt, läuft die Zeit gegen mich, die Zeit, bis sie mir Lissy für immer wegnehmen würden.

Ich versuchte, den schmerzenden Knöchel nicht aufzusetzen, während ich den Abhang wieder hinunterging. Das kalte, feuchte Gras durchweichte meine Kleidung. Ich kletterte durch das Geäst auf den Hügel zu Lissy hinauf und sah sie an. Sie lag auf dem Bauch, die Beinen auseinandergestreckt. Ihr Rock hing als ein Fetzen von ihr herab, ihr Slip in ihren Kniekehlen. Vorsichtig drehte ich Lissy auf den Rücken und bedeckte sie mit meiner Jacke. Ich suchte einen Platz neben ihr, was mir schwerfiel, denn überall im Laub war Blut, auch in ihren Haaren. Ich wusste nicht genau, wo ich mich hinsetzen sollte. Als ich eine Stelle gefunden hatte, nahm ich Lissys linken Arm, er war so kalt, wie man glaubt, dass ein Mensch niemals kalt werden könnte, und legte ihn in meinen Schoß. Mit meiner linken Hand berührte ich ihre Schulter und hielt sie fest. Ich hielt Lissy, so, wie sie mich früher gehalten hatte, als ich noch klein war und mir vom Fieber übel war. Ich hatte mich übergeben, und Lissy hatte mich in den Arm genommen und aus *Die Unendliche Geschichte* vorgelesen, bis ich eingeschlafen war. So saßen wir noch einmal auf diese Weise beieinander und sahen in den Himmel, an dem die Möwen kreisten, was sich eigenartig anfühlte, denn ich hielt Lissy dort unten fest, während sie eigentlich ja schon dort oben sein musste, wenn sie alle recht hatten. Vier, sagte ich und meinte die Möwen. Was Lissy sah, weiß ich nicht, für gewöhnlich zählte sie höchstens Sternschnuppen. Einmal hatte sie drei in einer Minute gesehen, aber da waren sie auch im Fernsehen angekündigt gewesen, und Lissy war abends mit mir in den Garten gegangen und hatte gesagt: Jetzt kannst du dir mal alles wünschen, was noch nicht in Erfüllung gegangen ist. Das habe ich auch getan, aber ich habe es vermasselt und nur zwei Sternschnuppen gesehen, und dabei habe ich mir ein Paar Rollschuhe gewünscht, obwohl ich noch nie Rollschuh gefahren war und es bis heute nicht kann, und zum Zweiten habe ich mir gewünscht, dass ich schnell erwachsen würde, um so schön auszusehen wie Lissy, was auch dumm war, und ich bin froh, dass man Sternschnuppenwünsche nicht laut aussprechen darf, sonst hätte ich es wohl auch gar nicht gesagt. Lissys kalte Hand hielt meine. Ihre Augen schauten in die Ferne, während ich beobachtete, wie die Sonne am Himmel wanderte. Das Meer rauschte, eigentlich war es ein wunderschöner Tag. Ich wog sie noch ein paar Stunden, weil ich wusste, dass sie bald nicht mehr bei mir sein würde, und damit wäre auch der einzige Mensch gegangen, den ich liebte. Es war eine andere Liebe als die zu Papa, Mutter, meinem Bruder Fips oder meiner Schwester. Die Liebe zu Lissy hatte ich mir ausgesucht, und ich tat es jeden Tag wieder.

Ich saß dort mit ihrer Leiche im Arm und versuchte, mich nicht ins Blut zu setzen, um für die Polizei nichts zu verwischen. Ich hatte alle Zeit der Welt, mich von Lissy zu verabschieden und zu verstehen, was Leben ist. Es ist irgendwann ganz plötzlich zu Ende.

Mutter hatte mich nach einer Stunde wieder vom Sanatorium abgeholt, obwohl ich genauso gut hätte zu Fuß nach Hause gehen können. Sie fragte: Ist es jetzt ein bisschen besser?, und ich antwortete: Für deinen Psychologen wahrscheinlich schon. Ich habe es nie jemandem erzählt. Alle denken, ich hätte Lissy erst in den Mittagsstunden dort gefunden, aber das ist eine Lüge. Jeder hat seine Geheimnisse, weil jeder weiß, dass manche Dinge nur ihm gehören sollten.

15

Der Geruch von Rotwein liegt schwer in der Luft. Im Halbschlaf fahre ich mir durchs Gesicht und fasse mir an den Schädel. Das Klingeln bilde ich mir nicht nur ein, es *ist* hier irgendwo. Orientierungslos taste ich durchs Bett und finde schließlich das Telefon. Es dauert mehrere Sekunden, bis ich Wahnknechts Stimme am anderen Ende der Leitung ausgemacht habe. Seine Stimme klingt düster.

»Ich bin es. Können Sie herkommen?«

Der Wecker auf der Kommode zeigt Viertel nach sechs. Ich zwinge meine Augen, offen zu bleiben.

»Wohin überhaupt?«

»Richtung Präsidium, von da an sehen Sie schon.«

Ich willige ein, mich auf den Weg zu machen, doch schon als ich aus dem Bett steige, stoße ich mit dem Zeh gegen eine Weinflasche, die auf dem Boden steht und von der ich feststelle, dass irgendjemand sie geleert haben muss, in den Stunden, an die ich mich nicht mehr erinnern kann. Ich gehe ins Bad und schütte mir kaltes Wasser ins Gesicht. Dann werfe ich meine Jacke über und laufe hinaus in den Nebel.

Diese kalte, dicke Suppe am frühen Morgen.

Da ist er also, Wahnknechts verheißungsvoller Nebel, vor dem die Dorfbewohner sich seit Erfindung des Wetters fürchten. Ich ziehe den Kragen bis zum Kinn und zünde die erste Zigarette des Tages an, die vor Kälte nicht schmeckt.

Ich nehme die Abkürzung am Hühnerhof der Kowalskys vorbei. Die Tiere liegen mit dem Kopf im Gefieder auf dem Sand und schlafen oder starren mich misstrauisch an. An einer kleinen Gabelung biege ich rechts ein und laufe die Straße hinunter. Auf einmal liegen Stimmen in der Luft. Einige rufen etwas, das wie eine Anweisung klingt. Links, noch mehr links – halt! Plötzlich zerreißt ein Schrei die Kulisse. Ich gehe schneller, bis ich laufe oder irgendwas dazwischen und die Kreuzung erreiche, mit der Eiche zur Straße hin, die ewige Eiche mit der Basaltsäule darunter, wo zahlreiche Menschen darum versammelt stehen und aussehen, als würden sie gleich ohnmächtig. Wahnknecht steht in der Mitte, aber noch vor dem Absperrband. Er trägt seinen Pullover falsch herum und fährt sich erregt über die Wange. In seinem Gesicht zeichnen sich die Geschehnisse für gewöhnlich wie ein Stummfilm ab, man kann ihn lesen wie ein Stoppschild, jede Sorgenfalte hat ihre eigene Geschichte. Jetzt ist eine neue dazugekommen, ich kann sie sehen.

Von einem dicken Ast baumelt an einem Strick der reglose Körper eines jungen Mädchens. Weil die Feuerwehrmänner den Körper nicht schnell genug vom Baum trennen können, ihn noch nicht einmal fassen können, dreht er sich einfach weiter. Da wendet sich uns das Gesicht des Mädchens zu, und es sieht mich mit aufgerissenen Augen an. Die Tote ist Lara Berg.

Ein Polizist zieht immer mehr Absperrband um den Platz, weil immer mehr Menschen aus ihren Häusern herbeilaufen, während Wahnknechts Kollege Frau Berg, die im Nachthemd schreiend über die Straße angerannt kommt, auffängt, bevor sie in seinen Armen zusammenbricht. Dr. Berg kommt ihr nachgelaufen. Als er Lara erkennt, bleibt er stehen und schlägt die Hände vors Gesicht. Der Polizist brüllt, jemand solle endlich einen Krankenwagen rufen, und Wahnknecht schreit zurück, schon unterwegs. Still bleibt er neben mir stehen und schüttelt den Kopf. Lara Berg ist noch viel schöner als auf dem Foto und in meiner Erinnerung. Sie hat langes, schwarzes Haar und ist ganz zart. Über ihrem zierlichen Körper trägt sie ein weißes Kleid, das bis zu den Knien reicht. Alles an Lara erweckt den Eindruck, als sei sie gerade aus dem Himmel gefallen.

»Sie sieht aus wie Schneewittchen«, flüstert Wahnknecht.

»Die war aber nicht tot«, entgegne ich.

Als der Krankenwagen eintrifft, bekommt Frau Berg eine Spritze und wird ins Krankenhaus gebracht, während Herr Berg keinen Laut von sich gibt. Er hat alles mitangesehen, jeden Schnitt, bis Lara unter der Folie im Wagen verschwand. Da hat er sich auf den Kantstein gesetzt und ohne Ton zu weinen begonnen. So geweint, als hätte man seine Tochter nicht aus der Eiche, sondern aus ihm herausgeschnitten.

Wahnknecht schaut mich an.

»Was denken Sie?«

»Ehrliche Antwort?«

Er nickt.

»Wie kann ein totes Mädchen direkt vor der Tür der Polizei baumeln?«, sage ich. »Das sind keine zwanzig Meter. Der Mörder muss jeden einzelnen Schritt in Ihre Richtung genossen haben.«

Wahnknecht schneidet eine Grimasse. Dann gibt er einen undeutlichen Kommentar ab, der irgendwas damit zu tun hat, dass ich, bitte schön, das ganze Dorf mit Überwachungskameras ausstatten soll, wenn ich es mir leisten könne, und zieht Kreise in seiner Tasse Kaffee.

»Das Mädchen hing da wie ein Engel. Wer auch immer sie aufgeknüpft hat, wollte nicht, dass sie beschädigt wird. Als wäre sie sein Gegenstand.«

»Noch kennen wir die Todesursache nicht«, entgegnet Wahnknecht gereizt. »Es kann genauso gut sein, dass Lara sich selbst erhängt hat.«

»Haben Sie ihre Hände und Füße gesehen? Nicht eine einzige Schramme oder Kratzer. Sie ist nicht auf den Baum geklettert. Ich glaube eher, Lara wurde hochgezogen. Wurde eine Leiter gefunden?«

»Nein, das nicht, aber die Erde war aufgewühlt. Ein paar Pflanzen fehlten auch. Man könnte sagen, jemand hat den Platz neu zu ordnen versucht.«

Wahnknecht tritt näher an den Baum heran und deutet auf eine Stelle an der Wurzel.

»Gucken Sie sich das mal an. Keine einzige welke Pflanze, nicht mal ein loses Blatt. So sauber hat dieser Platz noch nie ausgesehen.«

»Der Mörder wollte seine Spuren also nicht einfach nur verschwinden lassen«, sage ich. »Es macht den Eindruck, als habe er die Stelle nach seinem eigenen Ermessen neu herzurichten versucht. Wie nach einer Skizze, nach der der Platz auszusehen hat, und so wie die Leiche selbst. Laras Körper sah perfekt arrangiert aus. Ein bildhübsches Mädchen, augenscheinlich vollkommen. Auf eine bestimmte Weise genau wie Hanna Windisch.«

»Das kann man von deren Schwester Malis aber nicht gerade behaupten, und in meiner letzten Erinnerung an den Bauer sieht er für mich eher aus wie rohes Hackfleisch. Der Mann hatte aber auch noch nie etwas Engelhaftes an sich.«

»Vielleicht ist bei Malis etwas schiefgegangen«, überlege ich. »Es ist nur eine Vermutung, aber vielleicht hat der Mörder nicht damit gerechnet, dass es so lange dauern würde, bis man ihre Leiche finden würde. Als er sie in die Grube warf, dachte er womöglich, dass ihr Körper gleich wieder an der Oberfläche auftauchen würde. Aber das passierte nicht, und so blieb sie verschwunden, bis wir schließlich nach ihr zu suchen begannen.«

Wahnknecht nickt.

»Die Obduktion hat ergeben, dass Malis über ein Jahr dort gelegen haben muss. Sie wurde also, kurz nachdem sie als vermisst gemeldet worden war, dort hineingeworfen.«

»Dann gibt es eine Reihenfolge: Malis, Hanna, Alfred Windisch und jetzt Lara Berg. Und damit ist wohl auch klar, dass es nicht um die Familie Windisch geht.«

Ich werfe einen Blick auf die Uhr, gleich sieben. Marta wird allein am Tisch sitzen und frühstücken, aber wenn wir Glück haben, liegt Isa bereits wieder in ihrem Bett und schläft. Wahnknecht tritt nervös von einem Fuß auf den anderen und niest zweimal laut in mein Ohr.

»Ziehen Sie sich was über, es reicht, wenn einer von uns beiden krankgeschrieben ist.«

Plötzlich sieht er mich unangenehm von der Seite an. Holt tief Luft.

»Wir sollten nicht darüber reden«, sage ich schnell. Er wirkt zerknittert. Ich hasse diese Momente, wenn einem alles um die Ohren fliegt, ganz leise, solche Momente sind immer leise, aber das macht sie überhaupt nicht angenehmer. Man steht oder sitzt da und soll über sich selbst reden, der einzige Mensch, über den ich nichts weiß. Womöglich weiß Wahnknecht ja, wer ich bin. Ich könnte ihn mal fragen.

»Ich meine bloß, es gibt im Moment Wichtigeres als das«, erkläre ich. »Wir müssen das vierte Mädchen finden, Isa Kowalsky.«

Wahnknecht nickt und trottet angeschlagen zurück ins Präsidium. Der Strick ist durchgeschnitten und baumelt im Wind. Ich wünschte, Wahnknecht hätte recht. Wäre Lara wie Schneewittchen, wäre alles anders.

— — —

Nachdem sich der Nebel gelichtet hat, mache ich mich um halb zwölf auf den Weg zur Schule. Am Tor kommt mir Wortmann lächelnd mit seiner Sporttasche über der Schulter entgegen.

»Geht's Ihnen besser, Frau Henning? Ich hab schon gehört, Rippenbruch, böse Sache, können Sie damit sitzen? Wenn Sie ein paar Tipps brauchen, ich habe einige gute Übungen zur Atemtechnik und für die Rückengymnastik, so was sollte im Aufbaustadium nach einer längeren Ruhephase nicht vernachlässigt werden.«

Ich atme einmal tief ein und hoffe, dass unser Gespräch möglichst nicht noch im Fußball gipfelt.

»Sehr gut.« Wortmann strahlt. »Das richtige Atmen haben Sie also schon mal raus. Sonst sagen Sie mir einfach Bescheid, ja? Ich stelle Ihnen in null Komma nichts ein Programm zusammen, da springen Sie bald wieder wie ein junges Fohlen.«

Damit nickt Wortmann mir zu und geht zu seinem Wagen. Als der Motor startet, atme ich wieder aus. Immer. Zu viele. Worte.

Als ich durch den Flur auf meinen Klassenraum zusteuere, hallt wieder jenes verräterische Klacken durch den Korridor. Ich ziehe den Kopf ein und hoffe einfach darauf, dass Erpelmann mich nicht gesehen hat ...

»Frau Henning, darf ich fragen, was Sie hier machen?«

... und deshalb sagt man, am Ende stirbt die Hoffnung doch.

Ich beschließe, meinen Weg fortzusetzen, ohne mich umzudrehen.

»Ich muss jemanden sprechen«, sage ich, »ist wichtig.«

»Sie sind beurlaubt, Frau Henning. Das heißt, falls Sie es noch nicht wissen, dass Sie gar nicht hier sein sollten.«

»Hatte Sehnsucht«, knurre ich und biege um die Ecke.

Bis zum Läuten der Glocke stehe ich hinter der Klassentür und gucke durchs Schlüsselloch dabei zu, wie die Kinder sich in Frau Fiebigs Kunststunde mit Wasserfarben anmalen. Zehn Minuten später ertönt das Signal zum Schulschluss. Ich trete einen Schritt zurück, und im nächsten Moment stürmt eine Horde Wilder ins Freie.

Marta trottet nachdenklich hinterher. Mit einem Pfiff reiße ich sie aus ihren Gedanken, und sie beginnt zu lächeln.

»Wie geht's dir?«, frage ich. »Was ist mit Isa, ist sie wieder da?«

Marta schüttelt den Kopf.

»Tut mir leid, aber das heißt ja noch nichts. Wollen wir mal gucken, ob sie zu Hause schon auf dich wartet?«

»Kommen Sie mit?«

Marta strahlt.

»Klar«, antworte ich, »ich muss mich doch noch bei euren Hühnern bedanken und diesen anderen großen Vögeln, die ihr habt, die ich aber lieber aus einiger sicherer Entfernung kennenlernen will.«

— — —

Auf dem Zaun vor dem Haus sitzt ein weißes Huhn und beäugt mich vorwurfsvoll. Es riecht nach nasser Erde, Gerstenkörnern und Federn und ein bisschen nach Notdurft, aber insgesamt ist mein Gefühl hier vor dem Zaun ein allgemein gutes in der Nähe der

Tiere. Schritte hinter der Tür. Dann ein lauter Rums, und im nächsten Moment wirbeln rote Federn durch die Luft. Ehe ich mich versehe, fliegt die Tür auf, und ein Huhn schießt mit rotierenden Flügeln über meinen Kopf hinweg. Marta lächelt. Sie öffnet die Pforte und treibt das Huhn zu den anderen wie ein Profi. Ihre Augen verraten, dass sie letzte Nacht kaum geschlafen hat.

Viel fehlt nicht mehr, denke ich, dann sieht sie aus wie Wahnknecht und ich.

Wir betreten das kleine Häuschen durch die Küche, in der gerade eine Waschtrommel brummt. Es riecht nach Fisch und Gewürzen und aus einer vergilbten Porzellantasse auf dem Küchentisch nach abgestandenem Kaffee. Marta läuft die Treppe hinauf. Isas Zimmertür ist nur angelehnt.

Marta bedeutet mir mit einer wedelnden Handbewegung, ihr zu folgen, dann halte ich den Atem an. Ein ganzer Raum verkleidet mit Skizzen und Zeichnungen, hunderte Papiere, die an Wänden und Decke kleben wie eine eigene Haut. Noch nie in meinem Leben habe ich so viele Gesichter gesehen. Isas Zimmer scheint aus einer anderen Welt zu stammen. Ich drehe mich langsam um meine Achse, während ich die Bilder betrachte. Ungläubig schüttle ich den Kopf – was es auch ist, das hier hatte ich nicht erwartet.

»All diese Menschen ... kein Gesicht gleicht dem anderen ... wie ein riesiges Puzzle aus Erinnerungen. Wer sind all diese Leute?«

»Na, die Menschen aus dem Dorf«, erklärt Marta stolz und deutet auf ein Bild über dem Bett. »Hier sind Herr Wahnknecht und Sie, ich glaube, Sie sitzen in der Schänke. Papa und mich hat Isa auch gemalt, ein paarmal schon, sie sagt, ich wachse zu schnell. Das hier vorn ist unsere Mama auf dem Hof, auf dem wir gelebt haben, und da ist unser Hund ...«

In meinem Kopf rotiert es. Wie zum Teufel konnte Isa ein Bild von Wahnknecht und mir anfertigen, auf dem wir zusammen am Tisch sitzen, ohne dass wir etwas bemerkt hatten?

»Wie kommt deine Schwester zu diesen Motiven?«, frage ich. »Es sieht aus, als habe sie uns alle heimlich fotografiert.«

Marta schüttelt den Kopf.

»Nicht mit einem Fotoapparat. Isa hat ein fotografisches Gedächtnis. Sie sagt, wenn sie die Augen schließt, kann sie sich an jedes Bild erinnern, das sie am Tage in ihrem Kopf geschossen hat. Ihr Kopf ist wie ein Fotoalbum. Aber weil niemand sonst da hineingucken kann, hat sie angefangen, die Bilder zu malen, um sie mir zu zeigen.«

Wahnsinn, denke ich. Wahnknecht und ich sitzen da, mitten im Gespräch, und ich zünde mir eine Zigarette an. Er zieht die Augenbraue hoch und vergräbt seine Arme, genau so, wie er es immer tut. Isa hat den perfekten Moment festgehalten, nichts fehlt.

In diesem Zimmer gibt es nichts außer ein paar wenigen Möbel und all diesen Bildern. Nicht mal einen Stuhl hat Isa. Auf den ersten Blick wirkt sie wie ein Mädchen ohne Geheimnisse, alles, was sie sieht und fühlt, drückt sie in diesen Zeichnungen aus. Hanna versteckte ihre Ängste in der Schublade. Malis schrieb sie auf Papier, das keiner außer ihr lesen sollte. Diese Schlupflöcher gibt es hier nicht. Ich schaue Marta lange an, die begonnen hat, die Kohlestriche mit den Fingern nachzuziehen. Sie befühlt das Bild ihrer Mutter. Schnee liegt auf dem Dach des Hofes und über den Weiden. Martas Mutter trägt einen großen Korb im Arm und wirft dem Hund, der um ihre Beine läuft, etwas zu. Sie hat Ähnlichkeit mit Edith Piaf, und beide Mädchen haben auf unterschiedliche Art große Ähnlichkeit mit ihrer Mutter.

Noch einmal gehe ich jede Wand mit den Augen ab, überschlage die Gesichter, die Stimmung in den Blicken der Menschen. Und dann denke ich plötzlich: Wenn Isa jeden Einwohner dieses Dorfes gezeichnet hat, wenn sie womöglich sogar jeden Menschen gezeichnet hat, dem sie je begegnet ist, dann befindet sich der Mörder genau hier in diesem Raum. Augenscheinlich gibt es keinen Menschen außer ihrer Familie, dem sie auf dem Papier mehr Aufmerksamkeit als allen anderen gewidmet hätte. Kaum ein Gesicht taucht zweimal auf. Der Ausdruck in den Augen der Menschen ist jedes Mal verschieden, in jedem von ihnen habe ich das Gefühl, die Empathie entdecken zu können, die Isa für sie empfand, als sie sie zeichnete. Es gab also ein Gefühl, das sie mit ihnen teilte. Gibt es eines unter all diesen Gesichtern, mit dem sie sich über das Papier hinaus verbunden gefühlt hat? Resigniert schüttle ich den Kopf. Es spielt keine Rolle, auf welche Weise ich mich den Bildern nähere, sie bleiben unleserlich für mich.

»Du hast eine kluge Schwester«, sage ich. »Wo auch immer sie im Moment ist, sie wird sich zu helfen wissen.«

Marta nickt dankbar.

Als wir wieder in die Küche kommen, sitzt ein unausgeschlafener, dünner Mann mit graublondem Kurzhaarschnitt am Tisch und hält die Tasse mit dem abgestandenen Kaffee fest. Nachdem er mich erspäht hat, steht er überrascht auf und kommt auf uns zu.

»Wer sind Sie?«

Ich reiche ihm die Hand, während er mich unsicher beäugt.

»Leonie Henning, Martas Klassenlehrerin. Und Sie sind Martas und Isas Vater, richtig? Sie brauchen sich keine Sorgen zu machen, Marta hat nichts angestellt. Ich bin wegen ihrer Schwester hier. Marta ist beunruhigt, weil Isa gestern nicht nach Hause gekommen ist. Wissen Sie inzwischen, wo sie ist?«

Martas Vater wirft seiner Tochter einen strafenden, dann ins Ermüdete schwenkenden Blick zu. Schließlich lässt er sich zurück in den Stuhl fallen und legt sich eine Zigarette ausdruckslos zwischen die Lippen.

»Ich weiß nicht, wo Isa ist. Ich hab Kracht gefragt, ob er sie gesehen hat, und dann die ganze Kneipe, alle haben sie ihren Kopf geschüttelt. Wenn ein Kind nicht nach Hause kommt, sollte man jedes Blatt und jeden Stein umdrehen, bis man es wiedergefunden hat. Kinder müssen nach Hause kommen. Vielleicht bin ich es einfach nur nicht gewöhnt, mir um Isa Sorgen zu machen.«

»Werden Sie eine Vermisstenanzeige bei der Polizei aufgeben? Dann wird man Isa heute noch suchen.«

Seiner Kopfbewegung entnehme ich ein fast unmerkliches Nicken. Als ich mich umdrehen und gehen will, höre ich ihn plötzlich sagen:

»Ich wusste, dass es irgendwann passieren würde. Ich habe nur immer gedacht, dass es meinetwegen sein würde. Vielleicht ist das so. Sie ist gegangen, weil sie mich nicht mehr ausgehalten hat.«

»Isa ist nicht gegangen«, antworte ich.

Ihr Vater nickt still.

16

Es gab Streitigkeiten, die endeten mit Schweigen, das wir uns an den Kopf warfen anstatt Vorwürfen. Ich weiß nicht, was es war, das mir fehlte, oder ich wusste es zu genau und weigerte mich, es laut zu denken. In vielen Nächten stand ich am Fenster und sah in die Dunkelheit und in die vielen kleinen Lichter der Stadt, die wie Glühwürmchen in der Luft sirrten. Manchmal verließ ich auch die Wohnung und lief hinein ins Nichts, das nur mir gehörte in jenen Momenten. Ich zog um die Hochhäuser, die Fabriken und Schulen, die unter dem Laternenlicht anmutig und gespenstisch aus dem Boden ragten. Ich lief durch den Park oder hinaus ans Wasser, durch eine Stadt, die im Dunkeln niemals endet. Das war das Beste an ihr. Gelegentlich begegnete ich jemandem, aber einem begegnete ich nie: dem, nach dem ich suchte, ohne sagen zu können, wer er war. Jahrelang stand ich an diesem Fenster und blickte in die Schwärze oder lief in sie hinein, weil ich das Gefühl hatte, er würde da draußen auf mich warten. Es gab keinen vereinbarten Treffpunkt. Wir wären wie Streuner, die einander zufällig begegneten und dann wüssten, dass sie sich die ganze Zeit gesucht hatten. Jahr für Jahr spürte ich seine Anwesenheit, aber in der Dunkelheit war sie allgegenwärtig, während er überall hätte sein können, in einer anderen Stadt oder einem anderen Land. Woher sollte ich wissen, wohin ich gehen müsste? Jede Straße konnte mich von ihm wegführen. Vielleicht kehrte er um, wenn ich gerade aus der Tür trat, oder er war noch nicht bereit, mich zu treffen. Er war bereits länger als ich Teil der Dunkelheit und konnte sich in ihr verstecken. Womöglich befand er sich im Schatten einer Hauswand, an der ich vorbeiging, und sah mir zu. Studierte mich. Weiß, wer ich bin, ohne, dass ich wüsste, wer er ist. Vielleicht geht das bereits mein ganzes Leben so.

Immer wenn die Nacht hereinbricht, fühle ich mich weniger allein und hilflos zugleich, weil es ein Gefühl ist, über das ich keine Macht habe, und mein Gewissen mich plagt, noch immer nicht gefunden zu haben, wonach ein Teil von mir sucht. Was meine Aufgabe ist, es zu finden. Wo? Die Dunkelheit ist ein Mantel für die Welt, sie macht sie unendlich groß. Und ich war nur der winzige Punkt an einem Fenster im vierten Stock. Bei gutem Wetter konnte man die ganze Stadt überblicken, selbst den Hafen und die Werft bis zur stillgelegten Müllverbrennungsanlage. Kilometerweite Lichter, denen ich folgte, wann immer unser Schweigen unerträglich laut wurde. Tim schaltete im Fernsehen Basketball ein, oder er telefonierte. Bevor ich die Wohnung verließ, wählte er für gewöhnlich drei oder vier wechselnde Nummern, sprach über die Arbeit oder das Training, Wettkämpfe, Zahlen, Ergebnisse. Wenn ich fort war, wählte er nur noch eine einzige Nummer. Ich sah es auf der Telefonrechnung am Ende jeden Monats. Geweint habe ich nie. Vielleicht sagte sie ihm den Satz, den ich ihm nicht geben konnte, weil ich zu sehr damit beschäftigt war, einem Dämon hinterherzujagen, der in meinem Herzen wohnt.

17

Ich wusste es, ich wusste, es war ein Fehler, aufs Land zu ziehen.

Nicht wegen der großen Tiere oder des allgemeinen Geruchs, auch nicht wegen dem, was man auf dem Boden von Schweineställen findet, wenn man nach Einbruch der Dunkelheit hineingeht. Sondern weil man, wenn man ein Rezept hat und vergessen hat, rechtzeitig Bescheid zu sagen, auf das Bestellte bis zu vier Tage warten muss, mindestens aber zwei, und das ist schon zu viel, wenn es zu spät ist. Ich starre die Apothekerin in ihrem weißen Kittel an. Ihr Zeigefinger wandert beschwörend über den Bildschirm des kleinen Computers, dann schüttelt sie wieder den Kopf, ganz langsam und verständnisvoll, also eher mitleidig, was mir aber auch egal ist, ich brauche ihr Mitleid nicht, ich brauche nur das, was ich zu bestellen vergessen habe. Normalerweise denke ich daran, noch ehe die letzte Woche angebrochen ist, spätestens aber die letzten fünf Nächte. In der Stadt beträgt die Lieferzeit vierundzwanzig Stunden, allerhöchstens. Das ist ein Rhythmus, an den man sich gewöhnt. Er ist einfach so drin wie die Tage, an denen man die graue, die braune oder die blaue Tonne rausstellt oder den gelben Sack, und man kann da auch nichts falsch machen, weil alle die gleiche Tonne rausstellen und somit keine Verwechslungsgefahr besteht oder dass man es vergisst. Außerdem ist es wie der Rhythmus am Sonntag um Viertel nach sechs, wenn man aufwacht und sich erst freut, dass es Sonntag ist und man ausschlafen kann, und dann ärgert, weil es Sonntag ist und man eben nicht mehr ausschlafen kann. Ich sage unzufrieden, dass ich morgen noch mal nachfrage, auch wenn ich weiß, dass das nichts bringt. Sie soll nur wissen, dass es mir sehr ernst ist, und dann bei ihrer telefonischen Bestellung sagen: Bitte beeilen Sie sich mit der Lieferung, es ist ausgesprochen dringend! Schon, weil sie Angst hat, ich könnte wie die Junkies aus der Stadt vor ihrer Ladentür warten, wenn sie morgens aufschließt. Aber die Apothekerin zu bespringen und mit einer schmutzigen Nadel zu bedrohen, habe ich nicht vor.

Als ich aus dem Laden gehe, steht auf einmal Ren neben mir. Er hält eine weiße Plastiktüte mit Fleisch in der linken Hand und in der rechten ein Päckchen Kernseife.

»Das würde ich aber nicht zusammen kochen«, sage ich.

Er lächelt.

»Beides für Kosta«, erwidert er. »Ich mag kein Fleisch. Und anders kriege ich die Ölflecke nicht mehr aus den Hemden. Seine springen beim Waschen schon auf meine Hemden über, ätzend.«

Er deutet mit einer Kopfbewegung zur Ladentür.

»Die Auswahl ist nicht groß da drin, man muss immer warten, manchmal eine ganze Woche.«

»Eine Woche? Mist. Davon hat sie nichts gesagt, aber geahnt habe ich es schon.«

Nervös suche ich meine Jacke nach den Zigaretten ab.

»Ja, das dauert.« Ren nickt. »Zumindest, wenn man etwas Ungewöhnliches bestellt. Sie haben wohl keinen Husten, nehme ich an?«

Ich schüttle den Kopf.

»Verrückt, wogegen es alles schon ein Mittel gibt, oder? Ich glaube, eines Tages wird keiner von uns mehr sterben, weil es gegen alles ein Rezept gibt, das man nur noch einlösen muss. Ist es ein Schlafmittel?«

»Wie bitte?«

»Das, worauf Sie warten.«

»Ich könnte alles Mögliche haben. Wie kommst du darauf?«

»Sie rauchen nervös, und Sie sehen nicht krank aus. Aber vielleicht glaube ich das auch nur wegen der Dinge, die gerade passieren.«

»Erreichen euch solche Nachrichten eigentlich dort draußen, wo ihr wohnt?«

»Klar. Kosta bringt sie jeden Tag mit nach Hause.«

»Du weißt, dass Wahnknecht mit ihm geredet hat wegen der Mädchen, oder?«

»Wen sollte man sonst fragen, wenn es um Mädchen geht?«

Er lacht.

»Ist es etwas Angeborenes?«

»Die Nervosität meinst du? Vielleicht.«

»Ich meine das, weswegen Sie nervös werden, wenn Sie eine Woche darauf warten müssen.«

Ich sehe Ren nachdenklich an. Seine Sommersprossen lassen sein Gesicht jünger aussehen, als er ist. Wahrscheinlich wird er sein Leben lang immer Glück haben bei den Frauen, auch wenn er jetzt noch nichts davon weiß.

»Sie müssen sich keine Gedanken machen. Von mir erfährt keiner was. Wenn Sie krank sind, tut es mir leid, aber nicht mehr, als wenn Sie sich beim Kochen in den Finger geschnitten hätten.«

Ich schnipse den Zigarettenstummel in den Gully, als plötzlich ein Auto mit überhöhter Geschwindigkeit um die Ecke biegt. Eine schneeweiße Katze jagt wie von der Tarantel gestochen über die Fahrbahn und springt direkt vor die Reifen. Es quietscht. Der Fahrer hupt und drückt im letzten Moment auf die Bremse, während die Katze mit dem nächsten Satz wieder verschwunden ist.

»Blödes Vieh!«

Er streckt seine geballte Faust aus dem Fenster.

»Ich mag Katzen«, sagt Ren.

»Ich nicht«, erwidere ich.

»Sie haben sieben Leben.«

»Und trotzdem werden sie nie älter als wir.«

»Hätten Menschen so viele Leben, könnten sie unsterblich werden«, erklärt Ren. »Das einzige Tier, das ich noch mehr mag, ist der Aschenvogel.«

»Meinst du Phönix aus der Asche, diesen Vogel aus der griechischen Mythologie? Das ist doch gar kein echtes Tier.«

»Das ist ja egal.« Ren lacht. »Das Schöne an Mythologie ist, dass man an sie glauben kann, egal, ob sie wahr ist oder nicht. Der Aschenvogel ist unverwundbar im Kampf gegen seine Feinde, er kann durch kein anderes Wesen fallen. Erst wenn er selbst spürt, dass es Zeit ist, zu sterben, baut er sich ein Nest, in das hinein er sich setzt und verbrennt. Er ist der Wiedergeborene, der weder den Tod noch das Leben fürchten muss.«

»Ich habe gehört, diese Art ist sehr selten«, sage ich. »Man bekommt sie nur alle fünfhundert Jahre mal zu Gesicht.«

»Das ist okay, so lange würde ich auf ihn warten. So, ich muss jetzt los, das Fleisch beginnt zu riechen. Bis bald, hoffe ich. Soll ich Kosta von Ihnen grüßen?«

»Mach das, und sag ihm, er kann nicht halb so gut küssen, wie er glaubt.«

Ren nickt mir zum Abschied zu, dann wechsle ich die Straßenseite und laufe zum Kiosk hinüber, um zwei Schachteln Ernte 23 zu kaufen oder zwei Flaschen Wein. Das habe ich unter diesen Umständen noch nicht entschieden.

18

»Und? Was halten Sie von der Sache?«

Wahnknecht stöhnt auf. Dann haut er sich den Kopf an und flucht.

»Scheiße. Sieht nicht gut aus. Ihr Plattenspieler ist jedenfalls hin.«

Er wedelt mit dem Schraubenzieher in der rechten und einem verdächtigen Stück schwarzen Kabel in der linken Hand und zuckt dann die Achseln.

»So was Dummes aber auch, dabei habe ich Ihnen extra meine Lieblings-Buddy-Holly-Platte mitgebracht. Na, kann man nichts machen.«

Ich gehe in die Küche und gieße uns zwei Teller Suppe auf. Wahnknecht holt eine zusammengerollte Zeitung aus seiner Tasche und streicht sie glatt.

»Hier.«

Er deutet auf die Todesanzeigen.

»Der alte Nissen wird übermorgen früh beerdigt. Haben Sie vor hinzugehen?«

Ich starre die Seite mit der Anzeige ein paar Sekunden lang unschlüssig an.

»Überlegen Sie es sich! Ich glaube jedenfalls, Frau

Nissen würde sich über Ihre Anteilnahme freuen. Sollten Sie sich entscheiden, zur Beerdigung zu gehen, begleite ich Sie natürlich.«

Er lächelt.

Anstatt des Nachtischs gibt es Pfirsichschnaps, weswegen Wahnknecht eine verheißungsvolle Grimasse schneidet, die ich aber nicht weiter hinterfrage.

»Ich war in Isas Zimmer«, sage ich.

Wahnknecht schaut auf.

»Hab davon gehört. Sie soll jeden von uns gezeichnet haben, ohne dass wir etwas davon wussten.«

»Das ist nicht verboten. Andere schreiben vielleicht über ihre Mitmenschen, Freunde und Bekannte und natürlich über ihre Familie. Was sie an ihnen aufregt oder verletzt, wen sie lieben und wen sie verabscheuen. Isa tut das auf ihre Weise, und darin liegt viel Respekt, wie ich fand.«

»Mag sein«, entgegnet Wahnknecht, während er sich noch mal eingießt. »Ich hätte mir nur gewünscht, dass wir etwas anderes finden als das, was Spezifischeres.«

»Hat die Pathologie schon etwas zu Laras Todesursache gesagt?«

»Ja, sie wurde erstickt. Die Spuren des Stricks sind post mortem entstanden, Lara war bereits tot, als sie an den Baum gehängt wurde.«

»Genau wie bei den anderen Mädchen. Der Mörder schnitt ihnen einfach die Luft ab.«

»Irgendwie eine altmodische Methode.«

»Vor allem die beste, wenn das Opfer eigentlich genau so erhalten werden sollte, wie es war. Es scheint ihm etwas daran gelegen zu haben.«

»Wenn er wollte, dass sie bleiben, wie sie sind, hätte er sie lassen sollen, wie sie waren: am Leben.«

»Das konnte er aber nicht.«

»Nein, das können solche Leute nie, denen muss ja immer irgendetwas im Kopf rumspuken, was völlig geisteskrank ist und keiner versteht, und damit gehen sie los und tun Dinge, die wir dann aufklären sollen, weil ihnen sonst langweilig ist. Ich mag keine Geisteskranken, die durchschaut man einfach nie.«

Ich gucke Wahnknecht zu, wie er auffüllt, ansetzt und runterspült, immer wieder auf Anfang, wie eine alte Freundschaft, von der keiner wissen soll.

Viertel vor zwölf. Die Luft in der Küche steht, während Wahnknecht wie ein Sack auf zwei Stühlen hängt. Er hat sein eines Bein ausgestreckt und erzählt von irgendeinem Ritt auf einer Kuh, als er fünf war, und dass er seitdem da diese Narbe hat unter der Kniescheibe von der OP. Ich denke an die Dunkelheit vor dem Fenster und was es bedeutet, jetzt dort draußen zu sein, wenn man sie nicht kennt, oder noch schlimmer: wenn man sie kennt, so gut, dass man sie atmet und einfach in ihr verschwinden kann.

»Gibt es irgendeine Verbindung zwischen den toten Mädchen und Isa?«, frage ich. »Sie haben sich zu allen Notizen gemacht. Sie wissen, mit wem die Mädchen befreundet waren, welche Hobbys sie hatten, wo sie zur Schule gingen. Ist Ihnen dabei irgendetwas aufgefallen?«

Wahnknecht kratzt sich an einer Geheimratsecke.

»Wenn wir nichts übersehen haben, war da nichts. Hanna und Malis Windisch sind natürlich verwandt, und von Lara Berg und Isa Kowalsky ist anzunehmen, dass sie sich zumindest kannten, das Dorf ist ja klein. Wir wissen, dass Hanna Pferde mochte, so wie ihre Schwester, die auch mal ritt, bis der Fußball in Form von Daniel Marquard kam, na ja. Lara Berg spielte Klavier, und Isa Kowalsky zeichnet. Also alles in allem würde ich sagen, wir haben keinen blassen Schimmer.«

»Sehr beruhigend. Vor allem für Herrn Kowalsky, den Einzigen, der noch Hoffnung hat, sein Kind wieder in den Arm nehmen zu können. Es gibt immer irgendwelche Verbindungen, man muss nur tiefer graben.«

»Sagen wir lieber: besser durchleuchten. Ich will vom Graben nichts mehr hören. Wissen Sie, wie das ist, so was jeden Tag mit nach Hause zu nehmen?«

»Ja, Sie sitzen ja gerade in meiner Küche.«

Wahnknecht seufzt, auch weil er jetzt gesehen hat, dass der Pfirsichschnaps leer ist.

»Vielleicht sollte ich es machen wie Sie«, überlegt

er. »Ich geh mal raus und gucke, wer da so rumläuft zu dieser Zeit, ich meine, es ist ja bald Mitternacht. Wäre ich einer von diesen Bekloppten, würde ich mich doch jetzt auf den Weg machen, oder?«

»Wer weiß«, antworte ich, »möglicherweise ist er Ihnen schon längst begegnet, und Sie haben sich vielleicht gut unterhalten. Psychopathen sollen in der Regel gute Manieren haben, heißt es.«

»Also wenn mir mal einer unterkommt, weiß ich schon, was zu tun ist, das können Sie mir glauben. Das hatten wir in der Ausbildung. Man muss ja auf alles vorbereitet sein in meinem Beruf: Axtmörder, Steuerhinterzieher, Rauschgifthändler – die können mir alle nichts vormachen.«

»Das sind aber nur Berufsgruppen, die Sie da aufgezählt haben«, sage ich. »Das, was Sie suchen, sitzt im Kopf, und da lässt sich keiner gerne reingucken.«

»Vielleicht hab ich am Ende ja doch recht und Sie nicht, und der Täter, den wir suchen, hat gar keinen Kopf, in den ich reingucken muss.«

»Ja, aber so ein Phantom könnten Sie dann auch nicht verhaften, und dann frag ich mich, wozu wir das hier machen, das Hinterherrennen und alles.«

Wahnknecht stützt seinen Kopf mit den Händen auf. Ich sollte sagen, dass er jetzt gehen muss, und ihm vielleicht ein Taxi rufen, aber so was gibt es hier gar nicht oder erst in der Stadt, elf Kilometer weiter, das wird teuer. In solchen Momenten muss man ganz einfach das Richtige tun, auch wenn das am Ende mehr Arbeit bedeutet, und dem Gast eben die Couch anbieten und eine Decke und eines von den eigenen Kopfkissen und ein Glas Wasser, das man auf den Tisch daneben stellt für den Fall, dass der Gast nachts aufwacht und Durst bekommt und sonst im Haus herumirren müsste, in dem er sich nicht auskennt. Aber in diesem Haus kennt Wahnknecht sich schon sehr gut aus, und außerdem habe ich keine Couch, das ist so weit gerade mein größtes Problem. Wahnknecht schlingt die Arme um seinen Oberkörper und säuselt irgendwas vor sich hin, während ihm dabei immer wieder die Lider zufallen. Es sind die kleinen Entscheidungen im Leben, die immer die größten Konsequenzen haben. Immer.

19

Am Sonntagmorgen wird Anton Nissen in einem Sarg aus Eichenholz unter die Erde gelassen. Es ist ein warmer, sonniger Tag, und ich frage mich, warum ausgerechnet heute, wo Nissens Frau sich die Seele aus dem Leib weint, der Himmel so tut, als kümmere ihn all die Trauer hier unten gar nicht. Anton Nissens Frau ist klein und sehr schmal, so dass ich bei jedem Mal, wenn sie weint, Angst habe, sie könnte auseinanderbrechen. Weil ich nicht weiß, was ich sagen soll, habe ich mir einen Platz hinter dem Zaun an der Straße gesucht. Aber man muss schon hingehen, wenn man später sagen will, dabei gewesen zu sein und Anteil genommen zu haben, egal, wie gut man denjenigen kannte, man sollte nur irgendwie daneben gestanden haben.

Wahnknecht sieht mich zum dritten Mal auffordernd an, damit er endlich seine Blumen hinlegen und sein Beileid aussprechen kann.

»Warum immer Rosen?«, sage ich. »Hat nicht jeder Mensch eine Lieblingsblume, die er verdient, nach seinem Ableben auf den Kopf gelegt zu bekommen?«

Wahnknecht betrachtet seinen Kranz und zupft die gelbe Schleife gerade.

»Ich finde Rosen vollkommen in Ordnung. Gegen die ist wenigstens nie einer allergisch.«

»Im Gegensatz zu dem Spruch, den Sie da ausgesucht haben.«

»Seien Sie ruhig, ohne mich wären Sie gar nicht hierhergekommen.«

Wahnknecht hat recht, Beerdigungen liegen mir nicht. Es fühlt sich seltsam an, etwas in der Erde zu versenken, als würde man einen Mensch unter den Teppich kehren. Lissy wurde zu Asche und über das Meer gestreut. Es gibt Alben voller Fotos nur von uns beiden, die in meinem Kopf überwiegen könnten, aber stattdessen ist das erste und lange Zeit einzige Bild von Lissy das, auf dem sie aufgebrochen im Gebüsch liegt.

Nissens Familie wirft eine Handvoll Erde ins Grab, während Pastor Jensen aus dem Gebetbuch zitiert. Ich kneife die Augenbrauen zusammen und gebe unbemerkt einen grüblerischen Ton von mir.

»Stört Sie irgendwas?«

»Weiß ich noch nicht.«

Ich beobachte, wie der Zug der Angehörigen langsam in Richtung Kirche aufbricht. Pastor Jensen legt das Buch an seine Brust und folgt Anton Nissens Frau nach einer ausladenden Handbewegung. Er blickt noch einen Moment ins Grab, dann folgt er der Traube. Da bemerke ich es: Jensen hält sich mit der rechten Hand seinen steifen Oberschenkel, während er sich schwerfällig über den Rasen schiebt.

»Also entweder hat ihn ein Pferd geküsst, oder er ist gestürzt«, sage ich. »Das sollten wir vielleicht mal herausfinden.«

Wahnknecht runzelt die Stirn. »Jetzt glauben Sie auch noch, Pastor Jensen hätte etwas mit dem Unfall von Anton Nissen zu tun, also dem Mann, den er gerade beerdigt und dessen bedauernswerter Frau er gerade sein Beileid ausgesprochen hat – im Gegensatz zu mir, weil wir ja nicht rübergehen durften.«

»Pastor Jensen ist vielleicht nicht besonders groß, aber er sieht nicht unsportlich aus, und so einen Sprint kriegt fast jeder hin, wenn er bis zur Hirnrinde mit Adrenalin vollgepumpt ist.«

»Ihre Theorie ist trotzdem etwas dünn.«

»Sie sollen ihn ja auch nicht gleich in Handschellen legen. Lassen Sie uns ein lockeres Gespräch mit ihm beginnen und mal hören, was ein Mann Gottes nachts so macht, außer von einem vollen Haus bei der Sonntagsmesse zu träumen.«

Wir holen Pastor Jensen auf der letzten Treppenstufe an der Kirchentür ein, als er gerade einen Laut des Schmerzes zu unterdrücken versucht und sein kaputtes Bein abstellt. Als er uns entdeckt, dreht er sich um und lächelt unsicher, abwartend.

»Herr Wahnknecht, schön, Sie zu sehen.« Er reicht Wahnknecht die Hand.

»Waren Sie eben auch hier? Hab Sie gar nicht gesehen.«

Wahnknecht wirft mir einen vorwurfsvollen Blick zu.

»Das hat mein Beruf so an sich«, erklärt er, »wenn ich in Zivil bin, erkennt man mich gar nicht mehr.«

Jensen lacht, dann sieht er mich an und überlegt augenscheinlich.

»Krachts Kneipe«, helfe ich ihm auf die Sprünge.

Er nickt zögerlich.

»Ja, richtig, ich erinnere mich. Das war der Abend, an dem draußen diese Schlägerei stattfand, in die Sie verwickelt waren, nicht wahr?«

»So stimmt das aber nicht!«

»Herr Jensen«, springt Wahnknecht dazwischen, »wir machen uns ein bisschen Sorgen um Sie. Frau Henning hat bemerkt, dass Sie humpeln, Sie müssen sich verletzt haben? Wissen Sie, meine Oma, Gott hab sie selig, hat mir ein Buch mit Heilkräuterrezepten vererbt. Wenn Sie mir sagen, was vorgefallen ist, kann ich Ihnen bestimmt sagen, welche Pflanze bei Ihren Schmerzen hilft.«

Pastor Jensens unschlüssiges Lächeln macht mich nervös, weil es ein Überbrückungslächeln ist, eines, bei dem man in der Regel genug Zeit hat, sich etwas auszudenken, eine andere Wahrheit zum Beispiel, die mit der echten wenig bis gar nichts mehr zu tun hat. Deshalb sollte man für eine Antwort nie auch nur eine Sekunde Bedenkzeit haben, das sagt ja schon der Name – Bedenkzeit, je mehr man davon bekommt, desto mehr wird gelogen, und je routinierter man darin ist, desto mehr Zähne zeigt man beim Lächeln.

»Vielen Dank, aber das wird nicht nötig sein.« Jensen winkt freundlich ab und deutet mit einer Kopfbewegung an, weitergehen zu müssen. Ich werfe Wahnknecht einen eindringlichen Blick zu.

»Herr Jensen, im Namen Ihrer Gesundheit und der ganzen Gemeinde muss ich Sie darum bitten, sich von mir helfen zu lassen. Unser Dorf hat nur einen Pastor und wird kaum erfreut sein, wenn der bald nur noch mit einem Bein herumläuft.«

Verwundert blickt Jensen uns an. Plötzlich beginnt er zu lachen.

»Sie sind mir einer.« Er klopft Wahnknecht zweimal kräftig auf die Schulter.

»Na gut, dann sag ich's halt, wenn Sie der Meinung sind, ich bräuchte nur so einen Kräuterwickel, um wieder laufen zu können. Ich hab mir den Fuß verstaucht, als ich beim Apfelpflücken vom Baum gefallen bin. Meine Frau hat noch gesagt, Peter, hat sie gesagt, du hast die Gelenkigkeit einer Litfaßsäule, dass du mir ja nicht alleine da hochkletterst. Aber ich hab mich so an meine Kindheit erinnert gefühlt, da hat's mich nicht länger auf der Leiter gehalten, und ich bin einfach drauflos. Schön war's! Aber auch saudumm. Entschuldigen Sie bitte den Ausdruck.«

Wahnknecht wirft mir einen unschlüssigen Blick zu und hebt die Achseln. Jensen könnte die Wahrheit sagen oder auch hervorragend gelogen haben, genug Zeit hatte er ja. Nun gibt es schon zwei lahme Beine in diesem Dorf und zwei plausible Erklärungen. Was wir brauchen, ist ganz offensichtlich eine Person mit kaputtem Bein, aber ohne Alibi und vorzugsweise Schuhgröße zweiundvierzig, ist aber kein Muss.

Während Wahnknecht noch damit beschäftigt ist, Pastor Jensen irgendwas von Ringelblumen und Johanniskraut weizumachen, schleiche ich ernüchtert über den Kiesweg auf Nissens Grab zu. Im Schatten des Gebüschs liegt ein grauer kleiner Granitblock mit der Aufschrift:

Hanna Windisch,
geb. 16. 3. 1983,
gest. 10. 9. 1996

So ist das also, am Ende bekommt man für ein ganzes Leben nicht mal einen ganzen Satz.

Ein Pfiff reißt mich aus meinen Gedanken, und im nächsten Moment trabt Wahnknecht hinter mir an.

»Na, enttäuscht?«

Ich nicke.

»Irgendwie schon. Auch wenn der Kletterunfall immer noch eine Erfindung von ihm sein könnte. Wir sollten den Pastor womöglich im Auge behalten. Sagen Sie mal, haben Sie tatsächlich so ein Buch von Ihrer Oma?«

Wahnknecht strahlt.

»Ja, toll, nicht? Ich wollte schon anbieten, Ihnen etwas wegen Ihrer Rippen rauszusuchen. Aber ich ging davon aus, dass Sie sich dafür nur wieder über mich lustig machen würden, also hab ich mir gesagt, können Sie Ihre Schmerzen auch behalten.«

»Vielen Dank«, brumme ich und schaue wieder zu meinen Füßen. Hanna Windisch ist zu einem Stein geworden, silbergrau und so klein wie mein Schoß. Als schrumpfe man nach dem Tod in sich zusammen.

»Wissen Sie, was auf dem Grabstein Kaspar Hausers steht?«

Wahnknecht überlegt einen Moment. Summt.

»Hier haust er?«

Ich blicke ihn kopfschüttelnd an. Was hatte ich erwartet?

»Dort steht: AENIGMA SUI TEMPORIS IGNOTA NATIVITAS OCCULTA MORS. Rätsel seiner Zeit, unbekannt die Herkunft, geheimnisvoll der Tod. Manche Kinder werden geboren, um ihr oft kurzes Leben lang immer unsichtbar für alle anderen zu bleiben. Später sagen die Leute über sie, sie hätten sie gekannt, aber eigentlich kannten sie nur ihr Schicksal und nicht mal das besonders gut.«

»Ich habe mal gelesen, Kasper Hauser soll ja ein Rotzlöffel gewesen sein«, merkt Wahnknecht an.

»Mag sein«, erwidere ich. »Wie wären Sie geworden, hätte man Sie aufwachsen lassen wie ein Tier, abgeschottet von jeder Form von Nähe und Wärme?«

Mit einer Kopfbewegung deute ich auf den Kranz aus Rosen in Wahnknechts Händen.

»Kommen Sie, bringen wir dieses Unkraut zum armen Anton Nissen. Vielleicht kann der mehr damit anfangen als ich.«

Ich weiß nicht, von wem von uns beiden der Impuls ausging, doch auf dem Weg zu Nissens Grab hält Wahnknecht auf einmal meine Hand. Irritiert blicke ich sie an.

Einmal holte ich Tim vom Boxen ab, und er wollte wieder nach meiner Hand greifen. Da zog ich sie weg. Es passierte einfach so. Und mir passierte es oft. Tim schüttelte wie immer den Kopf und zuckte nur die Achseln, während er sich eine Zigarette drehte.

»Was du immer hast.«

»Weiß ich auch nicht. Es fühlt sich an wie zusammengeschweißt, irgendwie unangenehm.«

»Zusammengeschweißt ist doch was Gutes, dann ist man doppelt so stark.«

»Ich mag das Gefühl einfach nicht«, antwortete ich. »Stell dir vor, jemand rempelt dich an, und ihr geratet aneinander, dann hältst du mich immer noch fest, und ich werde zu einem Teil eurer Schlägerei. Wenn eine Situation bedrohlich wird, neigt man dazu, den anderen noch fester zu halten.«

»Mir reicht *eine* Hand. Ich treffe auch mit links.«

Er lachte. Ich nicht. Wir gingen weiter, es war ein Abend im März. Die Temperaturen hatten gerade begonnen, wieder zu steigen, und unter dem Laub krochen die ersten Primeln hervor. Der Geruch von Gras breitete sich in der klaren Luft aus.

»Du trainierst jeden Tag. Ist dir das bewusst?«

»Warum nicht? Macht Spaß.«

»Ich glaube, du machst noch andere Dinge dort«, sagte ich.

»Wie kommst du darauf?«

»Erstens, weil das nicht mal ein richtiger Club ist, sondern ihr auf einem Hinterhof trainiert.«

»Das ist nicht verboten.«

»Aber das Gras, das du da kaufst, schon. Zweitens, weil du oft ohne Sporttasche zurückkommst.«

Tim lächelte.

»Ich bin halt vergesslich, das weißt du doch.«

»Nein.« Ich schüttelte den Kopf. »Das bist du nicht. Das sagst du nur immer, aber du könntest mir nicht eine Sache nennen, die du jemals vergessen hast.«

»Das stimmt nicht. Ich weiß zum Beispiel nicht mehr, wann deine Mutter Geburtstag hat.«

»Das habe ich dir auch nie gesagt. Dein Gedächtnis funktioniert besser als jede Maschine. Wenn du ohne deine Trainingssachen zurückkommst, hast du sie nicht dort vergessen, sondern sie gar nicht benutzt.«

»Na und?«

»Und du hast dann Schweißflecken auf deinem T-Shirt, wenn du nach Hause kommst. Nur am Rücken und am Bauch. Die einzigen Stellen, an denen du schwitzt, wenn wir miteinander schlafen.«

»Hör auf, Leonie.«

»Hör du damit auf. Was würde passieren, wenn du eine Woche lang nicht dorthin gehen, sondern die Abende bei mir bleiben würdest?«

»Was willst du denn mit mir machen? Tee trinken, einen Film gucken oder stricken? Tut mir leid, aber diese Beschaulichkeit genügt mir eben nicht.«

Ich spürte die Wut in mir aufsteigen. Alle unterdrückte Ohnmacht, die man so lange ignoriert, bis man ihr nicht mehr länger aus dem Weg gehen kann. Ich wusste, wir hatten beide recht, und wir taten beide das Falsche. Was uns fehlte, war der Satz, zu dem Tim mich nie genötigt hatte und von dem ich trotzdem wusste, wie sehr ein Mensch ihn eigentlich braucht. Liebe war zu einem Fremdwort in meinem Wörterbuch geworden. Sie ist wie Sand, der mir durch die Finger rinnt und verschwindet, und man kann sich nicht mal richtig an das Gefühl davon erinnern.

Still nahm ich Tim bei der Hand, und wir gingen nach Hause.

20

Das Bild war da, plötzlich ist es da gewesen. Die ganze Zeit hat es dort auf meinem Küchentisch gelegen, und ich habe es einfach nicht gesehen. Es einfach übersehen.

Passiert ist es gestern Abend, als ich nach dem Essen den Tisch aufgeräumt habe. Ich habe eine Flasche Bordeaux geöffnet und schnell festgestellt, dass er mir nicht schmeckte. Ich trank lediglich zwei Gläser, während ich zum Fenster hinaussah, um die Sterne zu zählen wie ein Kind. Frustriert sah ich mit an, wie sich dicke Wolken vor den Mond schoben und das Licht löschten. An diesem Abend ließ sich kein geeigneter Gedanke fassen, und so machte ich mich daran, aufzuräumen, bevor ich mich schlafen legen wollte.

Da geschah es: In einem unachtsamen Moment stieß ich die Flasche um, deren Inhalt sich quer über meine Tischdecke zu verteilen begann. Ich fluchte, und nachdem ich alle Geschirrtücher, die ich hatte finden können, auf der Tischplatte verteilt hatte, nahm ich schließlich die Zeitungsrolle, die, bereits vollgesogen, über meinen Händen auslief. Es war die Ausgabe mit der Todesanzeige von Anton Nissen auf der vorletzten Seite. Ich wrang sie über der Spüle aus und wischte sie mit einem Taschentuch trocken. Eigentlich hatte ich sie zum Altpapier werfen wollen, warf jedoch zuvor jedoch noch einen flüchtigen Blick auf das Titelblatt. Überschrift: »*Das Schlachthaus von nebenan – Hier wurde eine ganze Kleinfamilie hingerichtet!*« Darunter war ein Foto zu sehen mit dem Hof von Alfred Windisch. Je länger ich das rote Backsteinhaus betrachtete, desto sicherer wurde ich mir, dass etwas auf dem Bild nicht stimmte. Irgendetwas fehlte. Es war mir schon an dem Tag aufgefallen, bevor die Polizei die Leiche von Malis Windisch in der Grube gefunden hatte. Und auf einmal begriff ich: Es waren die Sonnenblumen unter dem Fenster zur Straße. Sie waren weg.

Drei Sonnenblumen, überlegte ich zerstreut, die von einem Tag auf den anderen verschwunden sind, nicht einfach abgerissen oder abgeschnitten, sondern so aus der Erde entfernt, so dass die Stelle im Gras nicht den Anschein erweckt, als wäre dort je etwas anderes gewachsen. Die Polizei hatte den Rasen vor dem Haus umgegraben wie die Wühlmäuse, nur die schmale Stelle, an der die Sonnenblumen aus dem Boden geragt hatten, sah nicht aus wie der Rest des Gartens. Jemand war gekommen, als alles im Chaos lag, und hatte entfernt, was er brauchte, ohne augenscheinlich eine einzige Spur zu hinterlassen. So würde Wahnknecht es ausdrücken. Doch eigentlich war das Gegenteil der Fall. Derjenige, der sich am Tatort bewegt hatte, der den Tatort bewegt hatte, vollkommen unbemerkt, hatte den Platz mit seiner Unterschrift versehen, und niemand hatte sie gelesen. Polizei stört dich also nicht. Das hast du noch einmal unter Beweis gestellt, als du Lara Berg an der Eiche gegenüber dem Präsidium aufgehängt hast. Du betrachtest niemanden als deinen Gegner, also musst du viel mehr auf der Suche nach einem Spielgefährten sein. Bist du noch ein Kind? Du magst schöne Dinge; was du nicht magst, ist rohe Gewalt. War Alfred Windisch ein Unfall? Wusstest du nicht, was du mit ihm machen solltest, nachdem es passiert war? Du kennst keine Angst. Vielleicht hast du sie mal gekannt wie alle anderen, aber jetzt nicht mehr.

Wahnknechts Stimme meldete sich sofort.

»Es ist etwas passiert«, sagte ich.

»Ist Isa Kowalsky wieder aufgetaucht?«

»Nein, sie nicht, aber der Mörder.«

21

Ich mag kein Inventar, das die Vormieter hinterlassen haben, es sei denn, ich habe danach gefragt. Die staubige Küchenuhr, die sie über dem Schrank versteckt haben, gehört nicht dazu. Nun ist das Mistding stehengeblieben, und ich kann nicht umhin, ein neues Paar Batterien einzusetzen, sosehr ich sie auch verabscheue. Wahnknecht seufzt.

»Die Zeit bleibt ja doch nie stehen.« Kopfschüttelnd klettere ich vom Stuhl.

»Sie sind wie diese Batterien hier, Wahnknecht, Sie werden langsam etwas schwach auf der Brust.«

»Ich habe seit Tagen kein Auge zugekriegt. Vor allem die Leiche von Lara Berg an diesem Baum, das ist ein Bild, das lässt einen nicht mehr einschlafen. Und jetzt kommt auch noch der Druck von ganz oben dazu. Hauptkommissar Günther vom Morddezernat hat sich meine Durchwahlnummer geben lassen, nachdem man Lara Bergs Leiche direkt vor unserer Wache gefunden hatte. Da half auch nicht, darauf zu verweisen, dass der Fall eigentlich längst Sache der Kollegen aus der Stadt ist, bei denen sonst immer alle mitmachen wollen, wenn's um die Karriereleiter geht. Ach, vielleicht ziehe ich für die nächsten Tage einfach mal das Telefonkabel aus der Wand.«

»Ein großer Stuhl macht noch keinen König, sagt man.«

»Kommt drauf an, in welcher Etage der Stuhl steht«, brummt Wahnknecht.

Ich setze Kaffee auf und reiche ihm die Zeitung mit dem Foto von Windischs Hof auf der Titelseite.

»Da, sehen Sie«, sage ich, »keine einzige Sonnenblume mehr unter dem Fenster zur Straße. Der Mörder hat sie ausgegraben und mitgenommen.«

»Aber sicher ist Ihre Theorie dahinter auch nicht. Wenn ich Sie richtig verstanden habe, haben Sie eine Blume in dem Büro von Laras Mutter entdeckt, und die andere hat Marta an ihrem Fahrradkorb mit sich herumgefahren. Daran erinnere ich mich. Damit wären die Blumen aber nicht unmittelbar bei denjenigen gelandet, die der Mörder vorhatte, umzubringen, sondern bei ihren Angehörigen. Warum? Als Warnung? Es weiß doch niemand, was die Blumen zu bedeuten haben.«

»Vielleicht ging es ihm nicht so sehr darum, wer die Blume findet, sondern um ein Zeichen, das er hinterlassen wollte. Das ist seine Spur, seine Schrift, die nur er lesen konnte.«

»Sie meinen, der Mörder hat diese Fährte nur zum Spaß gelegt?«

»Nein. Ich glaube, er hat sie gelegt, weil er wusste, dass einer von uns sie entdecken würde.«

»Und mit einem von uns meinen Sie sich selbst.«

Wahnknecht schaufelt einen großen Berg Zucker in seine Tasse und verrührt alles unzufrieden.

»Sie und ich, aber sonst keiner«, erkläre ich. »Ich glaube, der Mörder hat es nicht mehr ausgehalten, der Einzige in diesem Spiel zu sein, und wollte uns daran teilhaben lassen. Nur er weiß, was wirklich passiert ist. Ein Jahr lang hat er die tote Malis Windisch mit sich herumgetragen. Niemand hat geahnt, wo dieses Mädchen ist, das muss ihn wahnsinnig gemacht haben. Hätte der Mörder gewollt, dass sie einfach verschwindet, hätte er sie überall begraben können, aber das tat er nicht. Er warf Malis in die Jauchegrube ihres Vaters, mit den Gedanken, sie würde von dem Bauern oder irgendwem sonst gefunden werden, aber so kam es nicht. Bei ihrer Schwester Hanna hat der Mörder einen anderen Weg gewählt. Er musste diesmal sichergehen, dass sie gefunden würde, sonst wäre sie nur ein weiteres Mädchen, von dessen Tod allein er gewusst hätte. Hanna Windisch *musste* gefunden werden, genau wie ihr Vater und Lara Berg. Der Mörder wollte nicht mehr allein sein mit diesem Geheimnis, und so bezog er uns mit ein. Nachdem er Alfred Windisch getötet hatte, aber noch bevor wir den Bauern fanden, entfernte er die Blumen unter Windischs Fenster. Weil zu dem nächsten toten Mädchen eine Spur führen sollte, aber nicht zu ihrem Mörder zurück.«

»Wie ein Anruf ohne Rückwahlnummer«, sagt Wahnknecht. »So was hasse ich ja.«

»So wie Ihre Geisteskranken«, bemerke ich.

»Der Mörder hat also drei Blumen entfernt, aber Sie haben erst zwei gefunden. Außerdem fehlt ein Mädchen. Noch könnte Isa Kowalsky zurückkommen, sie ist nicht wie die anderen, sondern älter und auch stärker, würde ich sagen.«

»Nicht stärker als Alfred Windisch«, erwidere ich, Wahnknecht nickt betreten.

»Dieses Gespür für das, was in dem Mörder vorgeht. Für das, was er getan hat und vielleicht noch vorhat zu tun ... Also manchmal wünschte ich mir eine Antenne, die alles, was in den Köpfen der Leute vorgeht, überträgt, so dass ich das dann hören und mir aufschreiben kann, ohne dass sie was davon merken.«

»Warten Sie noch ein bisschen«, antworte ich. »An solchen Erfindungen wird bestimmt schon gearbeitet.«

»Ja, vielleicht, aber das bringt mir *jetzt* auch nichts. Ich hätte gern ein bisschen mehr Intuition, nur ein klein wenig mehr, so wie Sie. Das ist bei Ihnen bestimmt ein Geburtsfehler.«

»So ist das nicht«, erwidere ich. »Mein Mann war Polizist.«

Überrascht blickt Wahnknecht auf. Betrachtet mich nachdenklich.

»Das klingt, als wäre Ihr Mann gestorben.«

»Für mich schon. Wir lassen uns scheiden.«

Ich gehe zum Kühlschrank und gucke unschlüssig hinein. Nach einem Blick auf das Verfallsdatum auf der Joghurtpackung stelle ich ihn enttäuscht wieder an seinen Platz.

»Isa ist trotzdem nicht wie die anderen Mädchen«, überlegt Wahnknecht laut. »Diese undurchsichtigen, aufdringlichen Typen ist sie von ihrer Arbeit gewöhnt. Vielleicht kann sie sich durchsetzen gegen den, der sie nicht gehen lassen will, oder sie findet einen anderen Weg, ihm zu entkommen.«

»Ich glaube, die Frage ist nicht, ob Isa sich zur Wehr setzen könnte, sondern ob sie überhaupt daran denkt, entkommen zu wollen.«

Wahnknecht schneidet eine Grimasse.

»Will das nicht jeder, der begreift, in Gefahr zu sein?«

»Da bin ich mir sicher. Aber wenn es darum nicht geht? Nehmen wir mal an, Isa sieht bis zuletzt nicht, was der Mörder tatsächlich mit ihr vorhat. Und nicht nur Isa erkennt es womöglich nicht, auch die anderen Mädchen haben bis zur letzten Sekunde nicht damit gerechnet, dass er sie umbringen würde. Ich glaube, sie hatten ein enges Verhältnis zu ihrem Mörder. Sie vertrauten ihm ihr Leben an, und das wusste er.«

»Vielleicht hatte Berg recht«, sagt Wahnknecht plötzlich. »Wenn alle Eltern ihre Kinder zu Hause behalten würden und sich keines dieser Mädchen nach Anbruch der Dunkelheit mehr auf der Straße aufgehalten hätte, wäre das nicht passiert.«

»Glauben Sie nicht, dass dieser Mensch sich auf andere Weise Zugang zu ihrem Leben verschafft hat? Es spielt keine Rolle, wo sich die Mädchen vor ihrem Verschwinden aufgehalten haben. Der Mörder hat sie nicht auf der Straße aufgelesen wie ein Fremder, um sie in sein Auto zu zerren. Die Mädchen kannten ihn. Denken Sie mal an Hanna Windisch. Das Mädchen hat sich verkleidet, bevor sie in der Nacht aufs Feld hinaus ist, sie glaubte, dies sei die Nacht, in der sie ihre Schwester wiedersehen und in der Malis sie womöglich sogar mitnehmen würde. Ich glaube, der Mörder hat Hanna in der Nacht auf den Acker gelockt, unter dem Vorwand, sie würde dort auf ihre Schwester treffen. Hanna hat ihm vertraut, sie hatte keine Ahnung, dass Malis zu dem Zeitpunkt schon längst tot war.«

»Wir suchen jemanden, den die Mädchen gernhatten, jemanden Vertrauenswürdiges, wie sie glaubten. Welchen Menschen würden Sie vertrauen?«

»Den wenigsten.«

»Und *normale* Leute – wem vertrauen die so? Ich würde sagen, mir zum Beispiel, also der Polizei. Und Lehrern. Und unseren Eltern natürlich.«

»Und wenn man sich gerade auf die alle drei nicht verlassen kann, weil sie einem nicht glauben, nicht zu hören oder einem sogar Gewalt antun? Wer bleibt dann noch übrig?«

»Freunde.«

»Oder die Kirche.«

»Ja, wenn man gläubig ist.«

»Sind das auf dem Land nicht alle?«

»Sie denken an Pastor Jensen.«

»Ja, aber nicht gern.«

»Ich weiß nicht, ich kenne Jensen schon so lange. Er hat sich nie etwas zuschulden kommen lassen, nicht mal eine rote Ampel überfahren.«

»Hier gibt es ja auch keine Ampeln.«

»Ja, ja. Aber wenn Jensens Frau das bestätigt mit dem Kletterunfall, wenn sie nun mal dabei war? Es gibt keinen konkreten Hinweis darauf, dass Pastor Jensen auch nur in der Nähe der toten Mädchen war. Wir haben bloß sein kaputtes Bein. Und so eins hat unser Al Capone im Übrigen auch, und den verdächtigen Sie ja auch nicht, obwohl mir schleierhaft ist, warum.«

Ich zucke nur die Achseln.

»Hanna Windisch hatte doch kaum Freunde, zumindest hatten die Jugendlichen aus dem Dorf kaum Kontakt zu ihr, sagten sie. Ich glaube, es gab höchstens eine besondere Bezugsperson in Hannas Leben. Jemanden, der sie beschützen sollte.«

»Was er vortäuschte, zu tun.«

»Wie bei ihrer Schwester Malis. Da wissen wir nur von *einem* Menschen, dem sie mit Sicherheit nahe war, wenigstens eine Zeitlang.«

Wahnknecht verzieht das Gesicht.

»*Ich* hätte mit Daniel reden sollen, Sie haben doch gar keine Erfahrungen mit so was. Jetzt haben Sie gesagt, der sei koscher, und dabei stimmt bestimmt was mit dem gar nicht.«

»Sie können gern noch mal mit ihm reden, nun, da Malis' Leiche wieder da ist. Aber gibt es irgendeine Verbindung zwischen Daniel Marquard und Lara Berg oder Isa Kowalsky?«

»Die kann er aufgerissen haben auf seine überhebliche Art.«

»Ein Trainer, auf den alle Frauen ein Auge geworfen haben, macht sich vollkommen unbemerkt an vier junge Mädchen ran?«

»Er hatte immerhin Sex mit dieser Pia Nyquist.«

»Und verlor dafür fast seine Lizenz. Vielleicht hat er daraus gelernt.«

»Oder er will noch mal, weil er einer dieser abartigen Triebtäter ist, die nachts in Gebüschen auf einen lauern.«

»Ist da denn noch Platz? Dort hocken Sie doch normalerweise schon.«

»Langsam reicht es mir!«

»So kommen wir im Moment jedenfalls nicht weiter. Wir haben nicht viel und gerade vor allem keine klare Sicht mehr.«

»Ja, vielleicht haben Sie recht«, entgegnet Wahnknecht müde. Er leert seine Flasche und geht zur Spüle, um sich kaltes Wasser ins Gesicht zu schütten.

»Das reicht nicht«, erkläre ich. »Gehen Sie heim, und schlafen Sie sich aus.«

Er nickt. Dann wird er plötzlich anders, noch durchsichtiger als sonst.

»Ich wollte Ihnen ja neulich etwas erklären, wissen Sie noch?«

»Legen Sie sich hin«, sage ich bloß. »Wir sehen uns morgen.«

Als Wahnknecht zu seinem Wagen trottet, sehe ich ihm durchs offene Fenster nach. Der kalte Herbstatem beschlägt das Glas. Wie eine Umarmung für diejenigen, die nichts spüren und niemals schlafen.

– – –

Um halb zwölf am nächsten Tag verlasse ich die Wohnung und mache mich auf den Weg zur Apotheke. Als ich die Kreuzung vor dem Präsidium passiere, überquere ich die Straßenseite und gehe in langsamen Sätzen auf die Todeseiche zu. Das Absperrband ist noch immer um den Platz gespannt. An dem Ast, von dem Lara Bergs lebloser Körper herabhing und sich im Wind drehte, ist die Rinde abgesenkt. Nur die Stelle, an der der Strick ihre Leiche wie einen Lastenaufzug nach oben hievte, ist noch zu sehen.

Eine Weile suche ich mit den Augen in der aufgewühlten Erde nach einer vergessenen Spur. Irgendwann sind meine Gedanken so laut geworden, dass ich fast nicht mehr unterscheiden kann zwischen dem Gebrüll in meinem Kopf und dem der beiden Männer vor dem Präsidium.

Es ist Kosta. Wütend stürmt er auf einen anderen Jungen zu, der schützend seine Arme zur Abwehr ausstreckt, während Kosta mit der Faust auf ihn zusteuert. Ehe er trifft, läuft Wahnknecht die Auffahrt herunter und stößt Kosta hart gegen die Tür des parkenden Streifenwagens.

»Was ist hier los?«, rufe ich. Da dreht sich der fremde Junge zu mir um und sieht mich an.

Erschrocken gebe ich einen halbunterdrückten Laut von mir. Der Junge, auf den Kosta im Begriff ist, loszugehen, ist Alfred Windischs Knecht Severin, das Gesicht vom Dachboden.

»Kosta wird vorgeworfen, ein Fahrrad gestohlen zu haben«, erklärt Wahnknecht mit geschwellter Brust. »Severin ist eben zu uns gekommen und hat ihn angezeigt.«

Kosta stöhnt auf.

»Ich hab das Ding nicht geklaut. Was soll ich mit 'nem Fahrrad? Die Teile sind wertlos im Vergleich zu dem, was ich auf dem Hof stehen hab. Der Junge erzählt Scheiße.«

Ich sehe Wahnknecht fragend an, der die Achseln zuckt.

»Severin hat angegeben, Kosta habe ihm nach einem Streit gestern Abend in der Schänke gedroht. Er wollte Severin dafür büßen zu lassen, dass dieser Bier auf sein T-Shirt verschüttet hatte. Danach ist Kosta aus der Schänke verschwunden, und als Severin eine Stunde später nach Hause fahren wollte, stand sein Rad nicht mehr vor der Tür.«

»Das beweist doch nichts«, sage ich. »Ein Fahrrad kann jeder mitgenommen haben.«

Severins eisblaue Augen sehen mich unverwandt und nahezu regungslos an.

»Er hat mir gedroht«, sagt er plötzlich, fast ohne Ton. »Wenn Sie jemand anrempelt und, anstatt um Entschuldigung zu bitten, erklärt, das würde Ihnen noch leidtun, und Sie kurz darauf feststellen, dass das Schloss Ihres Fahrrads aufgebrochen und das Rad gestohlen wurde, was würden Sie dann denken von diesem Menschen?«

Der Junge verschränkt die Arme vor der Brust.

»Wo wohnst du jetzt?«, frage ich ihn.

»Das Jugendamt hat mich in eine Wohngruppe in der Stadt vermittelt.«

»Besser als auf dem Hof von Windisch, nehme ich an?«

Severin blickt mich an, als hätte er mich nicht verstanden. Oder ich nicht.

»Was ist das für eine dumme Frage? Windisch hat mich gehalten wie ein Tier, gefüttert wie ein Tier, und, wenn ihm danach war, geprügelt wie ein Tier. Er war weniger wert als die Scheiße unter seinen Stiefeln. Also wenn Sie jetzt ernsthaft fragen, ob es mir dort besser gefallen hätte, müssen Sie verrückt sein.«

Ich erwidere nichts. Selbst bei Tag ist es, als wäre er noch immer das wilde Ding, das mich von dem verborgenen Dachboden aus anstiert. Vielleicht ist dieser Junge nie ganz aus der Dunkelheit zurückgekehrt.

»Also schön«, keucht Wahnknecht, sich immer noch gegen Kosta stemmend. »Wenn du jetzt die Füße still hältst, nehme ich dir die Handschellen wieder ab. Und dann fahren wir zu eurem Hof. Die Strecke kenne ich mittlerweile nur allzu gut.«

»Tu, was du nicht lassen kannst, du wirst nichts finden. Und dann werdet du und der Sitzpisser euch auf Knien bei mir entschuldigen.«

Kosta spuckt einen Klumpen grünen Rotz vor Wahnknechts Fuß.

»Halt die Schnauze«, knurrt Wahnknecht und stößt Kosta auf die Rückbank.

Während Severin auf den Beifahrersitz steigt, gebe ich Kosta ein Zeichen, zu rutschen. Verärgert guckt Wahnknecht mich im Rückspiegel an.

»Das ist nicht Ihr Ernst?«

»Doch«, erwidere ich, »fahren Sie schon los.«

Im Schatten des Waldes rollt der Streifenwagen langsam auf den abgelegenen Hof zu. Das weiße Haus wirkt noch schiefer als das letzte Mal, und auch der Rest des Grundstücks erscheint bei Tageslicht nicht weniger verwahrlost als in der Dunkelheit. Ein paar Meter hinter dem Haus türmen sich Backsteintrümmer im kniehohen Gras.

Plötzlich springt die Tür auf, und Ren kommt die Treppe heruntergelaufen. Als er seinen Bruder aus dem Polizeiauto steigen sieht, will er ihm zu Hilfe eilen, doch Kosta winkt ab.

»Lass mal, die sind aufm Holzweg. Glauben, ich hätte so'n Fahrrad geklaut, als ob.«

Ren sieht Wahnknecht flehentlich an.

»Das muss ein Missverständnis sein. Ein Fahrrad hätte ich auf unserem Hof doch gesehen.«

In dem Moment deutet Severin mit einer Kopfbewegung auf die Scheune hinter dem Haus.

Wahnknecht nickt.

»Gib mir noch mal eine Beschreibung von deinem Rad.«

Der Junge überlegt. Mehrmals sieht er so aus, als

wolle er etwas sagen, bis er sich schließlich entscheidet.

»Es ist silber. Nein, eher grau, dunkelgrau.«

»Aha, und was für ein Modell?«

»Keine Ahnung, irgendeins. Ich weiß den Namen nicht mehr.«

Wahnknecht runzelt die Stirn.

»Ob es ein Herrenrad ist oder eins für Frauen, das wirst du doch jedenfalls noch wissen, oder?«

Severin nickt. Fast unmerklich wandert sein Blick zu den Brüdern.

»Es ist ein Herrenrad«, erklärt er.

»Gut.« Wahnknecht nickt. »Ihr wartet hier.«

Er läuft los und watet durch das hohe Gras auf das Scheunentor zu. Sicherheitshalber ziehe ich den Wagenschlüssel aus der Zündung und stecke ihn in meine Hosentasche, bevor ich Wahnknecht nachlaufe.

Das Tor der Scheune ist nicht verschlossen, es lässt sich einfach zur Seite schieben.

Wahnknecht zieht eine kleine Taschenlampe aus seiner Hosentasche und sucht mit dem Lichtkegel den Raum ab.

Ein halbes Dutzend Autos stehen da, und noch mehr liegen in ihre Einzelteile zerlegt auf dem Grasboden. Es riecht nach Motoröl, Benzin, Lack und Rost. Es muss das Paradies sein für autobegeisterte Jungs, denke ich, und ich kann nur erahnen, wie viele Tage und Nächte Kosta hier schon verbracht haben muss.

Wir klettern über einen Werkzeugkasten und ein paar Autoreifen, bis Wahnknecht hinter einen Pkw leuchtet und mich kurz darauf zu sich herüberwinkt. Da liegt es tatsächlich, das graue Herrenfahrrad. Halb zugedeckt unter einer schwarzen Plane, aber noch deutlich zu erkennen.

»Tja, das nenne ich eindeutig«, bemerkt Wahnknecht zufrieden. »Können Sie mir mal zur Hand gehen?«

Nachdenklich ziehe ich die Plane herunter und betrachte das Rad, während Wahnknecht es von allen Seiten beleuchtet.

»Machen Sie nicht so ein Gesicht. Es ist nicht das erste Mal, dass Kosta Ärger macht, und es wird ganz sicher nicht das letzte Mal gewesen sein. Nennen Sie es einfach *den Kreislauf des Lebens.*«

»Ich weiß nicht, was ich schlimmer finden soll«, erwidere ich, »Ihre Küchenpsychologie oder dass Sie bei einer Ermittlung aus dem König der Löwen zitieren.«

Wahnknecht schneidet eine Grimasse. Er lehnt das Fahrrad gegen die Wand und leuchtet mit der Taschenlampe über das Blech des Pkws.

»Kein Nummernschild. Na, wahrscheinlich ist ihm der Wagen einfach so zugelaufen, wie immer.«

Je länger wir uns in dem alten Schuppen aufhalten,

umso stärker werden die Dämpfe: Öl, Lack, Benzin, Rost, Gras. Das Holz der Wände, das alternde Blech auf dem Dach. Rostiger Regen und feuchtes Laub, Salz, Blut. Ich bleibe stehen. Wahnknecht, der etwas weiter hinter mir trödelt, stolpert in meine Hacken, bittet um Entschuldigung und sieht auf. Ich deute auf eine zweite Plane, sie liegt zwischen den Autos auf dem Boden wie ein Kreis. Mein Atem wird flacher. An einer Stelle unter dem Plastik schaut der Saum eines weißen Kleides hervor. Wahnknecht geht auf die Knie und hebt das Plastik vorsichtig an. Als er die Plane entfernt, liegt eines von Hanna Windischs Kleidern vor uns. Der Rock ist schmutzig und blutbesprenkelt. Im Schoß liegen eine schwarze Locke, ein Stück beschriftetes Papier und ein Bild. Ich gehe mit der Taschenlampe näher heran und erkenne es: Es ist eine Zeichnung aus Isa Kowalskys Zimmer.

Wahnknecht hält das Büschel Haare in die Höhe und sieht mich an.

»Das ist eine Locke von Lara Berg. Er hat ihr also tatsächlich das Haar abgeschnitten!«

Statt darauf einzugehen, leuchte ich auf das Papier, das eine vergilbt, das andere aschgrau. In schwarzer Tinte ein paar Zeilen wie Wellen. Wie eine Komposition: Malis Windischs Tagebucheintrag.

Wahnknecht nimmt es mir ab und überfliegt die Wörter, während ich die Zeichnung ins Licht halte. Ich weiß, wen Isa festzuhalten versucht hat. Er hat gelacht, als er den Kopf zur Seite warf. Die Sonne spiegelt sich in seinen Augen. Schweigend lege ich das Papier wieder hin und stehe auf. Alle vier Mädchen liegen hier vor uns, er hat sie vereint.

Wütend stürmt Wahnknecht hinaus auf die Jungs zu. Es geht so schnell, dass Severin und Ren keine Zeit haben, auszuweichen, und von Wahnknecht zur Seite gestoßen werden. Er packt Kosta und wirft ihn gegen die Seitentür.

Kosta schreit auf.

»Bist du bescheuert? Lass mich los, verdammt, was ist denn dein Problem?«

»Was willst du uns zu den Sachen der Toten sagen, die wir im Schuppen gefunden haben?«

»Hä? Wovon redest du?«

»Die Sachen von Hanna und Malis Windisch, Lara Berg und Isa Kowalsky. Die, die du zu verstecken versucht hast.«

»Was hab ich? Auf keinen Fall! Was für Sachen denn? Lass mich los!«

Wahnknecht presst Kosta fester gegen den Wagen, und wenn er nicht aufpasst, kugelt er ihm auch noch den Arm aus.

»Hören Sie auf damit!«, rufe ich, aber er will mich nicht hören.

Mit übermenschlicher Kraft gelingt es Kosta, Wahnknecht mit einer Schulterbewegung umzuwerfen. Beide keuchen, und während Wahnknecht sich langsam aus dem Gras aufrappelt, sinkt Kosta gegen die Fahrertür.

»Wie kommen diese Dinge in deinen Schuppen?«, frage ich. »Laras Locke, Hannas Kleid, die Tagebuchseite von Malis und diese Zeichnung von dir, die Isa angefertigt hat.«

Kosta schüttelt den Kopf.

»Ich weiß einfach nicht, wovon ihr da redet. Laras Haare, was zum Teufel? Und was soll ich mit einem Mädchenkleid und Tagebüchern? Bullshit.«

Wahnknecht steigt auf den Vordersitz und schaltet den Polizeifunk ein. Lange sieht Kosta mich an. Schüttelt den Kopf. Severin schiebt mit der Fußspitze Steine im Sand in eine Reihe, nur manchmal schaut er ohne Ausdruck auf. Ren steht an der Fahrertür und versucht auf Wahnknecht einzureden, er müsse sich irren, aber Wahnknecht erwidert jedes Mal, er höre sich das nicht länger an.

Eine Viertelstunde später wird Kosta in Handschellen abgeführt. Wahnknecht weist seine Kollegen in den Schuppen ein und das Haus. Während ich auf ihn warte, fährt ein weiterer Streifenwagen auf den Hof und parkt unmittelbar vor meinen Füßen. Ein sportlicher, großgewachsener Mann in Wahnknechts Alter steigt aus und kommt in gewichtigen Schritten auf mich zu.

»Name?«

»Wie bitte?«

»Ihr Name, wie heißen Sie?«

»Äh ... Leonie Henning«, versuche ich mich zu erinnern, der Mann nickt und schiebt seinen Mantel vor den Schaft mit der Pistole.

»Hab ich schon von gehört. Ist der Tatverdächtige noch hier?«

»Der wurde eben abgeholt. Moment, was meinen Sie damit, Sie haben schon von mir gehört?«

Wahnknecht, der gedankenverloren die Treppe herunterkommt, sieht uns – dreht sich um und macht ohne ein Wort auf dem Absatz kehrt.

»Hallo, Nils, tu nicht so, als hättest du mich nicht gesehen.«

»Hab was vergessen.«

Der Beamte rollt mit den Augen. Dann schiebt er mich zur Seite und stapft mit den Händen an den bewaffneten Hüften Richtung Schuppen. Ich sehe ihm hinterher, unschlüssig, ob ich ihn nicht leiden kann oder *wirklich nicht* leiden kann. Wahnknecht, der aus der Hintertür kommt, die jetzt Hintertür heißen mag, weil er sich dahinter versteckt hat, knirscht mit den Zähnen, als er die Arme vor der Brust verschränkt.

»Wer war das?«, frage ich.

»Hauptkommissar Oliver Günther, der Mann, den ich nur ein einziges Mal im Jahr ertrage, und zwar auf der Weihnachtsfeier, nach meinem dritten Glas.«

Er schüttelt den Kopf.

»Der ist bloß drei Jahre älter als ich und verdient schon jetzt das Doppelte von meinem Gehalt.«

»Auch ein Kommissar kocht nur mit Wasser«, erwidere ich. »Wie sieht's eigentlich mit *Ihrem* Rang aus? Wollen Sie noch den Mount Everest der Karriereleiter erklimmen?«

»Nach diesem Fall kann ich froh sein, wenn ich überhaupt noch einen Job habe«, brummt Wahnknecht.

Zur Aufmunterung schiebe ich »Yellow Submarine« in das Kassettenradio, als er den Wagen startet.

22

Der Schrei des Habichts, der über den Wald hallte, als wir hindurchfuhren, kreist noch in meinem Kopf. Er ist einer der Jäger, die in der Nacht besser sehen als am Tag, so wie Papa. Wenn es für jeden Menschen da draußen ein Tier gibt, das ihn verkörpert, dann ist Papa wahrscheinlich ein Adler, die nur am Himmel kreisen, um uns zu zeigen, dass wir ihnen niemals folgen könnten. Mit majestätischer Kraft und unerschütterlicher Ruhe haben sie ihren Platz unter der Sonne und fürchten zugleich keine Nacht in tiefster Finsternis. Einmal, als ich die kühlen Federn einer Rabenkrähe berührte, während sie reglos auf dem Tisch in Papas Schuppen lag, hielt ich den Atem an, weil ich überlegte, dass sie vielleicht doch wieder lebendig werden und dann versuchen würde, mich zu beißen, weil sie nicht wüsste, dass nicht ich es war, die sie in diese Lage gebracht hat. Papa ist wie jedes seiner Tiere. Seit ich denken kann, ist er Jäger, der jeden Tag in seinem Wald verbringt. Ich glaube, täte er es nicht, würde er sterben. Papa gehört in den Schatten der Bäume, er lebt die Dunkelheit, atmet sie, geht mit ihr zu Bett und träumt von ihr. Eines Tages – ich war dreizehn – kam er nach einer Jagd einmal nicht nach Hause. Mutter wartete mit dem Abendessen auf ihn, doch sie wartete vergebens. Sie wurde ganz unruhig und so kopflos, dass sie sogar vergaß, meinen kleinen Bruder und mich ins Bett zu schicken. Fips war vier und begann zu weinen, während Mutter aufgelöst an ihm vorbeilief, den Flur auf und ab. Immer wieder griff sie nach dem Telefon und wählte irgendeine Nummer und wurde dann noch nervöser. Ich stellte mich neben Fips und hielt seine Hand. Wenn Mutters Blick meinen traf, bekam ich Angst, sie sprang von ihr auf mich über. Das Gefühl war wieder da wie sechs Monate zuvor, als Lissy tot ihm Gebüsch lag. Es war derselbe Blick, dieselbe Angst vor einem Verlust, den keiner von uns mehr verkraften konnte. Ich weiß nur noch, dass ich eine Panik bekam und zu Boden sank, ich fiel einfach um.

Mit jedem Mal, dass das Telefon klingelte, wurde Mutter wilder, und schließlich, es war fast eins, bekam Mutter den letzten Anruf an diesem Abend. Erstarrt blieb sie mit dem Telefon am Ohr in der Mitte des Flurs stehen. Ich zählte die Sekunden, bis sie wieder zu atmen begann. Vierzehn. Vater hatte einen Unfall gehabt, der ihm beinahe das Leben gekostet hatte. Er verbrachte drei Wochen im Krankenhaus, und ich glaube, es gab Tage, da wollte er einfach nur ausbrechen und auf direktem Weg zurück in seinen

Wald, in die Dunkelheit. Ihm steckte Schrot in der Schulter, genug, um drei Adler damit zu töten, hatte Papa gesagt, und dass er wohl doch noch immer etwas stärker sei als alle Tiere, die er jagte. Dann hatte er gelacht. Ich habe Papa nur zweimal in meinem Leben lachen sehen, einmal nach Fips' Geburt und an diesem Tag mit dem Verband um die Schulter, als er von dem sprach, was ihn beinahe umgebracht hatte. Ich weiß, er hätte es unseretwegen niemals gewollt, aber so ein Tod an dem Platz, für den er lebte, das wäre für Vater die einzig akzeptable Weise gewesen zu sterben.

Als er nach Hause kam, schenkte Papa mir seine Uhr. Er sagte, mehr habe er nicht, das für ein Mädchen wohl geeignet wäre, aber das war mir egal. Ich legte mir die viel zu große Uhr um, und seither trage ich sie jeden Tag bei mir. Sie hat einen kleinen Riss über dem Zifferblatt. Wenn die Sonne darauf scheint, kann ich einen Blutstropfen darin erkennen. In diesem Stückchen Glas ist immer ein Stückchen von meinem Papa. Ich weiß, dass alles vergänglich ist und man immer um diejenigen, die man liebt, Angst haben muss, dass man sie von einem Moment auf den anderen irgendwie verlieren kann. Es heißt, Liebe ist groß, aber ich glaube, Angst ist größer.

Der Vogel ist wie jeder hier mit einem Geheimnis: Es gibt diejenigen, die es hüten, diejenigen, die davon wissen, und diejenigen, denen man es zutraut.

Wahnknecht steht vor dem Badezimmerspiegel und putzt sich die Zähne. Wir haben kein Wort mehr gewechselt, seit dem Moment als Kosta in die JVA gebracht wurde. Es hatte sich angefühlt, als kämpften Wahnknecht und ich auf zwei unterschiedlichen Seiten, nur weiß ich nicht, auf welcher ich stehe.

Seufzend mache ich mich auf die Suche nach etwas zu trinken. Auf meinem Weg in die Küche komme ich durch Wahnknechts Wohnzimmer. Es hat einen beigefarbenen Teppich und altmodische Möbel, nicht antik, nur aus der Mode, so wie ich sie zuvor nur in dem Haus meiner Oma gesehen habe, bevor sie ins Pflegeheim kam und die Möbel auf den Sperrmüll, was mir, sosehr ich es auch versuchte, einfach nicht genug leidtat. An einer Wand hängt ein gerahmtes Beatles-Poster. Ringo, John, Paul und George, die gerade über einen Zebrastreifen laufen, während über der scheußlich grünen Samtcouch das Plakat eines Edgar-Wallace-Films klebt. Alles in Wahnknechts Wohnung verkörpert einen nostalgischen Rückblick auf die letzten Tage der sechziger Jahre, die Zeit, in der Wahnknecht gerade das Licht der Welt erblickte.

Da fällt mir etwas auf, ich schaue ein zweites Mal hin. Nehme es in die Hände. Das Foto auf der Kommode unter dem Fenster zeigt ein junges Brautpaar. Eine junge Frau in einem langen weißen Kleid und Schleier, das braune Langhaar fällt ihr über die Schulter. Sie schmiegt sich lächelnd an den kostümierten Wahnknecht, und er hält ihre Hand, während sie sich tief in die Augen sehen. Der Moment vor dem Kuss.

Das ist ein Scherz, überlege ich, Wahnknecht kann unmöglich verheiratet sein.

Plötzlich steht er hinter mir in der Tür und sieht mich zerstreut an. Langsam schüttelt er den Kopf und läuft zögerlich auf mich zu. Dann bleibt er auf halbem Wege stehen und formt mit den Lippen ein Wort: *Estutmirleid*.

Kein Scherz also? Wahnknecht hat tatsächlich geheiratet. Es gibt diese Frau wirklich und diesen Wahnknecht. Ich stelle das Foto wieder zurück auf seinen Platz und gehe an ihm vorbei in den Flur. Er läuft mir nach. Bevor ich die Haustür hinter mir zuziehe, gucke ich ihn an und sage:

»Eine Sorte Mensch hatte ich vergessen: diejenigen, denen man es nie zugetraut hätte. Ich werde nachlässig, aber das macht vielleicht das Alter.«

Rätselnd sieht Wahnknecht mir nach, während ich die Tür schließe und gehe.

— — —

Die Sonne ist noch nicht aufgegangen, als ich das erste Teewasser aufsetze. Zwischen halb drei und drei muss ich ein paarmal das Bewusstsein verloren haben. Wie in einer Ohnmacht bin ich einfach verschwunden, es gab mich nicht und auch keine Erinnerung, was sich angenehm leicht angefühlt hat, und als ich aufwachte, wünschte ich mir, ich hätte länger dort bleiben können.

Um Viertel nach vier schrie eine Kuh, und zwanzig Minuten später war ein Klopfen an meiner Haustür zu hören. Dreimal kurz, dreimal lang und dann wieder dreimal kurz. Ich lief die Treppe hinunter und dachte, ich würde schon wissen. Ja, ich wusste, dass Marta dort unten stand, ihr Gesicht aufgequollen, dass ich nicht hineinsehen konnte, aber als ich die Tür aufschloss, war niemand da.

Ich fahre vom Pfeifen der Teekanne hoch. Während ich mir eine Zigarette anzünde, gehe ich zum Fenster und beobachte, wie die Dämmerung der Morgenröte weicht, die jetzt über das Land hereinbricht.

Um sieben Minuten nach zehn starte ich den Wagen und fahre die westliche Landstraße hinaus.

Mit ausdruckslosem Blick erklärt mir der Justizvollzugsbeamte, dass wir unsere Hände auf dem Tisch liegen lassen sollen, so dass man sie immer sehen kann, und ich antworte, dass das zwar meinen Plan mit der Belästigung durchkreuzt, aber wenn's sein muss. Er schüttelt euphorielos den Kopf und lässt sich an den Schreibtisch neben der Tür des Besucherraums sinken. Ich sehe Kosta an. Der schüttelt ebenfalls den Kopf.

»Ich war's nicht.«

»Na, was denn?«

»Ich hab niemanden umgebracht.«

»Hannas Kleid mit dem Blut, die abgeschnittene Locke deiner Freundin, eine ausgerissene Tagebuchseite und das Bild von dir, das Isa gezeichnet hat. Das kommt dir alles nicht bekannt vor?«

»Dass Isa mich gemalt hat, weiß ich. Das war im Sommer, draußen am See. Wir haben uns nach der Arbeit getroffen. Ich war schwimmen, sie sagte, bleib mal so, da hat sie 'ne Skizze gemacht, ging schnell. Sie hat mir das Bild gezeigt, als es fertig war, ich fand's unglaublich, sie kann das richtig gut.«

»Du weißt, dass sie weg ist?«

»Isa? Das weiß ich erst, seit der Bulle mir das vorhin ins Gesicht gebrüllt hat. Ich hab keine Ahnung, wo sie ist. Wieso verschwinden die denn gerade alle?«

»Habt ihr euch öfter getroffen, Isa und du? Sie ist hübsch. Erzähl mir nicht, du hättest dein Glück nicht bei ihr versucht.«

Er schneidet eine Grimasse.

»Man, du weißt doch von Lara, hab ich dir doch erzählt.«

Angespannt beginnt er, seine Hände zu kneten.

»Ich hatte sie gern, alle beide. Lara wollte mehr, und manchmal wollte sie mich gar nicht. Isa war einfach immer da. Wir verbrachten den Sommer miteinander, trafen uns häufig beim See, das war's. Isa ist echt, sie hat nichts zu verstecken. Das mag ich an ihr.«

»Hat sie dir das Bild geschenkt?«

»Das wollte sie. Sie sagte, ich mach noch andere von dir, du kannst es haben, wenn du willst. Ich hab gesagt, ich find's schöner, wenn ich weiß, dass du es hast und dass du's in dein Zimmer hängst, dann bin ich immer da. Der Gedanke gefiel mir.«

»Außerdem musstest du Lara somit nicht erklären, was diese Zeichnung von dir, und zwar eine ausgesprochen liebevolle, zu bedeuten hat, nicht wahr?«

»Ach, pff, vielleicht hätte der das mal ganz gutgetan, zu sehen, dass es noch andere Frauen gibt. Ich hab ihr nicht gehört, auch wenn sie manchmal so getan hat.«

»Vermisst du sie?«

»Ja.«

»Was ist mit dieser Zeichnung, die Isa von dir gemacht hat?«

Kosta zuckt die Achseln.

»Jemand hat sie aus Isas Zimmer geklaut und sie mir mit den anderen Sachen untergeschoben, ist doch offensichtlich.«

»Wieso sollte ich dir glauben?«

»Weil ich es einfach nicht war.«

Er sieht mich an.

»Welchem Scheißkerl hab ich das zu verdanken? Ihr müsst doch irgendeinen Verdächtigen haben?«

»Ja. Wenn es nach Wahnknecht geht, sitzt der Hauptverdächtige gerade vor mir.«

»Der Alte ist mir scheißegal, ich will wissen, wen *du* verdächtigst. Ich bin es nicht, und du glaubst mir, das sehe ich dir an.«

Überrascht frage ich mich, ob er recht hat. Empathie ist ein starkes Gefühl und ein mieser Verräter.

»Der Junge mit dem Rad – wie hieß der noch?«

»Severin«, antworte ich, »Alfred Windischs Knecht.«

»Ja, genau den mein ich, diesen seltsamen Typ, der beim Schweinepriester auf dem Dachboden gelebt hat. Wer macht denn so was? Der muss doch nicht ganz richtig im Kopf sein. Der hört jeden Tag mit an, wie die Drecksau über seine Töchter herfällt, und macht nichts. Durchgedreht wär ich, hätt den Alten einfach …«

Er verstummt, kaut auf seiner Lippe.

»Was hättest du? Den Alten umgebracht? Wenn du so weiterredest, wirst du den Rest deines Lebens diese Kleidung tragen müssen.«

»Ich hab gesagt, ich *hätte*. Hab ich aber nicht. Diesen Hof würde ich nicht mal betreten, wenn man auf mich schießen würde.«

Der Dachboden, denke ich, Malis Windischs Kiste mit den Tagebüchern. Über ein Jahr hat Severin dort oben gelebt, er wird sie gelesen haben. In seiner Einsamkeit hat er alles erkundet, was ihm in seiner stillen Welt noch geblieben war. Der Dachboden war sein Reich und seine Ordnung. Ein einsamer Junge, dessen Stimme im Kopf lauter wurde. Er hat alles mit angehört, und dann hat er es nicht mehr ausgehalten.

»Der Sitzpisser hat mir das untergeschoben!«

Kostas Fäusten knallen auf den Tisch.

Ich blicke den Beamten flehentlich an und versichere, das werde nicht wieder vorkommen.

»Was passiert jetzt mit mir? Ich meine, die haben doch ihren Sündenbock gefunden, da wollen sie mich jetzt auch hängen sehen.«

»Dass das hier kein Jahrmarktsbesuch wird, versteht sich von selbst, aber du wirst es überleben. Und wenn du die Wahrheit gesagt hast, musst du dir ja auch keine Sorgen machen, oder?«

Ich nicke der Wache zu, dass wir unser Gespräch beenden, und stehe auf.

Plötzlich berührt Kosta meine Hand. Er lächelt.

»Pass auf deinen Arsch auf, Gnädigste, hier gibt's 'ne Menge Halunken, die nur darauf warten, dass du mit deinem schönen Teil durch den Gang wackelst. Ich kann dich nicht überall beschützen, weißt du.«

Der Aufseher führt uns aus dem Besucherraum,

und wir werden getrennt. Allein gehe ich den langen Korridor Richtung Ausgang.

Ich steige in meinen Wagen und denke darüber nach, das Radio anzuschalten, als ich eine von Wahnknechts Kassetten auf dem Fußboden finde. Schließlich verlasse ich das Gelände der JVA in vollkommener Stille.

– – –

Es ist halb eins, als ich die Auffahrt vor meiner Wohnung erreiche. Ich schließe den Wagen ab und laufe auf die Haustür zu, als ich bemerke, dass etwas auf der Treppe liegt.

Zuerst kann ich kaum erkennen, was es ist, dann trete ich näher heran. Plötzlich geht mein Herzschlag unkontrolliert. Vor mir auf der letzten Treppenstufe liegen meine Taschenlampe und der abgeschnittene Kopf einer Sonnenblume. Vorsichtig hebe ich die Taschenlampe an, und zum Vorschein kommt ein abgerissenes Stückchen Papier.

6.11.1919

Das ist alles, was darauf zu lesen ist. Ich atme ein und spüre, dass meine Finger taub werden.

Du kannst mich also sehen. In diesem Moment siehst du mich, obwohl du wahrscheinlich gar nicht hier bist. Aber du weißt, wo ich bin, du weißt immer, wo ich bin.

Wer bist du?

23

Die Sonne steht wie eine Blutorange am silbernen Abendhimmel. Hinter den Wolkenfetzen taucht eine Schar Wildgänse auf und wird immer kleiner. Die Dämmerung bricht ein, nun ändert alles seine Farbe, manches sogar seine Identität. Ich lese den letzten Satz des Buches zweimal, dann klappe ich es zu und lege es auf meine Brust.

Und dann denke ich daran, wie Tom und all die anderen, die den *Herr der Fliegen* gelesen haben, sich gefühlt haben mochten, als das letzte Bild vor ihren Augen auftauchte, nachdem sie von der Dunkelheit gelesen hatten. Von den Tiefen des Dschungels, dem Feuer, das nicht hatte ausgehen sollen, und dem schwarzen Punkt in der Seele, der macht, dass man verrückt wird und etwas Schreckliches tut. Aus Angst, hatte Tom geschrieben. Aus Angst wird man wahnsinnig, und wenn man vom Wahnsinn besessen ist, gibt es keinen, der einem mehr sagen kann, was richtig und was falsch ist. Es ist, als hätte man einen Fremden im Kopf, damit man nicht mehr so allein ist.

Ich spüre ein Ziehen vom Bauch aufwärts und gehe ins Bad.

Als ich nach den Medikamenten suche, klopft es an der Haustür. Ich mache auf, und vor mir steht Wahnknecht, der mich ansieht wie ein getretener Hund.

Er hat auf dem Bett Platz genommen, während ich es vorziehe, am offenen Fenster zu stehen und die letzte warme Luft des Tages einzuatmen. Wahnknecht seufzt. Angespannt knetet er seine Hände, wirft sie wieder auseinander, fährt sich durch das ungekämmte Haar.

»Ich hätte es Ihnen sagen sollen. Das wollte ich die ganze Zeit, ehrlich. Ich kann gar nicht in Worte fassen, wie leid mir das alles tut.«

Lange sehe ich Wahnknecht nachdenklich an. Und dann bin ich mir auf einmal absolut sicher: Er sieht aus wie ein Pudding. Für mich besteht kein Zweifel mehr daran, dass ein Mensch sich in einen weichen, zerfließenden Pudding verwandeln kann, wenn er etwas so Schlimmes getan hat, dass er sich vor Scham auflösen möchte.

Auf einmal verspüre ich Hunger.

»Bitte«, ruft Wahnknecht, »sagen Sie irgendetwas, damit ich das Ausmaß Ihrer Enttäuschung wenigstens abschätzen kann.«

Ich überlege.

»Warum ist Ihre Frau nicht hier bei Ihnen?«

»Sie ist Diplomatin. Mal ist sie ein paar Monate hier, dann reist sie wieder durch die Weltgeschichte und trifft ungeheuer wichtige Leute.«

Er seufzt.

»In den ersten zwei Jahren unserer Ehe war alles noch nicht so schwer, ich konnte besser damit umgehen. Jetzt sind es schon vier ...«

»... und da fühlten Sie sich immer einsamer.«

Er nickt zerstreut.

»Ich hab so was aber noch nie zuvor gemacht. So was wie mit Ihnen, meine ich.«

»Sieht Britta Erpelmann das auch so?«

Zähneknirschend schüttelt Wahnknecht den Kopf.

»Da war nichts, zumindest nichts Ernstes. Ich glaube, Britta mochte mich ein bisschen mehr als ich sie. Es ist nie schön, abgewiesen zu werden. Vielleicht habe ich ihr auch zu viele Hoffnungen gemacht, das tut mir alles immer noch ausgesprochen leid.«

»Ich bin bloß froh, dass Sie nicht Chirurg geworden sind«, sage ich. »Ein sauberer Schnitt ist nicht Ihr Ding. Hören Sie, ich bin Ihnen nicht böse. Baden Sie aus, was Sie angerichtet haben, aber baden Sie nicht bei mir. Sie sind ein verheirateter Mann, der heute Abend seine Frau anrufen und ihr sagen sollte, dass er sie liebt. Vielleicht ist es das Beste, was Sie in diesem Moment tun können.«

Er hebt die Hand zum Zeichen, etwas einwenden zu wollen, doch ich winke ab.

»Es gibt jetzt Wichtigeres«, erkläre ich. »Der Mörder läuft immer noch da draußen herum.«

»Wie meinen Sie das? Ist Kosta wieder auf freiem Fuß?«

»Ich glaube nicht, dass es Kosta war, der die Mädchen und Windisch getötet hat. Wenn Sie mich fragen, wurde er reingelegt. Und wir wurden getäuscht.«

»Und dass wir die persönlichen Gegenstände, ja sogar die Locke von Lara Berg und das Blut von Hanna Windisch auf deren Kleid in Kostas Schuppen gefunden haben, interessiert Sie gar nicht? Wir haben seine Fingerabdrücke sicherstellen können auf der Zeichnung, die Isa Kowalsky von ihm angefertigt hat.«

»Kosta wusste von der Zeichnung. Er sagt, Isa habe sie ihm geben wollen. Wahrscheinlich hat er sie in den Händen gehalten, als er sie betrachtet hat. Die Abdrücke können alt sein.«

Wahnknecht sieht mich mit steinernem Blick an. Er guckt durch mich hindurch.

»Was finden Sie bloß an diesem Jungen? Er kannte alle Todesopfer, mit Lara Berg hatte er sogar eine Liebesbeziehung. Er hat Windisch gehasst und die Mädchen wahrscheinlich auch, nachdem sie ihn verlassen haben. Schon wegen seines Egos.«

»Aber das alles ist nicht genug«, erwidere ich. »Das sind Mutmaßungen, keine Beweise. Sie wissen, was man mit Menschen macht, denen man ihre Taten nicht lückenlos nachweisen kann. Sie haben es am Beispiel von Alfred Windisch gesehen. Sie kommen wieder auf freien Fuß und machen da weiter, wo sie aufgehört haben. Wenn Sie sich auf die falschen Menschen konzentrieren, verlieren Sie die Spur aus den Augen, die Sie zum tatsächlichen Verbrecher führt. Sie entgleitet Ihnen einfach. Es gibt zwei Stimmen in uns, die eine, die unsere Gedanken bestimmt, und die andere, die im Bauch sitzt. Sie ist schwerer zu hören, aber sie hat recht. Hören Sie hin, Wahnknecht, der Mörder spricht noch immer mit uns.«

»Ach so, meinen Sie, ja?«

»Soll ich Ihnen verraten, was er mir erzählt? Er sagt, 6. November 1919.«

Wahnknechts Stirn legt sich fragend in Falten.

»Nehmen Sie mich auf den Arm?«

Ich schüttle den Kopf und hole das Papier hervor, das ich auf der Treppe gefunden habe.

»Diese Nachricht hat er mir heute zukommen lassen. Die, meine Taschenlampe, die ich in der Nacht bei den Schafweiden verloren habe, und den Kopf einer Sonnenblume. Es ist die dritte. Jetzt hat er alle drei Blumen, die er von Alfred Windischs Hof entfernt hat, verteilt.«

Wie vom Donner gerührt springt Wahnknecht auf.

»Begreifen Sie nicht, was das bedeutet? Der Mörder will, dass Sie die Nächste sind.«

»Sind Sie ganz sicher? Und ich dachte, ich hätte einen heimlichen Verehrer. Schade.«

»Schluss jetzt mit Ihrem Sarkasmus, es geht hier um Ihr Leben!«

»Angst ist nur ein Gefühl«, entgegne ich. »Man kann sie nicht hundert Prozent abschalten, aber man kann sie erkennen, dann wird sie weniger. Der Mörder spielt mit uns. Er hat mir diese Dinge zukommen lassen, weil er weiß, dass wir seine Sprache verstehen. So kann er aus seiner Einsamkeit ausbrechen und mit jemandem reden. Warum, glauben Sie, hat derjenige ausgerechnet dieses Datum aufgeschrieben?«

Wahnknecht starrt auf das Papier. Er schleicht zurück zum Bett und lässt sich schwer fallen. Es dauert eine ganze Weile, bis er wieder einen Ton von sich gibt, und keinen besonders deutlichen.

»Lauter«, sage ich, »ich verstehe kein Wort.«

Er sieht mich an.

»Da haben sie Marten totgeschlagen! An dem Tag hat ein ganzes Dutzend Männer Hans Heinrich Marten durchs Dorf gehetzt und anschließend erschlagen. Das Datum steht auf seinem Grabstein draußen im Wald.«

Aufgewühlt fährt er sich durchs Gesicht, Schweißtropfen dringen aus seiner Stirn. Hoffentlich beruhigt sich Wahnknecht, bevor sie auf der frischen Bettwäsche landen.

»Ich habe es die ganze Zeit gewusst ...«

»Blödsinn«, sage ich, »hören Sie endlich mit diesem neurotischen Geschwätz über Ihren toten Soldaten auf. Tote kommen nicht wieder, schon gar nicht, um harmlose junge Mädchen umzubringen. Das hier ist doch keine Vendetta oder so was, wir suchen einen Mörder aus Fleisch und Blut, mit ungefähr Schuhgröße zweiundvierzig.«

Ich öffne das Fenster, aber dann stelle ich fest, dass die Schachtel Zigaretten leer ist.

»Der Mörder will vielleicht auf Martens Grab verweisen«, überlege ich. »Gibt es da irgendetwas Besonderes?«

Wahnknecht schüttelt den Kopf.

»Ein grauer Stein, mehr nicht. Seine Familie hat auch zwei, die sind etwas größer und stehen daneben. Etwas verwildert inzwischen, aber da war nichts Auffälliges dran, als ich das letzte Mal nachgeguckt hab.«

»Nachgeguckt?«

Plötzlich fällt mir unsere erste Begegnung im Wald wieder ein.

»Ihr entlaufener Hund«, sage ich, »der ist nicht zufällig in Richtung der Grabsteine abgehauen?«

Wahnknecht schneidet eine Grimasse.

»Hab halt mal nachsehen wollen, ob noch alles da ist. Hätte doch sein können, dass sich da jemand dran zu schaffen gemacht hat. Was beschädigt hat oder so.«

»Oder dass da frisch aufgewühlte Erde liegt, die darauf hingedeutet hätte, dass Marten sich womöglich selbst ausgegraben hat. Meine Güte, Wahnknecht, es war also nichts. Nur das Familiengrab eines Soldaten, der fast in Vergessenheit geraten ist. Warum schreibt jemand dann das Datum auf, an dem Marten umgebracht wurde? Will er auf etwas hinweisen?«

»Vielleicht haben wir es mit jemandem zu tun, der von Martens Mythos fasziniert ist. Der sich mit ihm identifizieren kann, weil er glaubt, ihm wurde genau wie Marten eine große Ungerechtigkeit angetan. Jeder hier kennt diese Legende, sie wird seit Generationen weitererzählt. Das verkleinert den Kreis der verdächtigen Personen allerdings nicht gerade.«

»Ungerechtigkeit ist gut«, sage ich. »Er hat sie bei Marten nicht ausgehalten, genauso wenig wie bei Hanna und Malis Windisch. Das bewog ihn, deren Vater zu töten. Nehmen wir an, die Morde an den Mädchen haben einen ganz anderen Hintergrund als der an Alfred Windisch. Der Bauer wurde brutal erschlagen, die Mädchen erstickt. Sie waren nahezu unversehrt. Ich glaube, sie haben dem Mörder etwas bedeutet. Jedes einzelne Mädchen hat eine Rolle in seinem Leben gespielt, die Frage ist nur, was für eine.«

»Wo wir wieder bei unserem Playboy wären«, merkt Wahnknecht an. »Ich bezweifle mittlerweile stark, dass es in diesem Dorf irgendein Mädchen gibt, das Kosta noch nicht rumgekriegt hat.«

»Kosta sitzt im Gefängnis«, erwidere ich. »Wie soll er mir zur selben Zeit irgendetwas vor die Haustür legen können? Außerdem hatte Hanna Windisch kaum Kontakt zur Außenwelt. Ich glaube, Jungs durften in ihrem Leben gar keine Rolle spielen. Sie hätte sich wohl niemals einfach so davonschleichen und jemanden treffen können. Es muss also jemand in ihrer unmittelbaren Nähe gewesen sein. Der die ganze Zeit da war.«

Ich gehe zum Schreibtisch und öffne die obere Schublade, um Wahnknecht eines von Malis' Tagebüchern zu zeigen.

»Sehen Sie? Da fehlt eine Seite, sie wurde herausgerissen. Das muss die Seite sein, die wir in Kostas Schuppen gefunden haben. Jemand hat sie aus Malis' Tagebuch entfernt, und ich glaube, dass er sie Kosta untergeschoben hat. Denken Sie mal nach, wer jederzeit die Möglichkeit hatte, an diese Tagebücher zu gelangen.«

»Erst mal frage ich mich, wie *Sie* an dieses Tagebuch gelangt sind. Sollte das nicht bei uns auf dem Präsidium liegen?«

»Sie haben's aber auch nicht vermisst, oder?«

»Geben Sie schon her!«

»Also noch mal: Wer hatte jederzeit Zugriff auf Malis' Tagebücher?«

»Das Gespenst vom Dachboden«, antwortet Wahnknecht. »Windischs Knecht Severin.«

Ich nicke.

»Aber der interessiert sich nicht für Mädchen, hat er gesagt. Auch wenn ich mir schwer vorstellen kann, dass man ihnen so gar nicht zugetan sein kann ...«

»Severin ist ein Ordnungsliebhaber«, erkläre ich. »Alles an dem Jungen erscheint aufgeräumt, seine Haltung, seine Art zu reden. Sogar die Kieselsteine auf Rens und Kostas Grundstück hat er sortiert. Es war, als hätte er es nicht ertragen, wie sie dort lagen. Severin hat miterlebt, wie Windisch seine Töchter missbraucht hat. Er hat es nicht mehr ausgehalten, alles wurde zu viel für ihn. Er musste ausbrechen und seine Ordnung wiederherstellen.«

»Indem er tötet?«

»Möglicherweise ist die einzige Art der Befreiung für manche Menschen die, etwas endgültig auszulöschen.«

Wahnknecht schüttelt den Kopf.

»Krank. Er muss krank sein.«

»Vor allem muss er schlau sein«, entgegne ich. »Schlau genug, keine Spuren zu hinterlassen und eine Fährte zu legen, die uns glauben lässt, jemand anders hätte seine Taten begangen. Welche Schuhgröße hat der Junge?«

»Einundvierzig.«

Wahnknecht schneidet eine Grimasse.

»Passt nicht.«

»Vielleicht hat er einen Trick angewendet«, überlege ich. »Er hat nahezu keinen Hinweis auf sich hinterlassen, wieso sollte er da nicht auch in der Lage sein, etwas an seinem Profil zu manipulieren? Schuhe in einer falschen Größe kaufen, sich darauf verlassen, dass der Regen, der nach der Tat einsetzt, die eigenen Abdrücke immer wieder unleserlich macht. Der Junge ist einsam. Und er hat Zeit. Er hockt dort oben in der Dunkelheit des Dachbodens und schmiedet einen Plan, der ihm endlich Erlösung bringen soll und uns in die Irre führt.«

Wahnknecht tastet die Innenseiten seiner Jacke ab und zieht einen Notizblock hervor.

»Das ist die Anschrift der Wohngruppe, in der Severin sich befindet. Ich werde mich gleich auf den Weg dorthin machen.«

»Ist gut«, antworte ich, »Sie können auch meine Taschenlampe mitnehmen und sie auf Fingerabdrücke untersuchen. Obwohl ich mich nicht darauf verlassen würde, welche zu finden. Schlauen Menschen sagt man nach, sie seien ein Fuchs. Aber selbst die hinterlassen mal Spuren. Mit was für einem Tier haben wir es dann zu tun?«

Wahnknecht steht auf. Er hält einen Moment inne und sieht mich dann lange entschuldigend an.

»Hören Sie auf, so zu gucken«, sage ich. »Die Dinge sind, wie sie sind, wir können sie nicht rückgängig machen.«

»Ich weiß, es fühlt sich bloß so furchtbar an. Gibt es denn gar nichts, was ich in diesem Moment tun kann?«

»Womöglich schon.«

Ich gehe aus dem Raum und kehre wenige Augenblicke später mit einer Tüte Müll zurück.

»Sie können den Gelben Sack an die Straße stellen, wenn Sie gehen. Morgen früh kommt die Müllabfuhr.«

Sprachlos sieht Wahnknecht erst mich und dann den Beutel an. Ich nicke ihm auffordernd zu.

24

Der Tod hat viele Gesichter, sagt man. Auch Tim ist
dieser Satz mal herausgerutscht, ich fand ihn irgendwie unpassend. Nicht, weil Tim ihn im Bett gesagt
hatte, sondern weil er sich so plump anhört. Jeder
Mensch stirbt und hat ein anderes Gesicht, das ist
doch klar, habe ich gesagt, und Tim ließ sich auf den
Rücken fallen und sagte, so meine er das doch nicht,
sondern die Art des Todes, da gibt's so viele von.
Ich suchte nach der Schachtel Zigaretten. Manchmal
wisse er nicht, was er schlimmer finden solle, sagte
Tim, den natürlichen Tod oder den unnatürlichen,
sie können beide sehr hässlich sein. Wenn man mich
nach meinem Ableben aufschneidet und meine Lunge anguckt, ist das ganz bestimmt so, habe ich geantwortet. Er legte seine Hand auf seinen feuchten
Bauch, während sich die Bauchdecke schnell auf-
und abbewegte. Dann schüttelte er den Kopf. Nicht
nur das, davon sähe er ja zum Glück auch nichts, das
machen die in der Pathologie. Aber wenn man zu einem Einsatz gerufen wird, und da liegt ein Mensch
tot und nackt in der Dusche, weil er spontan einen

Herzinfarkt bekommen hat, dann sei ihm mancher Totschlag lieber. Wieso, fragte ich, magst du Blut so gern? Er lachte. Nicht so gern wie du. Einige Täter wissen schon ziemlich genau, was sie tun, das macht es uns nicht unbedingt leichter. Aber ihr Vorgehen ist sehr sauber und der Anblick der Leiche nicht beunruhigender als ein Einkauf an der Fleischtheke. Vielleicht esse ich deswegen kein Fleisch, erwiderte ich. Aber ob ich jemanden erschlagen könnte, weiß ich sowieso nicht. Was ist, wenn man so gar keine Ahnung von dem hat, was man da tut und immer daneben schlägt, oder wenn das Opfer besonders zäh ist und sich wehrt, dann schlägt man sich am Ende gegenseitig die Köpfe ein. Wie würdest du es denn machen? Tim lachte. Anders, sagte ich. Aber wer weiß schon, was man in Notwehr so alles tut. Die meisten Ermordeten, die wir aufsammeln, sehen nicht so aus, als hätten sie noch Zeit gehabt, zum Gegenschlag auszuholen. Wenn jemand kommt, um mit einem Bolzenschneider dein Gesicht nach seinen Vorstellungen neu zurechtzuschneiden, bringt es oft nichts, ihn noch zu verhauen. Tim lächelte, und wir teilten uns meine Zigarette, das machte er sonst nie, nur in solchen Momenten.

Ich dachte daran, wie jemand in den Baumarkt geht oder in seinen Keller und nach dem besten Werkzeug sucht, mit dem man jemandem die Nase abschneiden kann. Weil man sich vielleicht über seinen Nachbarn geärgert hat wegen einer Hecke oder über den Schwager wegen einer offenen Rechnung oder die Exfrau wegen einer offenen Rechnung. Es gibt so viele Möglichkeiten.

Natürlich war es das, was Tim eigentlich gemeint hatte: Jeder Tod hat seine eigene Geschichte und somit am Ende sein eigenes Gesicht. Immer wenn man hört, dass jemand nicht mehr ist, fragt man als Erstes, woran er gestorben ist. Im Falle eines natürlichen Todes haben die Menschen einen Ausdruck tiefen Mitgefühls im Gesicht, den sie später in Form von Beileidskarten fortführen, bis einige Wochen nach der Beerdigung. Im Falle eines unnatürlichen Todes – wie zum Beispiel Mord – überwiegt im Gesicht anstatt der Trauer der Schrecken. Dann sehen sie in der Regel sehr bestürzt aus, weil man ja immer glaubt, so was passiert nicht im eigenen Bekanntenkreis oder in der Familie, sondern nur im Fernsehen oder in der Zeitung.

In Tims Gesicht sah ich für gewöhnlich nicht viel, er hatte immer dieses leichte Lächeln, das er nur auf der Arbeit mal absetzte, wenn überhaupt. Es gibt den Tod in den Gesichtern der Verstorbenen, in denen der Angehörigen der Verstorbenen und in denen derjenigen, die die Gestorbenen finden. Außerdem in denen der Pathologen, die die Toten aufschneiden, sowie in denen, die die Toten einbalsamieren und für ihre letzte Reise anziehen und schminken, und in denen, die den Sarg in die Erde lassen oder ins Feuer schieben, aber danach kommt nicht mehr viel, nur noch mal die Angehörigen der Toten. Im Grunde ist der Tod wie die Grippe und überträgt sich sehr schnell. Außerdem sind beide im Allgemeinen nicht besonders willkommen. Möglicherweise, weil man sie nicht kontrollieren kann. Man hat keinen Einfluss darauf, ob einem jemand weggenommen wird, und kann sich dann mit diesem Schicksalsschlag nicht abfinden. Und manchmal gibt man sich selbst die Schuld an dem, was passiert ist, nicht, weil man tatsächlich Schuld hat, sondern, weil, wenn man jemanden braucht, dem man die Schuld für den Tod geben kann, man selbst derjenige ist, der jederzeit dafür zur Verfügung steht.

Nimm diesen Gedanken nicht mit ins Bett, sagte Tim. Du musst die Toten dort lassen, wo sie sind. Aber du hast doch damit angefangen, habe ich entgegnet. Du bist gekommen und hast gesagt, wenn ich sterbe, ist das wahrscheinlich dasselbe Gesicht, das ich machen werde, wie in diesem Moment. Und dann hast du gesagt, das ist eigentlich eine gute Idee: Wenn ich Glück habe, sterbe ich einfach beim Sex, der Tod hat viele Gesichter. Aber wenn du mich fragst, ist diese Idee überhaupt nicht so gut, wie du denkst, weil einen das nämlich automatisch zu einem Nekrophilen macht, ob man will oder nicht, man hat gar keine Wahl mehr, und wenn sich das erst mal herumspricht, wird man es nie wieder los. Tim kroch unter die Bettdecke und gab mir einen leichten Kuss auf die Schulter. Das wär doch halb so wild, erwiderte er, du bist so einiges, wovon die Leute nichts wissen. Von so ein bisschen Nekrophilie wird keiner was erfahren, da bin ich mir sicher. Er lachte, und dann löschte er das Licht und stellte im Dunkeln noch den Wecker auf Viertel nach sechs.

25

Als ich die Augen aufmache, ist das Fenster von innen beschlagen. Draußen ist es hell. Langsam stehe ich auf und tapse schlaftrunken ins Bad. Gerade als ich nach dem Duschhahn taste, klopft es an der Tür. Dieses Klopfen ist nicht wie die, die ich kenne. Vielleicht schließe ich deshalb langsamer auf als sonst.

Vor mir steht Kosta mit ausgebreiteten Armen und grinst.

»Schön, dass du schon nackt bist, das spart uns Zeit.«

Ich wickle mich fester in mein Handtuch.

»Was machst du hier, bist du getürmt?«

»Ach was! Bin vorläufig wieder auf freiem Fuß, irgendwer hat 'ne Kaution für mich hinterlegt. Möcht ja gern mal wissen, was ich so wert bin.«

Er schließt hinter uns die Tür, und ich befehle ihm, in der Küche zu warten, während ich ins Bad husche und meine Kleider aufsammle.

Keine zwei Minuten später stehe ich am Kühlschrank und halte nach etwas Essbarem Ausschau. Ich finde einen Teller zerstampfte Kartoffeln, eine verschrumpelte Zitrone und den alten Joghurt, zu dem ich mittlerweile eine lockere Freundschaft entwickelt habe.

»Kaffee?«

Kosta nickt.

Ich schiebe den Aschenbecher in die Mitte des Tisches, woraufhin Kosta mir ohne Umschweife eine Zigarette reicht.

»Wann haben sie dich gehen lassen?«

»Heute Morgen. Ich bin direkt vom Knast hierhergekommen.«

»Was ist mit Ren?«

Er zuckt die Achseln.

»Wurde gestern verhört, war danach noch bei mir. Ob er nicht gehört hat, dass jemand bei uns auf dem Hof war, hab ich ihn gefragt, er sagt nein. Ich sag, das kann doch nicht sein, wie kommt jemand in meinen Schuppen, ohne dass wir was davon mitkriegen. Du bist der Aufmerksamere von uns beiden, warst du schon immer, also wirst du doch wohl was gehört haben, während ich ausgenüchtert hab. Aber er sagt, nein, da ist nichts gewesen. Ich wette, diese Ratte von Windischs Knecht ist da am frühen Morgen rein, als alle Welt geschlafen hat, und dann hat der da eine Bühne für seine Inszenierung aufgebaut. Damit alle glauben, *ich* lauf durchs Dorf und bring ein halbes Dutzend Menschen um. Der ist doch krank.«

Er drückt den Zigarettenstummel so tief in den

Aschenbecher, dass ich beinahe glaube, er bricht ihn entzwei.

»Was ist mit Isa? Ist sie wieder da?«

Ich schüttle den Kopf.

»Scheiße. Ich will nicht, dass ihr was passiert ist. Dass dieser Wahnsinnige sie hat und ihr etwas antut. Unsere Väter kennen sich, ihr alter Herr war mit meinem auf Montage früher. Ich kannte Isa schon, als sie noch so klein war, da ist ihre Familie gerade aus Polen hergekommen. Bestes Mädchen. Das allerbeste, das ich je kennengelernt hab.«

»Was ist mit Lara?«

»Es ist auf jeden Fall was anderes. Gefühle und so. Die machen, dass man dumm im Kopf wird. Man will jemandem nahe sein, selbst wenn's nicht gut für einen ist. Am wenigsten, wenn der andere es nicht auch will. Aber die Gefühle sagen: Mach das, los! Das bringt Schwierigkeiten. Du kannst einen nicht mehr einfach so gehen lassen, auch wenn du's dir wünschst, weißt du. Ach was red ich da, das kennst du doch selbst alles.«

Wir sehen uns an, und Kosta lächelt. Irritiert starre ich auf meine Hände.

»Was machen wir jetzt? Wir müssen was tun. Der Irre hält Isa irgendwo da draußen versteckt. Ich will, dass sie da rauskommt.«

»Glaubst du, wir zwei könnten was gegen ihn ausrichten?«

»Klar. Mit meinem blitzgescheiten Verstand und deinem harten rechten Haken müssen wir ihn kriegen.«

Er holt aus und täuscht mit einer Geste einen Fausthieb an. Als seine Haut meine Wange streift, fühlt sich alles plötzlich an wie elektrisiert.

Der Wasserdampf steigt auf und fegt aus dem offenen Fenster. Gerade als ich aus der Dusche heraus durch den kühlen Flur schnellstmöglich in mein Zimmer laufen will, klingelt das Telefon.

»Störe ich?«, fragt Wahnknechts müde Stimme.

Ich nicke.

»Nein. Gibt's was Neues?«

»Ich war gestern Abend bei der Wohngruppe, in der Severin zurzeit untergebracht ist, und habe mit dem Jungen gesprochen. Er wirkte angespannt und nervös, jedenfalls war er nicht sonderlich erfreut, Besuch von der Polizei zu bekommen.«

»Was hat er gesagt, als Sie ihn nach Isa und den anderen Mädchen befragten?«

»Er behauptet, sie nicht zu kennen. Keines der Mädchen bis auf die Töchter von Windisch, und zu denen, so meint er weiterhin, habe er kaum Kontakt gehabt. Er bleibt bei seiner Version vom unsichtbaren Gast auf dem Dachboden.«

»Was ist mit der Taschenlampe? Haben Sie Fingerabdrücke finden können?«

»Seine waren nicht drauf. Wenn er derjenige war, der Ihre Lampe auf dem Feld eingesteckt und Sie Ihnen vor die Haustür gelegt hat, dann hat er dabei Handschuhe getragen. Ich bin seine Kleidungsstücke und Habseligkeiten einmal gründlich durchgegangen. Es waren keine Handschuhe dabei. Das muss aber natürlich nichts heißen. Wir behalten den Jungen jedenfalls im Auge.«

Wahnknecht klingt siegesgewiss, während ich nicht weiß, was ich mit dieser unausgeschlafenen Ermittlungsstrategie anfangen soll.

»Was wir suchen, ist ein Mensch, der ein Spiel daraus gemacht hat, vier andere Menschen zu töten. Ein schlauer Mensch, der sich zwischen uns bewegen kann, ohne aufzufallen. Sie haben Ihn nicht einmal gesehen, als er Lara Berg vor dem Präsidium aufgeknüpft hat. Wie wollen Sie so jemanden dann *im Auge behalten?*«

»Er wird beobachtet«, knurrt Wahnknecht gereizt. »Severin muss seinen Betreuern genau Mitteilung darüber machen, wo er hingeht, und vor Einbruch der Dunkelheit zurück sein. Ist er es nicht, rufen sie uns sofort an. Außerdem wird er von den Kollegen vor Ort überwacht.«

»Wenn er nicht wieder entwischen kann.«

»Lassen Sie das mal unsere Sorge sein.«

»Lieber nicht.«

Ich lege den Hörer auf und gehe ins Schlafzimmer.

Kosta lümmelt mit beiden Beinen auf dem Schreibtisch, und während er eines meiner Bücher durchblättert, das ihn nicht besonders zu interessieren scheint, verteilt er Kartoffelreste vom Mittagessen über meine Unterlagen. Als ich zweimal niese, wirft er mir sein blaues Flanellhemd zu und lacht, als ich daran rieche.

»Keine Sorge, Prinzessin, das ist eines von den gewaschenen. Ich hab ein paar mehr davon im Schrank. Sag mal, das ist dein Ding, oder? Die Welt der Wörter. Alles hier ist richtig ... *gewissenhaft,* sagt man das so? Früher bin ich auch gern in die Schule gegangen, hatte richtig gute Noten. In Sport und Technischem Werken, der Rest war mir zu langweilig. Aber schön war's da. Jeden Morgen hab ich meine Freunde wiedergesehen, Mädchen aufgerissen. Na ja, damals hab ich noch gar nicht gewusst, was ich mit euch anfangen soll.«

Er lacht.

»Die Schulzeit hat Spaß gemacht, danach war's nie wieder so.«

Ich stecke mir ein Stück Kartoffel in den Mund und blicke aus dem Fenster. Bald wird es dunkel, Nebel zieht in kleinen, weißen Fäden langsam über das Feld hinter der Werkstatt auf.

»Wir könnten uns beide irren.«

Kosta schüttelt den Kopf.

»Wenn der so bekloppt ist, wie ich denke, dann

will er's genau so, wie es kommt. Er hat keine Zeit mehr zu verlieren. Das ist wie 'ne Schlinge um seinen Hals, die enger wird.«

Er nimmt meine Hand, zieht mich zu sich heran und küsst mich.

26

Auf die Dunkelheit kann man warten wie auf einen alten Freund. Er lässt sich Zeit, aber seine Verlässlichkeit zeichnet ihn aus. So zählt man die Stunden an den Fingern ab und guckt zum Fenster hinaus, bis das Gefühl seiner Ankunft spürbar wird und er seine Schatten vorauswirft.

Der Himmel ist ganz schwarz. Da ist kein Licht, nur dieser weiße Schleier, der auf uns zukriecht. Kosta blickt über die Einfahrt, während er geräuschvoll neben mir Kaugummi kaut. Ich möchte es ihm wegnehmen.

»Ist da draußen eigentlich irgendetwas, vor dem du dich fürchtest?«, frage ich. »Die Welt ist so groß, und wir sind streichholzklein. Es wird immer etwas geben, das größer und stärker ist als wir. Hast du nie Angst, dass dir was passiert?«

»Nee, wozu denn?«

Er zuckt die Achseln.

»Als ich acht war, hat Papa mir Schießen beigebracht, auf Konservendosen und so, das hat Spaß gemacht. Später hat er mich manchmal mit auf die

Jagd genommen, heimlich, dann durfte ich's auch mal versuchen. Ich war ganz gut, hab's nie verlernt. Seit dem Tag, als Papa mir das erste Mal eine Flinte in die Hand gedrückt hat, glaube ich, dass mir nichts passieren kann, nie. Ich weiß, dass das Unsinn ist. Es geht nur um das Gefühl, das ein Vater seinem Kind geben kann, damit es sich unsterblich fühlt. Es ändert alles, wenn du daran glaubst.«

Er legt seinen Arm um meine Schulter. Unsere Väter sind sich ähnlich, denke ich. Ob sie Freunde wären? Papa hat diese bestimmte Art, mich anzusehen, wenn er im Begriff ist, mir etwas zu sagen. Egal, worum es geht, er sieht mich auf eine Weise an, die mich nie eines seiner Worte vergessen lässt. Er redet nicht viel. Papa ist ganz anders als Mama oder meine Schwester, er gehört zu den Schweigenden. Aber wenn Mama erzählt, leuchten immer seine Augen. Niemand sieht einander mit so viel Liebe an wie die beiden, ich weiß nicht, wie sie das schaffen. Ich habe immer auf den Tag gehofft, an dem mir das Gleiche gelingt, aber diese Sicherheit kam nie. Es machte mich wahnsinnig. Wieso war ich nicht in der Lage, dafür zu sorgen, dass jemand jeden Tag mit mir zufrieden sein konnte? Ich brauchte Tims Lachen und fast jeden Tag die Gewissheit, dass er mit einem guten Gedanken an mich auf die Arbeit gehen würde, einfach dafür, dass ich da war. Aber genau dieser

Dinge war ich mir niemals sicher, was mir Angst machte. An Tagen, an denen Tim mal nicht lachte, wurde meine größte Befürchtung wieder real und zu einem Geier, der über mir kreiste. Ich wusste, insgeheim wartete er auf etwas, das ich ihm nicht geben konnte. Auf den einen Satz, den ich ihm selbst nach unserer Hochzeit vorenthielt unter dem Vorwand, ich glaubte nicht daran, aber ich würde doch an *uns* glauben. Keine Ahnung, warum er mich geheiratet hat. Wir sagten einander diesen Satz nie, und doch war ein Gefühl da, das es niemals zugelassen hätte, zu gehen. Ich habe immer daran geglaubt, dass es da war. Näher als Nähe, größer als Glück, tiefer als der Tod. Es würde bleiben, wenn wir gegangen wären. Und ich hatte recht.

Als Tim sagte WEIL ICH NICHT MEHR WILL, spürte ich, wie dieses Gefühl immer schon da gewesen war und mich in der Nacht, als er ging, von innen auffraß. Es hatte eine Zeit gegeben, in der ich daran geglaubt hatte, Liebe sei ein ersetzbares Gefühl. Es gibt Sehnsucht und Freude, Vertrautheit, Verbundenheit, Freundschaft. Und ich glaubte daran, dass diese Dinge reichen würden, bei mir zu bleiben. Das Gefühl, das zu verlieren, von dem man sich sicher war, man würde es für immer haben, vergisst man niemals. Es ist wie ein stummer Zeuge, der alles mit ansieht, während man vom Podest der Selbstsicherheit herabsteigt. Nie wird er einen verraten können und doch immer da sein. Für alles, was wir tun, gibt es Beweise in uns, die zurückbleiben.

Die Härchen auf Kostas Arm stellen sich auf.

»Jetzt«, sage ich.

Er nickt.

— — —

Mit gedrosseltem Tempo fahren wir die Landstraße zum Waldsee hinaus. Kosta kurbelt das Fenster hinunter und schnippt seine Zigarette auf die Straße.

»Dass das noch gar nicht so lange her ist, dass wir da in der Abendsonne saßen und Isa mich malte«, sagt er nachdenklich. »Jetzt sieht der See aus wie ein Moor. Verrückt, wie sich alles verändert im Nebel.«

Ich nehme die Ausfahrt, die zum Ostteil des Waldes führt, und schalte das Nebellicht aus. Zwischen den Bäumen lichtet sich der Schleier und verschwindet schließlich im Schatten des Waldes. Ich parke den Wagen seitlich eines Grabens und schalte den Motor aus. Einen Moment lang bleibe ich einfach sitzen und schaue in die Dunkelheit.

Vielleicht kann ich ohne dich nicht denken oder mit dir das Falsche. Ich könnte mich irren. Doch als du kamst, als du einbrachst über dem Horizont, war ich mir sicher, es zu wissen. Es war nur ein kleiner Moment, ein Satz unter vielen, aber er

hatte mich aufhorchen lassen, später, in meiner Erinnerung. Wenn du die Wahrheit gesagt hast, bist
du heute Abend hier draußen mit mir, und du wirst
dich zu erkennen geben, weil du jemandem nahe sein
willst. Einer bestimmten Person. Du bist schon da,
du konntest es gar nicht abwarten. Die Silhouette
des Waldes bewegt sich im Wind. Da fällt ein Regen-
tropfen auf die Windschutzscheibe. Dann noch einer,
und langsam breitet sich ein Regenfeld aus. Darauf
hast du gewartet. Auf die Nacht, um herauszukom-
men, und auf den Regen, um deine Spuren zu verwischen, wie er es immer für dich getan hat.

Ich greife auf den Rücksitz und hole Wahnknechts
Taschenlampe hervor. Dann steige ich aus.

Als wir auf den Wald zulaufen, schließe ich für
einen Moment die Augen und halte die Luft an. Ich
höre, wie Kosta hustet, dann ist alles wieder vollkommen still. Oder nicht? Ein Ast, der im Unterholz
zerbricht, kaum zwanzig Meter von uns. Ich leuchte zur Straße, die wie leergefegt ist, während Kosta
schnurstracks den Trampelpfad hinabläuft, der in
den Bauch des Waldes führt.

»Leider habe ich nur diese eine Taschenlampe«,
sage ich. »Halte dich am besten immer nah bei mir,
sonst verlieren wir uns.«

»Kann ich machen, damit du dich nicht fürchtest.
So eine Lampe brauch ich jedenfalls nicht. Mama

hat uns fast jeden Tag Karotten zum Mittagessen gekocht, ich hab die Augen eines Adlers. Zum Beispiel da vorn. Ich kann dir vorlesen, was da geschrieben steht, ohne dass du das Licht draufhalten musst.«

Er deutet mit einer Kopfbewegung auf eine von Laub bedeckte Stelle zwischen dem Gestrüpp. Ich gehe ein paar Schritte und halte den Lichtkegel direkt drauf. Drei nebeneinandergereihte Grabsteine ragen unter den Blättern hervor: Hans Heinrich Martens Familie und die einzige Spur, die wir von dem Mörder bekamen. Hier also liegt der Mann aus dem Nebel. Als Kosta mein Gesicht sieht, fängt er an zu lachen.

»Schön ruhig bleiben, Prinzessin, dir tut schon keiner was. Die Herrschaften liegen schon so lange da unten, die freuen sich, wenn sie mal Besuch bekommen.«

In Erinnerung an unseren
geliebten Sohn und Bruder,
Gefreiter Hans Heinrich Marten
geb. 10. 2. 1896
gest. 6. 11. 1919

entziffere ich.

Kosta macht einen Satz über das Geäst und stellt sich tätschelnd neben Martens Grabstein.

»Als Kinder haben Ren und ich uns oft Mutproben

ausgedacht, bei denen einer von uns nach Anbruch
der Dunkelheit durch den Wald laufen musste. Wir
erzählten uns, dass die Geister von Martens Familie hier umherwandern und ihre toten, ausgemergelten Gesichter plötzlich zwischen den Bäumen auftauchen würden.«

»Dann kennst du sicher Martens Geschichte?«

»Klar, der verstoßene Soldat, der von den Dorf-
bewohnern zu Tode gejagt wurde, ein ganz alter
Hut. Aus Rache sei er zurückgekommen und habe
seine Herzensdame, die inzwischen jemand anderem
gehörte, und ein paar keusche Jungfrauen, die garantiert gar nicht mehr so unschuldig waren, mit in den
Tod genommen. Nette Legende. Wenn's stimmt, will
ich das auch können: tot sein und dann einfach wie-
derkommen, wenn mir danach ist. Natürlich auch
mit Nebel oder besser noch: mit Blitz und Donner,
und immer, wenn irgendwo der Blitz einschlägt, wissen die Leute, ich bin zurückgekehrt, um ihnen irgendwas wegzunehmen. Ihren Erstgeborenen vielleicht oder ihr Auto.«

Der Regen nimmt zu, während wir tiefer in den Wald
hineinlaufen. Plötzlich bekommt alles ein Geräusch,
wo bis eben noch Stille war. Die Tropfen werden
dicker und prasseln auf das Laub. Ein paar Vögel
stürzen aus den Baumkronen in den Himmel hinauf.
Wieder ein Rascheln im Laub. Es könnte alles sein.

Der Huf eines Tieres oder die Sohle eines Menschen. Wenn Papa mich mitnahm, gab es einen festen Platz, an dem ich immer auf ihn wartete. Er sagte: Komm nicht nach, hör nur zu. Und ich lauschte der Einsamkeit, bis ich begriff, dass es sie hier draußen nicht gab, man denkt es bloß, weil man eigentlich nie jemandem begegnet.

Ich zählte Papas Schritte über dem Boden und die Flügelschläge der Vögel, wenn sie aufschreckten und davonflogen. Und ich zählte die Sekunden, bis der Schuss aus dem Gewehr die Dunkelheit zerriss. Zuerst erschrak ich, und es dauerte eine Weile, bis ich wieder zu atmen wagte. Auf einmal spürte ich Erlösung. Mein Herz schlug mir bis zum Hals, und alles in mir stand unter Strom. Es war ein betörendes Gefühl. Nur in diesen Momenten merkte ich, dass ich tatsächlich am Leben war.

Mit dem Lichtkegel leuchte ich die Gegend ab und über den ausgetrampelten Pfad. Und auf einmal bin ich mir ziemlich sicher, dass jemand vor Kurzem denselben Weg genommen hat. Schuhspitzen haben in wiederkehrender Abfolge Löcher in die aufgeweichte Erde gebohrt, während der Rest des Fußes kaum zu erkennen ist.

Ich ziehe das Tempo an und laufe, die Taschenlampe dicht über den Boden gerichtet, den Spuren hinterher.

Fast einen halben Kilometer laufen wir, bis sich die Abdrücke plötzlich auflösen. Fragend schaue ich Kosta an, der wirft die Arme hoch.

»Ja, Mist. Aber wo wir eh gerade die Orientierung verloren haben, kann ich auch mal eben pinkeln gehen. Muss schon, seit wir losgefahren sind.«

Er öffnet seinen Hosenstall und steuert auf den nächsten Baumstamm zu, bis er völlig im Nebel verschwindet. Ich gehe ein paar Schritte und leuchte weiter. Es scheint, als hatte derjenige sich einfach in Luft aufgelöst. Oder er ist vom Pfad abgegangen und hat einen anderen, schwierigeren Weg genommen, der mitten ins Unterholz führt. Zumindest ist von den Fußabdrücken nichts mehr zu sehen.

Plötzlich verdichtet sich der Nebel. Dicke graue Schwaden drängen über den Waldboden auf mich zu. Es muss eine Stelle geben, die genug Platz bietet, damit der Nebel sich sammeln konnte, überlege ich. Zwischen den Bäumen hatte er fast kein Durchkommen, hier hingegen könnte eine Lücke sein. Auf einmal fühle ich mich eingekesselt von einem unsichtbaren kalten Netz. Es kommt näher auf mich zu, mein Atem wird flacher. Angst ist das größte Gefühl, das wir kennen, es schleicht durch die Venen und modifiziert, was wir sind. Als wäre man mit einem Monster in einem Käfig im eigenen Kopf eingesperrt. Das Gefühl wird stärker. Ich weiß, du bist noch hier.

Auf einmal springt etwas unter den Blättern hervor. Eine Gestalt, die wie ein Phantom nur für einen kurzen Moment aufleuchtet und dann wieder verschwindet. Mein Herz rast. Wenn so etwas passiert, will man eigentlich alles tun, aber nicht hinterhergehen. Man will, dass sich alles auflöst, der ganze Nebel und der Wald, so dass man wieder etwas sehen kann und am besten bis zu den Zähnen bewaffnet ist in so einem Moment, das wäre sehr gut. Aber so was vergisst man einfach immer, wenn man sich in solche Situationen begibt, die mit einem oder mehreren Verrückten abgeschottet in einem dunklen Wald enden.

Langsam trete ich näher. Als ich die Stelle erreiche, an der die Gestalt aus dem Nebel aufgetaucht ist, zeichnet sich etwas ab, das aussieht wie eine Lichtung. Ein Wall aus Sand und Lehm, eingefangen von Stacheldraht, der erst bei näherem Hinsehen erkennen lässt, was er einmal gewesen sein könnte. Ich klettere durch eine Lücke im Zaun und leuchte über den Boden. Ein Parcours, denke ich, alles sieht aus wie ein verwaister Übungsplatz für Soldaten. Aus dem Schatten der Bäume wächst eine morsche Tribüne heraus. Eine kleine rostige Eisenleiter führt seitlich hinauf. Vor der etwa einen Meter hohen Wand hängt ein Schloss, doch bei näherem Betrachten erkenne ich, dass es geöffnet ist. Ich ziehe es ab, trete ein paar Stufen hinauf und leuchte hinein. Der Bo-

den der Tribüne ist mit Zeitungen übersät. Jemand
hat einzelne Seiten herausgerissen und die Artikel
an die Wand gehängt. Sie sind frisch. Ich leuchte die
Schlagzeilen ab und erkenne sie.

Windischs Haus.

Das Leichendorf.
Ungeklärter Tod einer ganzen Familie.
Mädchen (15) erhängt an Baum – Suizid oder
weiterer Mord am Geisterort?

Du hast alle Berichte ausgeschnitten, von jeder Zeitung, die über dieses Dorf schrieb. Hast dein eigenes
Sammelsurium erbaut, an einem Platz, an dem keiner mehr nachschauen würde, nachdem er in Vergessenheit geraten ist. Das ist es, was du nicht erträgst:
Dinge, die die Menschen vergessen. Sie sollen sich
an dich erinnern und an das, was du tust. Was willst
du noch tun?

Bis auf das aneinandergelegte Zeitungspapier finde ich hier oben nichts weiter und steige mit weichen Knien wieder die Leiter hinunter. Der Nebel
setzt sich kalt in meiner Lunge ab. Sollte ich irgendetwas sagen? Ihn rufen? Du bist noch hier, du würdest nicht ohne mich gehen. Vielleicht wartest du
im Nebel auf mich und beobachtest mich wie jahrelang zuvor draußen in der Dunkelheit. Ich weiß, du
warst da. Ich hab dich gesucht. An jedem Ort, in je-

der Nacht. Zu jeder gottverdammten Stunde, wenn es dunkel wurde. Du hast doch keine Ahnung, wie das ist. Dich immer zu fühlen. Ich hab gedacht, ich bilde mir ein, dass ich spinne, habe ich gedacht, dass da nichts ist und ich nur ruhelos, unausgeglichen, übernächtigt, gelangweilt bin. Ich dachte, ich wäre fehl am Platz, deswegen müsste ich weg. Zu dir, aber dich gäbe es überhaupt nicht, ich wollte nur nicht allein sein. Wenn einem jahrelang gesagt wird, dass man einsam sei, fängt man schlimmstenfalls an, es zu glauben. Ich konnte das nie. Ich war nicht einsam, und ich war auch nicht allein. Du hast immer so getan, als wärst du eine Illusion, das hat dir Spaß gemacht. Aber nicht der, der an die Illusion glaubt, sondern der, der sie spielt, merkt irgendwann, dass er allein ist. Ich hatte immer noch dich. Du hattest niemanden mehr. Deshalb hast du beschlossen, mich kennenzulernen. Nach all den Jahren hast du dich auf den Weg zu mir gemacht und angefangen, mit mir zu sprechen in deiner Sprache. Die Sprache der Taten, weil sie bleiben, während man alles andere ausradieren kann. Ich weiß, du bist noch hier. Du hättest dich nicht auf den Weg zu mir gemacht, ohne einen Plan und ohne ihn zu vollenden.

Die Stille wird physisch. Ich drossele meinen Atem und lausche dem absoluten Nichts.

Plötzlich ertönt ein Krachen aus dem Unterholz. Wieder eines dieser spitzen, dunklen Geräusche, die einem Strom durch den Körper jagen. Der zweite durchgebrochene Ast, er ist kein Zufall. Ich leuchte mir mit der Taschenlampe einen Weg durch die Nebelwand in Richtung der Stelle, aus der das Geräusch kam. Die Bäume werden dichter. Der Sand wird zu Moos. Gestrüpp wächst über die Wurzeln, dann hört es auf, und ein Stacheldrahtzaun zeichnet sich am Ende des Lichtkegels ab.

Ich trete ein paar Schritte näher und versuche, keinen Laut mehr von mir zu geben. Bleibe stehen. Richte das Licht auf. Und da leuchte ich direkt in ihr Gesicht, sie blickt mich an. Isas Augen sind weit aufgerissen. Sie sehen durch mich hindurch. Ihr Körper wurde in den Stacheldraht geworfen; wie eine Marionette hängt sie mit ausgestreckten Armen in der Luft. Isas Wangen sind rostrot verschmiert. Sie riecht nach Öl. Aus ihrer linken Faust ragt ein Fetzen Stoff. Ein fettiges Stück blaukarierter Flanell, aus einer Hemdtasche herausgerissen.

Angst hat viele Gesichter, aber letztendlich bedeutet sie immer nur eines: das Ende. Mit einem Wimpernschlag macht es das, was ist, zu dem, was nicht mehr existiert, und reißt es aus uns heraus. Das ist alles, aber es tut am meisten weh. Ich mache einen Schritt auf Isas reglosen Körper zu, bis wir einander betrachten. Dann greife ich vorsichtig nach ihrer Hand. Lächle Isa an. Könntest du nicht vielleicht etwas sagen? Nur irgendetwas? Ich richte mich auf und drehe mich um. Blicke durch das Nichts. Doch es fühlt sich wärmer an als zuvor. So, wie wenn man nicht mehr allein ist. Wir sind jetzt beide nicht mehr allein. Das wolltest du doch die ganze Zeit.

Ich sehe mich um und dann hole ich tief Luft. Mit einem lauten Schrei rufe ich Kostas Namen, dann noch mal.

Plötzlich springt jemand aus dem Unterholz und lässt sich einen Abhang hinunterfallen. Ich renne hinterher, stolpere, strauchle, bis sich vor meinen Füßen auf einmal eine riesige Schlucht auftut. Es sieht aus, als hätte man ein Stück des Waldes einfach herausgebissen. Ich drossele meinen Atem und horche hinein. Irgendwo dort unten bist du und beobachtest mich. Lauerst, wie Wahnknecht es gesagt hat. Du hast mich hierhergelockt, um mir zu zeigen, wozu du in der Lage bist und ich nicht. Auf einmal kommt mir ein Verdacht. Alles, was du tust, ist berechnet, dein Vorgehen genau geplant, das war es immer. Nur einmal, als wir draußen auf den Schafweiden aufeinandertrafen, hattest du nicht mit mir gerechnet und bist geflohen. So was soll dir kein zweites Mal passieren, das hier hast du nicht dem Zufall überlassen. Du hast mich hierhergelockt und mir eine falsche Fährte gelegt. Anstatt selbst die Schlucht hinabgestiegen zu sein, könntest du genauso gut etwas hinuntergeworfen haben, um mich von Isas Leiche fortzulocken. Du bist nicht dort unten, sondern bei ihr. Du bist zu ihr zurückgekehrt, weil du mit ihr noch nicht fertig bist.

Ich schalte die Taschenlampe aus und gehe langsam, und ohne ein Geräusch von mir zu geben, den Weg quer über den Platz wieder zurück. Als ich in Isas Nähe bin, bleibe ich stehen und blicke in jenen tiefen, schwarzen Fleck unter den Zweigen der Tannen. Schwarz sei keine Farbe, sagt man, sie habe keine Pigmente. Sie sei nichts als Leere und Schatten, eine tote Stelle. Vielleicht ist es die einzige Stelle, die ein Mörder ertragen kann.

Ich sehe seine zitternde Silhouette im Schatten des Unterholzes. Mit dem Rücken zu mir gewandt, zerrt er am Stacheldraht, bis er etwas herausgerissen hat und es über den Boden schleift. Du will sie also von hier wegbringen. Hier ist Isa gestorben, aber ausstellen willst du sie an einem anderen Ort.

Es heißt, Psychopathen hätten einen inneren Scanner, der ihnen ermöglicht, dass sie einander erkennen können. Wenn jemand in ihrer Nähe auftaucht, der ist wie sie, der über dieselben Dinge verfügt und dieselben Dinge erfasst, können sie ihn unter hundert anderen Menschen erkennen. Sie ziehen einander an wie das Licht die Fliegen oder Magnete den schwarzen Metallstaub, und selbst wenn sie versuchen würden, sich aus dem Weg zu gehen, finden sie den anderen. Sie brauchen ihn, ob sie ihn wollen oder nicht. Andernfalls würde ihnen langweilig – ein für sie nahezu unerträglicher Zustand.

Ich beiße mir auf die Unterlippe und renne los. Kurz bevor sich unsere Körper berühren, schalte ich Wahnknechts Taschenlampe wieder ein und rufe seinen Namen. Die Gestalt dreht sich um. Überrascht lässt sie von dem toten Körper ab. Der Lichtkegel fällt auf ihr Gesicht, und ich erkenne ihn: Das Phantom, das sich vor mir aus dem Unterholz aufrichtet, ist Ren. Seine Augen blitzen. Er lächelt. Plötzlich stürmt er auf mich zu und will mich mit all seiner Kraft zu Boden reißen, doch es gelingt mir, auszuholen und ihn mit der Taschenlampe ins Gesicht zu schlagen. Ren taumelt, fasst sich an die Stirn. Blut strömt über seine Hände. Blitzschnell entscheidet er sich um und rennt an mir vorbei über den Wall. Zunächst sieht es so aus, als wolle er einfach zwischen den Bäumen hindurch auf die andere Seite des Waldes verschwinden. Aber da tut sich eine zweite Wand aus Stacheldraht vor uns auf. Als Ren begreift, rennt er zur Schlucht und springt den Abhang hinunter.

Scheiße, denke ich, wenn Kosta noch hier draußen ist, könnte er inzwischen überall sein. Nichts ist zu sehen, nicht ein einziges Geräusch zu hören. Das abgebissene Herz des Waldes liegt da wie eine andere Welt, in der kein Leben existiert. Der Regen hat nachgelassen, doch der Boden ist so schlammig, dass ich ausrutsche und ins Straucheln gerate. Plötzlich verliere ich das Gleichgewicht und stürze in hohem Bogen den Abhang hinunter. Ich kann gerade noch sehen, wie Wahnknechts Taschenlampe vor mir hinabrollt, da überschlage ich mich und stürze weiter in die Tiefe. Mein Hinterkopf schlägt auf eine Baumwurzel. Sofort durchfährt ein widerlicher Schmerz meine Wirbelsäule. Zitternd und mit lehmverschmierten Händen suche ich nach meinem Körper. Ich fühle mich, als hätte ich mich selbst im Sturz verloren. Benommen und taub stelle ich fest, dass ich Glück hatte und auf dem Steißbein gelandet bin. Keuchend richte ich mich auf und blicke mich um. Das schwache Licht der Taschenlampe scheint unter einem Klumpen Lehm hervor, fast gleitet sie mir ein zweites Mal aus der Hand. Schneller werdende Schritte unmittelbar in meiner Nähe.

Ich klettere aus der Kuhle hervor und laufe dem Geräusch nach, das jetzt immer klarer wird. Diese Bewegungen über den Morast, überlege ich, sie sind leichter, wendiger als die von Kosta. Das da vorn ist er nicht, denke ich, es ist Ren. Und er ist immer noch wütend.

Auf einmal kracht es über mir, und ein riesiger Ast stürzt den Abhang hinunter. Er trifft Ren am Kopf, der taumelnd zu Boden geht. Im nächsten Moment springt Kosta hinterher. Er packt Ren und beginnt, mit dem Ast auf Rens Gesicht einzuhämmern. Das Geräusch von brechenden Knochen und spritzendem

Blut. Für einen Moment weiß ich nicht genau, was ich tun soll. Das Bild hat etwas von der Wiederherstellung einer Ordnung, für die man im Leben nur selten eine Chance bekommt. In meiner Brust juckt ein unkontrollierbares Kribbeln. Ist es das, was ich sehen wollte? Die Hinrichtung eines Jungen als Sühne für die Menschen, die er ermordet hatte?

Nein. Und schon gar nicht würde ich es zulassen, dass Kosta sich Rens Todes schuldig machte. Er hat keine Ahnung, wem er da gerade das Leben aus dem Leib prügelt.

»Hör auf«, rufe ich, doch meine Worte verschwinden zwischen den Wänden aus feuchtem Lehm. »Hör auf! Hör jetzt sofort auf, es ist Ren!«

Kosta erstarrt, hält jedoch an dem reglosen Körper fest.

»Es ist Ren. Es ist nicht Severin, es ist dein Bruder.«

Langsam lässt Kosta Rens Kopf zu Boden sinken. Ich halte mit dem Licht der Taschenlampe auf Rens Gesicht, und da erkennt Kosta das, was von seinem Bruder noch übrig ist.

Ich stolpere zu den beiden hin und fühle Rens Puls. Er schlägt. Ren ist bewusstlos, aber er lebt. Ich sehe Kosta an, der mit sich kämpft, doch dann fallen seine leeren, müden Augen schließlich zu. Er wirft die Hände vors Gesicht und bricht in Tränen aus.

Vielleicht, denke ich, ist es das, woraus Liebe besteht: aus einem ewigen Fluss aus Vergebung und Verständnis. Und genau an der Stelle, an der all das endet, bleibt nur noch die Dunkelheit.

Gerade als die Batterien in meiner Taschenlampe ausgehen und ich mich zu fragen beginne, wie wir ohne Hilfe hier überhaupt je wieder herauskommen sollen, fällt ein Lichtstrahl über unsere Köpfe hinweg.

»Hallo? Haaallooo?«

Es ist Wahnknecht. Ungelenk kraxelt er den Abhang entlang und versucht alles, um nicht das Gleichgewicht zu verlieren. Ich stehe auf und hebe die Hand.

»Ich habe Ihren Wagen am Straßenrand gesehen«, ruft er. »Jetzt sagen Sie bloß, Sie sind schon wieder selbst auf die Jagd gegangen?«

Er läuft über einen dünnen Seitenstreifen hinweg den Hang entlang und klettert dann an einer langen Baumwurzel hinab in die Grube. Als er Kosta über seinem ohnmächtigen Bruder gebeugt sieht, bleibt er irritiert stehen.

»Was hat das zu bedeuten?«

»Das«, erwidere ich müde, »bedeutet, die Jagd ist zu Ende. Haben Sie Handschellen dabei?«

Wahnknecht überlegt, dann tastet er seine Jackentasche ab. Nickt.

»Gut«, sage ich, »dann dürfen Sie jetzt mal. Ihr Phantom aus dem Nebel liegt dort im Matsch. We-

nigstens wird es so keinen Widerstand leisten können.«

Ich klopfe Wahnknecht auf die Schulter. Dann drehe ich mich um und gehe einfach davon in das dunkle, verregnete Nichts.

27

Der Schrei des Falken über dem Acker sirrt in der warmen Luft. Der Tag ist gekommen, um mich an den Sommer, den ich nicht hatte, zu erinnern. Er ist süß. Vielleicht war der ganze Sommer wunderschön, während ich nichts davon gefühlt hatte. Die Sonnenstrahlen kitzeln auf meinen Wangen. Der Vogel, der zu Boden stürzte und seine Beute mit sich in den Himmel getragen hat, ist nur noch ein Punkt am Horizont. Ich laufe die Straße hinunter, auf das kleine Häuschen vor der Eiche an der Kreuzung zu. Dann bleibe ich vor dem Fenster über dem Beet stehen und klopfe dreimal. Wahnknecht reckt den Kopf. Wir nicken einander zu, und er gleitet mit zwei Sätzen an seinem Schreibtisch vorbei aus dem Zimmer.

Ein paar Minuten später stehen wir mit unseren Teetassen in der Hand in der Auffahrt des Präsidiums und blicken auf die Eiche, die eigentlich bei Licht betrachtet weniger von einer Todeseiche hat als von einer Herzeiche, während ihre Früchte geräuschvoll auf den Asphalt regnen.

»Acht«, sage ich. Wahnknecht schüttelt den Kopf.

»Da haben Sie eine überhört. Das wundert mich jetzt aber, ich dachte, Sie hätten Ohren wie ein Fuchs.«

»War so laut gestern«, brumme ich.

Eine Weile lauschen wir gemeinsam der Stille, bis Wahnknecht wieder seufzt.

»Ja, ich verstehe schon.«

»Es ist ja bloß ...«

Er schüttelt den Kopf. Beginnt von neuem.

»Natürlich kann niemand wirklich in den Kopf von jemand anderem reingucken, aber hätten wir nicht etwas bemerken müssen? Irgendein Zeichen, das dieser Junge uns gegeben hat, wenn er uns ansah und mit uns sprach? Wir hatten ihn fast und haben ihn stattdessen übersehen.«

Ich denke an den Satz, den ich Wahnknecht nicht sagen werde: dass ich Ren leidtue, für das, was mich nicht so sein lässt wie die anderen, aber nicht mehr, als hätte ich mir beim Kochen in den Finger geschnitten. Es war kein Mitleid, sondern der Moment gewesen, in dem Ren mir erklärt hatte, das Gleiche zu fühlen in einer unwirklichen Welt. Er hatte gewusst, wer ich bin, und ein Teil von mir hatte später gewusst, dass er es war. Dass er alles war, was dieses Dorf verdunkelt hatte. Es war seine grausame Art, das zu sein, was er sein musste: das andere Kind. Wenn jeder mitspielte, blieb er im Schatten, doch er ahnte, dass es nicht reichen und er schließlich doch zum unsichtbaren Mittelmaß werden würde, das er am meisten fürchtete. Die Schraube im großen Zahnrad, damit es sich weiterdreht. Alles wollte er sein, nur kein Name, den man vergessen würde auf einem kleinen Stück Granit in der Erde, von Gras überwuchert, bis die Zeit die Erinnerung an einen auslöscht. Lieber Leid und Unglück sein. Der dunkle Fleck im Herzen der Menschen, denen er zunächst gar nicht auffällt. Nur nicht gewöhnlich. Nur niemals vergessen werden, sondern den höchsten Preis zahlen für das, als was man geboren wurde: anders. Ich denke an den Aschenvogel. Vielleicht wollte Ren immer sein wie er, aber seine Verwundbarkeit war ihm dazwischengekommen. Kein anderer hatte ihn an diese erinnert als er selbst, und kein Gefühl hatte es geschafft, stärker zu sein als sein Hass, in dem er wie der Phönix immer wieder in den Flammen zerbarst.

»Ren ist nicht wie die meisten Jugendlichen«, sage ich. »Er hat eine Sensibilität, wie sie für andere Menschen kaum begreifbar ist. Alles, was ihm widerfahren ist, hat ihn zu einem hoch empfindsamen und ausgesprochen kaltblütigen Menschen gemacht. Er wusste nicht, wohin mit seinen Gefühlen, wohin mit dem Hass, der Wut und der Einsamkeit. Wenn man nicht weiß, wie man ein Gefühl verarbeiten soll, muss man innerlich verbrennen.«

Wahnknecht nickt.

»Hass brennt wie der Teufel. Und Ren hat seine Mutter gehasst. Es war seltsam. Nachdem der Junge in Untersuchungshaft kam, machte er den Eindruck, als wären unsere Fragen an ihn wie die Beichte, auf die er sein ganzes Leben gewartet hatte. Er saß da, mit ineinandergefalteten Händen, und sah uns aufmerksam zu. Und egal, welche Frage wir ihm stellten, er antwortete und sprach mit uns, als würde er uns den Weg auf einer Landkarte erklären. Er war so ruhig. Da war nicht die geringste Spur von Anspannung in diesem Jungen zu erkennen. Ren breitete seine Karte aus, und wir folgten ihm von dem Tag an, als er begriff, dass mit seiner Mutter etwas nicht stimmte.«

»Die Depressionen?«

Wahnknecht nickt erneut.

»Das scheint zu stimmen, zumindest deckt es sich mit der Aussage von Kosta. Nach Rens Geburt war die Familie nicht mehr auszuhalten für seine Mutter. Die Ehe stand auf der Kippe. Ren sagt, Kosta habe davon jedoch kaum was mitbekommen. Als Ren drei Jahre alt war, der Junge meint sich auf den Tag genau erinnern zu können, stellte sich eine Persönlichkeitsstörung bei seiner Mutter ein. Erste Anzeichen von Schizophrenie, dazu cholerische Wutausbrüche, keine kontrollierbaren Emotionen. Sie konnte auch keine Nähe mehr ertragen, und kamen die Kinder ihr zu nahe, reagierte sie mit Gewalt. Kosta sprach von Ohrfeigen, Ren sagt noch was anderes. Es gab Tage, da sperrte sie Ren in sein Zimmer ein. Einmal brach er aus. Sie schlug ihn ohnmächtig. Er wachte am Abend auf und lag in seinem Bett, hinter einer abgeriegelten Tür. Auf die Frage, wo sein Vater oder Kosta gewesen seien, als das passierte, sagte Ren, sie seien längst fortgegangen. Wir hakten nach. Kosta hat das Haus seiner Eltern nie verlassen, zumindest war er nie mit einem anderen Wohnsitz irgendwo gemeldet. Ich glaube, Ren beschreibt eine andere Form von Verlassen. Für ihn war Kosta in dieser Zeit einfach nicht mehr da, zwischen den beiden Brüdern entstand ein Bruch. Ren vertraute Kosta nicht mehr, der sich seiner Mutter so weit wie möglich entzogen hatte und nur noch selten zu Hause blicken ließ. In Rens Augen hatte Kosta ihn verraten. Ähnlich wie sein Vater, der die Familie verlassen hat, als Ren acht und Kosta zwölf war. Sein Vater sei eines Abends nicht mehr nach Hause gekommen. Da sei Ren in das Zimmer seiner Eltern und habe einen Brief gefunden, in dem sein Vater sich für alles entschuldigte, er diese Ehe aber nicht weiter ertragen könne. *Man muss gehen, wenn alles über einem zusammengebrochen ist,* hat Ren seinen Vater zitiert. Wir haben diesen Brief nicht gefunden. Aber als wir jeden Winkel des Hauses auseinandergenommen haben, fanden wir etwas ganz anderes.«

Ich reiche Wahnknecht vorausschauend meine Schachtel Zigaretten, er nickt dankend.

»Das Haus hat einen Keller«, erklärt er, »von dem wusste niemand. Erinnern Sie sich, als wir Kosta nach der Schlägerei nach Hause gebracht haben? Ich stand eine halbe Ewigkeit in diesem Flur und betrachtete die Uhren. Ich spürte, dass das Holz uneben war, aber ich hielt es für alt und eingelaufen oder schlecht verkleidet. Tatsächlich befand sich unter dem Läufer eine Luke, die zu einem Keller unter der Küche führt. Sie ist fast unkenntlich und nur durch ein kleines Schloss zu öffnen. Als wir hinabstiegen, betraten wir einen Raum völliger Dunkelheit. Keine Elektrizität, keine Verbindung zur Außenwelt, kein Tageslicht. Aber vor allem eine lebensfeindliche Luft, die kein Mensch dort unten länger als ein paar Sekunden aushält. Kaum hatten wir die Klappe geöffnet, trieb uns der Gestank von Fäulnis und Verwesung entgegen. Ich schüttelte den Kopf, ich wollte nicht hinunter. Mein Magen drehte sich um, und mir war so schwindelig, dass ich mich hinsetzen musste. Eine halbe Stunde später wurde Rens und Kostas Mutter in ihren sterblichen, faulenden Überresten an die Oberfläche gezogen. Sie war in ein weißes Bettlaken gewickelt, ich sah den Abdruck ihres Kopfes hindurch. Es sah aus, als hätte die Wange sich durch das Leinentuch gefressen.«

Wahnknecht schüttelt sich, während ich daran

denke, vor dem Schlafengehen mein Bett abzuzie-
hen.

»Was ist mit ihr passiert?«, frage ich.

»Ren hat sie erstickt, genau wie die Mädchen. Alle
Frauen starben den gleichen Tod, nur bei Windisch
machte er es anders. Er schlug dem Bauern mit dem
Stein, den wir fanden, auf den Hinterkopf und sah
ihm beim Ausbluten zu. Es habe sehr lange gedauert.
Ren sagt, er habe die ganze Zeit neben Windisch gestanden und ihm beim Verbluten zugeschaut, so wie
sein Vater es bei den Tieren auf der Jagd gemacht
habe. Es habe ihm aber nicht so gut gefallen. Bei dem
Mord an Windisch war Ren übrigens nicht allein.«

»Er hatte einen Komplizen?«

»Sagen wir, einen stillen Helfer, der die Drecks-
arbeit nicht gescheut hat, Windischs Leiche anschließend den Schweinen vorzuwerfen. Jemand, der das
Motiv teilte, jenen unbändigen Hass auf den Bauern.«

»Derselbe, der Kosta die Sache in die Schuhe schieben sollte?«

»Genau der. An dem Abend, als Kosta in Krachts
Kneipe auf Severin stieß, war ihre Begegnung alles
andere als ein Zufall. Severin sollte Streit mit Kosta provozieren und ihn dazu bringen, die Kneipe zu
verlassen. Kosta wiederum sollte mit seinem Verhalten für möglichst viel Aufsehen sorgen, aber das
kann der Junge ja wie kein zweiter. Jedenfalls fügte

es sich, dass er zur Tür hinausstürmte, und Severin konnte später so tun, als hätte Kosta in seiner Wut Severins Fahrrad gestohlen. Im Verlauf des späteren Abends ist Severin auf Kostas und Rens Grundstück aufgetaucht und hat das Fahrrad auf Rens Anweisung in Kostas Schuppen gelegt, während Ren die persönlichen Gegenstände der toten Mädchen, die er in seinem Zimmer aufbewahrt hatte, daneben ar‐

rangierte. Es sollte aussehen, als hätte Kosta die Gegenstände halbherzig zu verstecken versucht. Dann lotste Severin die Polizei auf das Grundstück und schließlich in Kostas Schuppen, wo wir nicht nur auf das vermeintlich geklaute Fahrrad, sondern auch auf die Sachen der toten Mädchen stießen. Ren war klug genug, keine Fingerabdrücke zu hinterlassen. Nur die seines Bruders wusste er auf der Zeichnung, die Isa Kowalsky von Kosta angefertigt hatte. Sie habe ihm die Zeichnung gezeigt, als er in ihrem Zimmer war. Er stahl sie und versteckte sie, bis der Tag gekommen wäre, an dem er das Bild als Indiz gegen Kosta verwenden konnte. Ren sagt, er habe ihn gehasst. Am Ende habe er Kosta einfach nur noch loswerden wollen wie eine alte Haut.«

»Ich glaube, beide Brüder waren auf ihre Weise unfähig, sich zu befreien. Wenn wir uns fragen, warum sie einander nicht geholfen haben, übersehen wir, dass Hilflosigkeit die Menschen auf unterschiedliche Art lähmt und jeder auf eine andere Weise damit um‐

zugehen versucht. Für den einen ist die einzige Möglichkeit, wegzulaufen, während der andere wie erstarrt zurückbleibt und hofft, alles würde einfach
irgendwann an ihm vorübergehen.«

»Vielleicht haben Sie recht«, antwortet Wahnknecht. »Ren sagt, eines Tages habe er nicht mehr
daran geglaubt, dass sich etwas ändern werde. Seine Mutter sei wie ein Phantom gewesen, wie ein
schwarzer Schleier, der jeden Tag über seinem Leben
gehangen und kein Licht mehr durchgelassen habe.
*Wenn unsere Mutter geblieben wäre, hätte ich nicht
mehr sein können,* hat er gesagt. *Sie war der Schatten im Kopf, der für immer bleibt, wenn man ihn
nicht selbst entfernt.«*

»Wie lange hat ihre Leiche dort im Keller gelegen?«

»Mehr als ein Jahr. Erstickt hat er sie im letzten
Juli, einen Monat nach dem Mord an Malis Windisch. Ren meint, es habe sich ganz anders angefühlt.
Als er seine Mutter tötete, habe es sich angefühlt wie
eine Erlösung. Malis' Tod hingegen habe er nie vergessen können. Sie sei erste richtige Freundin gewesen. Die beiden hätten sich vor zwei Jahren auf einem
Dorffest das erste Mal gesehen. Malis sei ruhiger gewesen als die anderen Mädchen, verschlossener, aber
in Rens Augen das perfekte Mädchen. Er habe sich
nicht getraut, sie anzusprechen, bis sie eines Tages
zufällig denselben Weg gegangen seien. Von da an

trafen sie sich regelmäßig wieder. Ren sagt, es sei eine Liebe ohne Boden gewesen. Malis erzählte ihm von ihrem Vater. Zuerst wusste Ren nicht, was er tun sollte. Ihm war nur klar, dass er diese Ungerechtigkeit nicht ertrug. Er wurde wütend auf Windisch, so wütend wie auf seine Mutter. Eines Tages hat er auf Malis gewartet, sie wollten raus zum See. Als sie nicht kam, suchte er nach ihr und lief auf den Hof. Die Stalltür stand offen. Ren näherte sich und hörte etwas. Als er den Stall betrat, sah er mit an, wie der Bauer Malis ins Stroh presste und schlug, bevor er sie auf den Rücken drehte und ...«

Wahnknecht seufzt und greift nach der zweiten Zigarette. Die Eicheln regnen vom Baum wie kleine Steine.

»Die beiden trafen sich noch am selben Abend, fuhren wieder raus zum See. Es war warm, sie gingen schwimmen. Ren machte ein Feuer oben im Wald, tat so, als wäre alles improvisiert, aber das war es nicht. Nachdem Malis sich ausgezogen hatte und da sie ihm näher sein wollte,, schlug er sie zu Boden. Er kniete sich auf sie und presste ihr seine Hand aufs Gesicht. Zunächst habe sie Widerstand geleistet, doch Ren hielt durch, bis Malis keine Regung mehr zeigte. Irgendwann stand er auf und ließ von ihr ab. Und dann wartete er. Ren sagt, es könnten mehrere Stunden gewesen sein. Er saß einfach nur bei ihr und sah sie an. Er habe darauf gewartet, irgendetwas zu empfinden, das sich anfühlte wie Schuld, doch er habe nichts dergleichen gefühlt. Spät in der Nacht trug er Malis auf den kleinen Wanderweg neben der Lichtung. Kurz vor der Straße hatte er eine Schubkarre versteckt. Er legte Malis hinein, und als er sich sicher war, dass zu dieser Uhrzeit niemand mehr die Straße befahren würde, schob er Malis' Leiche bis zum Hof ihres Vaters. Das muss man sich mal vorstellen: der ganze Weg, und niemand entdeckt diesen Jungen! Dann warf er Malis in Alfred Windischs Güllegrube. Er sagt, er habe keine Ahnung von der Entsorgung von Leichen gehabt, ihn interessierte der Tod nicht. Alles, was er wollte, war, dass er wusste, wo er Malis wiederfinden könnte.«

Fassungslos schüttelt Wahnknecht den Kopf.

»Ren war eifersüchtig«, erklärt er, »aber da war noch mehr. Ren sagte immer wieder, diese Liebe hatte keinen Boden. Als ich ihn danach fragte, antwortete er, alle Mädchen hätten etwas von ihm gewollt, das er ihnen nicht habe geben können: Nähe. Sosehr Ren auch bei ihnen sein wollte, so sehr hat er ihnen fernbleiben müssen, als wären sie eine Krankheit. Er hat sie nicht ertragen können, sagt er. Er habe es nicht ausgehalten, in ihrer Nähe zu sein, ohne etwas zu fühlen.«

Ich weiß.

»Ren wollte nicht mehr allein sein, aber dieses Gefühl von Zuneigung, von Liebe und Wärme kannte er nicht. Er wusste nichts damit anzufangen. Ich glaube, das hat ihn noch wütender gemacht. Er gab seiner Mutter die Schuld an seinem Versagen und schließlich auch für den Tod von Malis Windisch. Eines Morgens kam es wiederholt zum Streit zwischen Ren und seiner Mutter. Sie tobte, wollte ihn verprügeln. Stattdessen sperrte er sich selbst in sein Zimmer ein und wartete, bis es ruhig wurde. Ren wusste, dass seine Mutter sich oft nach dem Mittag hinlegte. Auch an diesem Tag lag sie in der Stube und schlief auf dem Sofa, als Ren sein Zimmer verließ. Er ging zu ihr und sah ihr eine Weile beim Schlafen zu. Er sagt, als er dort vor seiner Mutter stand, habe er sein ganzes Leben in ihrem Gesicht sehen können, und es sei beschissen gewesen. Er griff nach einem Kissen und presste es seiner Mutter aufs Gesicht, bis er sie erstickte. Sie sei nach wenigen Augenblicken tot gewesen. Dies habe der Moment gewesen, auf den er sein ganzes Leben lang gewartet hätte. Er schrieb einen fiktiven Abschiedsbrief und ließ das Verschwinden seiner Mutter vor Kosta so aussehen, als habe sie sich Hilfe suchen wollen. Kosta hat es geglaubt. Vielleicht ist Ren besonders geschickt oder Kosta ausgesprochen naiv. Möglicherweise war es eine Wahrheit, die nicht existierte, aber an die beide Brüder insgeheim hatten glauben wollen.«

Wahnknecht kratzt sich geräuschvoll den Hinterkopf. Ich denke an Hanna Windisch auf dem Acker im Nebel. Das Leben kann aus einem Menschen mit nur einem einzigen Atemzug verschwinden für immer.

»Mehr als ein Jahr ist das mit seiner Mutter und Malis Windisch her«, erklärt Wahnknecht. »Eine lange Zeit, um über das Verbrechen, das man begangen hat, nachzudenken. Aber auch, um eine neue Verbindung zu festigen. Ren hat sich mit Hanna angefreundet, nachdem er ihre Schwester umgebracht hatte. Er hatte irgendwie Mitleid mit ihr, sagt er. Eines der wenigen Gefühle, die ihm teilweise vertraut waren. Er empfand Mitgefühl mit ihr, aber nicht genug, um Hanna die Wahrheit zu sagen. Stattdessen gab er vor, zu wissen, wo ihre Schwester sich befinde, und erzählte Hanna, Malis sei nach Süddeutschland abgehauen, um dort ein neues Leben zu beginnen, in das sie Hanna bald nachholen werde. Es habe Momente gegeben, in denen er mit Hanna habe gehen und alles zurücklassen wollen, aber es passte nicht. Hanna war erst vierzehn, praktisch noch ein Kind. Dann habe sie sich in Ren verliebt, auf die gleiche Weise, wie Malis es getan hatte. Das hat er nicht ausgehalten. Er inszenierte ein Treffen von Malis und ihrer Schwester, die Hanna in der Nacht vor zwei Wochen hätte abholen und mit sich nehmen sollen. Hanna folgte Rens Anweisung, sich in der Nacht aus dem Haus zu schleichen, und Ren führte sie auf den Acker. Als Hanna begriff, dass etwas nicht stimmte, wollte sie gehen, doch Ren hielt sie zurück und warf sie zu Boden. Hanna bekam Angst und schrie. Ren sagt, bis zu diesem Moment hatte er keine Ahnung, was Angst war, es war ein Gefühl, das er verloren hatte. Je mehr Hanna sich widersetzte, desto fester presste Ren ihr seine Hand auf das Gesicht und fühlte ihre Furcht. Sie habe gezappelt wie ein Fisch, dann sei es schnell zu Ende gegangen. Hanna starb wie ihre Schwester und Rens Mutter, sie beide wurden erstickt. Ein lautloser Tod, schnell und sauber. Genau wie bei Lara Berg.«

»Da ging es um mehr, oder?«, sage ich. »Ich glaube, als Ren Lara ausgesucht hat, wollte er nicht nur eine Freundin, deren Nähe er doch nicht ertragen konnte. Er wollte auch seinem Bruder weh tun.« »Ja, Ren ist schlau«, entgegnet Wahnknecht. »Er hat die Beziehung seines Bruders mit Lara Berg beobachtet und genau mitbekommen, als Lara nicht mehr wollte. Da hat Ren den richtigen Moment abgepasst und sich ihr zugewendet. Er sagt, sie sei kein einfaches Mädchen gewesen: launisch, zu lebhaft, mit Hang zur Arroganz. Aber es habe ihm gefallen, dass er sie hatte überreden können, sich immer mehr von Kosta zu entfernen. Der erste schmerzhafte Schlag gegen seinen Bruder, der für ihn keiner mehr war nach dessen Verrat. Lara traf sich ein paar Wochen heimlich mit Ren, bevor sie Kosta schließlich ganz verließ. Der drehte durch – und machte sich damit nur noch verdächtiger, als Lara verschwand. Alles lief genau so, wie Ren es sich vorgestellt hatte, aber dennoch fehlte ihm etwas. Und so näherte er sich Isa Kowalsky, die er den Sommer über immer wieder mit Kosta beobachtet hatte. Ren sagt, Isa und Kosta hätten sich geliebt, ohne es zu wissen, das hätte er ihnen immer angesehen. Und er hätte es nicht ausgehalten. Er entführte Isa und hielt sie zwei Tage gefangen, bis er sie tötete. Dann brachte er sie in den Wald, an diese Stelle, an der Sie auf ihn treffen sollten. Er richtete Isas Leiche so her, dass Kostas Spuren an ihr zu finden sein sollten. Das Schmieröl in Isas Gesicht und der Stofffetzen aus Kostas Kleidung, den Ren entfernt hatte. Kosta saß bereits in Untersuchungshaft, aber eine Leiche mehr hätte das Strafmaß, das ihn erwartet hätte, nur noch erhöht. Ren wollte seinen Bruder um jeden Preis loswerden, für immer. Womit er allerdings nicht rechnen konnte, war, dass Kosta gegen Kaution vorzeitig entlassen wurde. Tja, da haben Sie seinen Plan ganz schön durchkreuzt.«

Ich zucke bloß die Schultern.

»Ren sagt, Sie hätten ihm gefallen. Eine Ermittlerin, die keine ist und doch keine einzige seiner Spuren übersieht. Sie wären wie ein brennendes Streichholz in einer dunklen Kammer gewesen, ein Licht in seiner Einsamkeit. So hat er es ausgedrückt. Er wollte, dass Sie ihm folgen, und hat Ihnen die Blume und den Zettel mit dem Hinweis auf Martens Grab zukommen lassen, damit Sie sich auf den Weg zu ihm machen. Ren sagt, *die Ermittlerin wusste, wovon ich spreche, und ich wusste, wir würden uns finden.*«

Abwesend blicke ich in den glühenden Feuerball am Horizont. Die Blätter der Bäume leuchten goldgelb, rotbraun und treiben im Wind davon. Die letzte heiße Wehe eines Sommergefühls.

»Er hat Isa Kowalsky getötet, um Kosta das zu nehmen, was er geliebt hat«, sage ich. »Neid ist nicht das richtige Wort. Hass und Neid können gestillt werden, Liebe auch. Was Ren zu seinen Taten bewog, war Verzweiflung, und die kann riesengroß sein. Er glaubte, ihm fehle ein elementares Gefühl. Das Gefühl, Liebe zu empfinden. Ren konnte machen, dass andere etwas fühlen, wenn er ihnen nahe war, aber sie konnten nicht machen, dass *er* etwas fühlte. Ein erdrückendes Gefühl. Es bereitet einem Angst, dass man kein richtiger Mensch ist.«

Wahnknecht sieht mich nachdenklich an.

Ich tätschle ihm die Schulter und sage:

»Danke, dass Sie Kostas Kaution bezahlt haben.«

»Wieso glauben Sie …?«

»Na, waren Sie's denn nicht? Ich glaube, Sie ahnten, dass Sie Kosta unrecht getan hatten, und sahen Ihre Chance gekommen, etwas wiedergutzumachen. Sie haben auf Ihre innere Stimme gehört, gut so.«

Wahnknecht lächelt verlegen, dann wirkt er auf einmal sehr ernst.

»Dass Sie Kosta mitgenommen haben in den Wald und nicht mich, das hatte was zu bedeuten, oder? Er war bei Ihnen an dem Abend.«

»Ja, das war er.«

»Dacht ich mir ...«

»Ich weiß nicht, ob irgendwas irgendwas zu bedeuten hat«, sage ich nachdenklich. »Ständig tun wir Dinge, um sie später zu bewerten und uns schuldig zu fühlen. Die Wahrscheinlichkeit, dass wir nicht bereuen, was wir getan haben, ist viel kleiner als die Momente, an die wir uns erinnern wollen. Also ich will lieber lernen, an das Gute zu denken.«

Unsicher schaut Wahnknecht mich von der Seite an.

»Was wird denn jetzt mit Ihnen? Also, ich meine mit Ihnen und mir?«

»Das kann man nie wissen. Aber ehrlich gesagt hoffe ich, dass wir uns wiedersehen, das hoffe ich wirklich. Vielen Dank für alles, Wahnknecht. Dafür, dass Sie nie aufgegeben haben, auch nicht gegen mich. Ich weiß, das war harte Arbeit. Wenn Sie dafür nicht befördert werden, beschwere ich mich persönlich bei Ihrem Boss.«

Wie lange wir noch da draußen im Licht der untergehenden Sonne stehen, weiß ich nicht, aber mir ist, als wäre der Sommer, den ich nicht hatte, für diesen einen Tag zurückgekommen, damit auch ich etwas von ihm in Erinnerung behalten kann.

28

Ich drehe den Brief in der Flamme, bis er nur noch ein glimmender Funke ist, der langsam in den Aschenbecher gleitet, um zu silbergrauem Staub zu werden.

Man muss einen Schmerz fühlen, um ihn loslassen zu können, hatte Tim gesagt. Erst später hatte ich begriffen, dass er dabei von uns gesprochen hatte, von dem Schmerz, dem einer dem anderen zufügen konnte. Tim war der andere gewesen.

Er hatte gesagt, er hasse es, wenn ich meine Gedanken in die Zeilen legte, die ich ihm schrieb, anstatt mit ihm zu reden. Meine Briefe wurden lang. Er las sie, ohne ein einziges Mal darauf zu antworten. Doch ich schrieb weiter, so lange, bis ich glaubte, die Antworten selbst gefunden zu haben. Man kann auf dem Papier lernen zu verstehen. Man kann Empathie entwickeln und Verständnis und alles begreifen. Und man kann sich trennen.

Jedes Mal, wenn du davongelaufen bist, bin ich dir in Gedanken meilenweit gefolgt. Dir fehlen die Worte, mir fehlt das Herz. Du bleibst ein Gefühl

*in meiner Haut, man sagt, sie vergisst nie. Ich wer-
de immer wissen, wie du dich anfühlst und wie du
mich ansiehst, wenn du kommst. Ich bin nicht der
Mensch fürs Glück. Ich kann dir nichts geben, was
ich nie habe festhalten können.*

Ich wende den Brief und lese ein letztes Mal unsere
Namen.

Leonie Henning und Tim Richter. Geschieden.

Ich fege die Glut zum Fenster hinaus, während es
an der Tür klopft. Als ich aufschließe, steht Kosta
vor mir. Er öffnet seine Arme und küsst mich und
schiebt mich dann rücklings in den Hausflur.

In dem kleinen Schrank über der Spüle stehen zwei
bunte Plastikbecher, einer gelb mit roten Punkten,
der andere neongrün.

»Tut mir leid«, sage ich. »Meine Schwester ist far-
benblind oder zumindest versucht sie, es zu werden.
Ich lasse die Becher für die Nachmieter hier.«

Wir setzen uns auf den Boden.

Kosta sieht erschöpft aus und ratlos, er schüttelt
den Kopf.

»Ich glaube, für das, was passiert ist, gibt es keine
Worte«, sage ich.

Nachdenklich schaut er mich an.

»Ich hab's nicht gesehen. Ich hab in einem Haus
mit meiner toten Mutter gelebt und mit meinem

wahnsinnigen Bruder, der durchs Dorf rennt und Leute umbringt, und ich hab's nicht gesehen.«

Er wirft die Hände an den Kopf.

»Ren ist so weit gekommen, weil er genau wuss-te, wie er uns alle täuschen konnte«, erwidere ich. »Mehr als ein Jahr hat er der Welt jeden Tag eine neue falsche Fährte gelegt, die von ihm wegführte. Ren hatte Angst. Aber nicht vor gewöhnlichen Din-gen, sondern dass irgendetwas die Ordnung, die er in seiner Welt geschaffen hatte, zerstören könnte. Ich glaube, am meisten Angst jedoch hatte er vor sich selbst. Ein Mensch am Rande einer Welt, die in der Lage ist, Dinge zu fühlen, die er nie erfassen wür-de. Vielleicht macht der Gedanke, nie zu wissen, was Liebe ist, einem Menschen mehr Angst als der Ver-lust der Sinne.«

»Angst oder nicht«, entgegnet Kosta düster, »er ist ein Wichser. Vor ein paar Jahren, Ren war zwölf, glaube ich, hat er mir mal gesagt, ich hätte ein Scheißglück gehabt. Ich kapierte nicht, was er mein-te, da sagte er, einfach ein unverschämtes Scheiß-glück, zur richtigen Zeit, unter den richtigen Um-ständen geboren worden zu sein. Keine Ahnung, was er von mir wollte. Aber später, als ich eines Abends nach Haus kam, sah ich, dass Mama Ren in sein Zimmer gesperrt und den Schlüssel abgezogen hat-te. Ren tobte natürlich. Er schrie und schlug alles kurz und klein, doch Mama stand nur in der Küche und wusch ab. Sie wusch nur einen Topf, aber sie wusch ihn eine Stunde lang. Ich redete auf sie ein, wollte wissen, was Ren angestellt hatte, und sie tat bloß so, als wäre ich nicht da. Es war unheimlich. Dann hab ich ein Brecheisen geholt und bin hoch. Hab die Tür auseinandergerissen, als wär's nix. Da rastete Mama völlig aus. Sie lief schreiend ins Schlafzimmer und schaltete das Radio ganz laut. Bis in die Nacht hinein saßen Ren und ich im Wohnzimmer und starrten auf den Fernseher, ohne dass ich hätte sagen können, was wir uns eigentlich ansahen. Solche Tage gab's, und ich weiß, dass Ren viele davon abbekommen hat. Ich bin vier Jahre älter als Ren. Er konnte der Scheiße nicht so entkommen wie ich. Ich hab mir oft vorgestellt, ich würde ihn einfach überreden, mit mir abzuhauen. Irgendwohin und auf uns allein gestellt sein, neu anfangen. Aber es war zu spät dafür. Ich sah es Ren an, er war nicht mehr derselbe. Er hatte begonnen, mich zu hassen.«

Kosta malt mit den Fingern eine Flamme aus dem Staub auf dem Küchenboden.

»Nach Rens Geburt hatte Mama Depressionen. Fast alles, was sie tat, tat sie irgendwie gegen ihn. Sie hat Ren das Gefühl gegeben, Schuld zu haben. Schuld, überhaupt auf die Welt gekommen zu sein. Vielleicht hat er recht: Es ist, als wäre er unter einem schlechten Stern geboren worden, der nie scheint. Ich hab viel verloren. Papa, Mama und Ren. Die kommen alle nicht wieder. Vielleicht sollte ich die Hoffnung nicht aufgeben, dass unser Vater es sich eines Tages noch mal anders überlegt, aber ich glaub nicht dran. Wenn man den Großteil seines Lebens allein gegangen ist, wozu soll man dann noch einen brauchen, der einen plötzlich wieder bei der Hand nehmen will? Nee, ich hab auch so gelernt, was Recht und Unrecht ist, alles, was ich habe, habe ich mir allein aufgebaut. Vielleicht kann ich's mal an jemand weitergeben, wer weiß.«

Er lächelt.

Eine Weile sehe ich Kosta einfach nur an, doch dann entschließe ich mich, ihm von Lissy zu erzählen. Von dem Verlust eines Menschenlebens, von dem ich noch immer das Gefühl habe, als wäre es mein eigenes gewesen.

»Ich hatte eine Cousine«, sage ich. »Sie war sechzehn. Ihr Name war Elisabeth, wir nannten sie Lissy. Sie war das schönste, warmherzigste, liebevollste Mädchen, das ich jemals kannte. Alles an ihr war aus Licht, habe ich immer gedacht. Eines Tages ist es erloschen. Es geschah an einem Freitagabend, am 16. Juli vor vierzehn Jahren. Unsere Eltern waren zusammen über das Wochenende verreist, Lissy sollte auf mich aufpassen. Wir verbrachten den Abend mit Brettspielen, und dann erzählte Lissy mir von Jungs. Wie sie so sind und was sie an ihrem Leben aufregend machen.

Jungs mochten Lissy. Sie konnten gar nicht anders, alles an ihr war wunderbar. Irgendwann an dem Abend bat Lissy mich, ins Bett zu gehen und nicht auf sie zu warten. Sie hatte sich mit einem Jungen verabredet, seinen Namen habe ich nicht erfahren. Sie sagte: Psst, topsecret, und lachte. Ich wollte nicht, dass sie ging, aber ich wollte auch nicht der Grund sein, warum sich die beiden nicht hätten sehen können. Für Lissy war alles ein Abenteuer. Sie sagte, in manchen Nächten schleiche sie sich einfach aus dem Haus, um das Leben zu spüren. Sie gab mir einen Kuss auf die Stirn, das letzte Gefühl, das mich an Lissy erinnert. Sie schloss die Tür und ging. Ich zählte ihre Schritte, als sie über die Auffahrt lief. Sechs. Ich wollte auf Lissy warten, bis sie wieder nach Hause kam, aber irgendwann schlief ich einfach ein. Als ich am nächsten Morgen in Lissys Zimmer sah, war ihr Bett unbenutzt. Sie war nicht zurückgekommen. Ich vermisste sie, aber ich dachte, das ist normal, ich vermisse sie immer, wenn sie nicht bei mir ist. Lissy hat nie ein Versprechen abgegeben, sie sagte, das Leben hält sich nicht daran, es will einfach nur leben. Also hatte sie mir nicht gesagt, wann sie zurück sein würde, und ich dachte nur, *bald*. Nach dem Frühstück lief ich ans Meer hinaus, an den Kippen entlang. Es hatte die Nacht hindurch geregnet. Die Möwen schrien. Dann kletterte ich über den Zaun des Grundstücks meiner Tante und meines Onkels und lief über die Wiese zurück zum Haus. Als ich den Berg hinaufstieg, sah ich Lissy. Sie lag im Gestrüpp, in ihrem blutdurchtränkten Rock. Sie muss mehrere Stunden dort gelegen haben, bevor ich sie fand. Das, was von ihr übrig war, war nicht mehr Lissy. In der Nacht, als sie ging, war sie für immer verschwunden.«

Kosta greift vorsichtig nach meiner Hand.

»Wer hat das mit ihr gemacht?«

»Darauf gibt es keine Antwort. Sie wurde vergewaltigt. Jemand hat sie niedergeschlagen und missbraucht und dann dort draußen liegen gelassen wie ein angefahrenes Tier.«

Kosta gibt mir einen Kuss auf die Stirn, an die Stelle, auf der Lissys Lippen lagen.

»Es gibt mehr als das da draußen«, erklärt er. »Wenn Scheiße passiert, wenn richtig schlimme Dinge geschehen, glaubt man manchmal nicht mehr an die Sonne und daran, dass alles wieder gut wird. Aber dann begegnest du jemandem, der dir beweist, dass das Leben immer auch schön ist, und dann ist es so, als wäre die Sonne nie weg gewesen.«

Er lächelt. Plötzlich denke ich an die Einsamkeit draußen in dem weißen Haus. Es war die Einsamkeit zweier Brüder, die einander hatten, bis sich der eine von dem anderen verraten glaubte und ihm alles nahm. Was für ein Mensch würde aus Kosta werden, wenn er dort bliebe?

Vielleicht hat Kosta meine Gedanken gehört. Oder sie gelesen?

»Mach dir keine Sorgen um mich«, erklärt er. »Ich find was Neues. Mein Herz hängt an nichts, also sollte ich jederzeit gehen können. Das ist doch auch für was gut, oder?«

Als er mich in seine Arme schließt, ist es wieder da, das Gefühl, alles stünde unter Strom. Wenn er mich berührt, denke ich daran, dass alles möglich wäre. Ich glaube, Kosta ist der einzige Mensch, um den ich mir niemals werde Sorgen machen müssen, weil er gar nicht weiß, was Angst ist. Wer keine Angst hat, sitzt nicht in seinem Gedankenkäfig, und es gibt kein Monster, das lauert und einen langsam auffrisst. Für einen Augenblick beneide ich Kosta. Ich frage mich, ob diese Gewissheit, nie Angst um den anderen haben zu müssen, reichen würde, beieinanderzubleiben. Und dann, ob meine Gefühle mich verraten würden. Die, die es nie gibt.

– – –

Eine halbe Stunde später habe ich die letzten Kartons in meinem Auto verstaut. Ich lege Wahnknechts Taschenlampe in die Kiste mit den Büchern und klappe sie zu. Als ich den Wagen starte und die Straße zur Stadt hinaus nehme, entscheide ich mich kurz vor der Ausfahrt um, schalte den Rückwärtsgang ein und

biege die Seitenstraße ein. Wenige Augenblicke später erreiche ich den Hühnerhof der Kowalskys und
stelle den Wagen ab. Marta sitzt auf einem Baum-
stumpf und streichelt ein braunes Huhn in ihrem
Schoß. Als sie mich sieht, hebt sie ihre Hand. Aber
dieses Mädchen, denke ich, das dort sitzt, ist nicht
mehr das Mädchen, das ich kennengelernt habe.
Jetzt hat jemand das Licht in Marta ausgeschaltet.

»Es tut mir leid«, sage ich leise.

Vorsichtig schaut Marta mich an, dann nickt sie.

»Marta, du bist das stärkste kleine Mädchen, das
ich kenne. Und das heißt, wenn du älter bist, wirst
du irgendwann auch die stärkste Frau sein, so wie
deine Schwester es war. Dass sie nicht mehr zurückkommt, heißt nicht, dass sie nicht mehr da ist. Sie
war immer schon hier, schon bevor du auf die Welt
kamst, und sie wird immer dort sein, wo du bist,
dein ganzes Leben lang.«

Ich verstumme, als ich Tränen in Martas Augen
aufsteigen sehe. Ich suche einen alten Kassenzettel
und einen abgebrochenen Bleistift in meiner Jackentasche, notiere ein paar Zahlen und reiche Marta
den Zettel durch den Zaun.

»Hier, das ist meine neue Telefonnummer. Wenn
du versprichst, mich anzurufen, verspreche ich, das
Telefon anzuschließen. Machen wir das?«

Marta nickt, und dann huscht ein Lächeln über ihr
Gesicht.

Eine Viertelstunde später fahre ich die Landstraße hinaus an den Wäldern vorbei, die in der Sonne goldgelb und rostrot glänzen. Es ist Freitag, der 11. Oktober 1996. Der Herbst kommt. Er liegt bereits in der Luft.

Epilog

Es fühlt sich seltsam an, dass es dich da draußen nicht mehr gibt.

Zu wissen, wo du jetzt bist, befriedigt mich nicht.

Herausgetrennt von der Welt in einer Acht-Quadratmeter-Zelle, an deren Fenster du von nun an stehst, wie ich es jede Nacht tat. Jede Nacht einmal. Auch wenn ich nur auf dem Weg zum Wasserhahn war.

Ich brauchte das Fenster, das mir zeigte, dass die Nacht noch da war, wie du und ich. Jetzt nicht mehr. Sie haben dich aus der Dunkelheit geholt. Den schwarzen Fuchs aus seinem Bau gelockt und ins Licht getrieben. Du wirst wach bleiben bei Nacht, und am Tag schlafen in deinem Käfigbett. Und wir werden nicht mehr umeinanderschleichen und uns suchen in der Anonymität der Dunkelheit.

Du wirst mir fehlen.

Oder bist du nicht das Ende meiner Suche?

Wie viele von uns gibt es dort draußen?

LESEPROBE

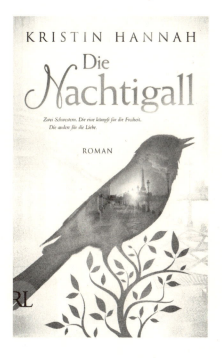

EINS
9. April 1995
AN DER KÜSTE VON OREGON

Wenn ich in meinem langen Leben eines gelernt habe, dann ist es Folgendes: In der Liebe finden wir heraus, wer wir sein wollen; im Krieg finden wir heraus, wer wir sind. Heutzutage wollen die jungen Leute alles über jeden wissen. Sie denken, über ein Problem zu reden wäre schon die Lösung. Ich stamme aus einer schweigsameren Generation. Wir haben verstanden, welchen Wert das Vergessen hat, wie verlockend es ist, sich neu zu erfinden.

In letzter Zeit allerdings ertappe ich mich dabei, wie ich an den Krieg denke und an meine Vergangenheit, an die Menschen, die ich verloren habe.

Verloren.

Das klingt, als hätte ich meine Liebsten irgendwo verlegt; sie vielleicht an einem Ort zurückgelassen, an den sie nicht gehören, und mich dann abgewendet, zu verwirrt, um wieder zu ihnen zurückzufinden.

Aber sie sind nicht verloren. Und auch nicht an einem besseren Ort. Sie sind tot. Heute, wo ich das Ende meines Lebens vor mir sehe, weiß ich, dass sich Trauer ebenso wie Reue tief in uns verankert und für immer ein Teil von uns bleibt.

Ich bin in den Monaten seit dem Tod meines Mannes und meiner Diagnose sehr gealtert. Meine Haut erinnert an knittriges Wachspapier, das jemand zum Wiedergebrauch glattstreichen wollte. Meine Augen lassen mich häufig im Stich – bei Dunkelheit, im Licht von Autoscheinwerfern oder wenn es regnet. Diese neue Unzuverlässigkeit meiner Sehkraft ist nervtötend. Vielleicht schaue ich deshalb in die Vergangenheit zurück. Die Vergangenheit besitzt eine Klarheit, die ich in der Gegenwart nicht mehr erkennen kann.

Ich stelle mir gern vor, dass ich Frieden finde, wenn ich gestorben bin, dass ich all die Menschen wiedersehe, die ich geliebt und verloren habe. Dass mir zumindest verziehen wird.

Aber ich weiß es besser.

Mein Haus, das von dem Holzbaron, der es vor mehr als hundert Jahren erbaute, *The Peaks* getauft wurde, steht zum Verkauf, und ich bereite meinen Umzug vor, wie mein Sohn es für richtig hält.

Er versucht, sich um mich zu kümmern, mir zu zeigen, wie sehr er mich liebt in dieser schweren Zeit, und deshalb lasse ich mir seine übertriebene Fürsorge gefallen. Was kümmert es mich, wo ich sterbe? Denn darum geht es im Grunde. Es spielt keine Rolle mehr, wo ich wohne. Ich packe das Strandleben von Oregon, zu dem ich mich vor beinahe fünfzig Jahren hier niedergelassen habe, in Kartons. Es gibt nicht viel, was ich mitnehmen will. Doch eine Sache unbedingt.

Ich greife nach dem von der Decke hängenden Griff, mit dem die Speichertreppe heruntergezogen wird. Die Stufen falten sich von der Decke wie der Arm eines Gentlemans, der die Hand ausstreckt.

Die leichte Treppe schwankt unter meinen Füßen, als ich in den Speicher hinaufsteige, in dem es nach Staub und Schimmel riecht. Über mir hängt eine einsame Glühbirne. Ich ziehe an der Schnur.

Es sieht aus wie im Frachtraum eines alten Dampfers. Die Wände sind mit breiten Holzplanken verkleidet, Spinnweben schimmern silbrig in den Winkeln und hängen in Strähnen von den Fugen zwischen den Planken herunter. Das Dach ist so steil, dass ich nur in der Mitte des Raums aufrecht stehen kann.

Ich sehe den Schaukelstuhl, in dem ich saß, als meine Enkel klein waren, dann ein altes Kinderbettchen und ein zerschlissenes Schaukelpferd auf rostigen Federn und den Stuhl, den meine Tochter gerade neu lackierte, als sie von ihrer Krankheit erfuhr. An der Wand stehen mit *Weihnachten*, *Thanksgiving*, *Ostern*, *Halloween*, *Geschirr* oder *Sportsachen* beschriftete Kartons. Darin sind Dinge, die ich nicht mehr oft benutze, von denen ich mich aber dennoch nicht trennen kann. Mir einzugestehen, dass ich zu Weihnachten keinen Baum schmücken werde, ist für mich wie aufzugeben, und im Loslassen war ich noch nie gut. Hinten in der Ecke steht, was ich suche: ein alter, mit Aufklebern gespickter Überseekoffer.

Mit einiger Anstrengung zerre ich den schweren Koffer in die Mitte des Speichers, direkt unter die Glühbirne. Ich hocke mich daneben, habe jedoch prompt solche Schmerzen in den Knien, dass ich mich auf den Hintern gleiten lasse.

Zum ersten Mal seit dreißig Jahren hebe ich den Deckel des Koffers. Der obere Einsatz ist voller Andenken an die Zeit, in der meine Kinder klein waren. Winzige Schuhe, Handabdrücke auf Tonscheiben, Buntstiftzeichnungen, die von Strichmännchen und lächelnden Sonnen bevölkert werden, Schulzeugnisse, Fotos von Tanzvorführungen.

Ich hebe den Einsatz aus dem Koffer und stelle ihn neben mir ab.

Die Erinnerungsstücke auf dem Boden des Koffers liegen wild durcheinander: mehrere abgegriffene ledergebundene Tagebücher; ein Stapel alter Postkarten, der mit einem blauen Satinband zusammengebunden ist; ein Karton mit einer eingedrückten Ecke; eine Reihe schmaler Gedichtbändchen von Julien Rossignol und ein Schuhkarton mit Hunderten Schwarzweißfotos.

Ganz oben liegt ein vergilbtes Stück Papier.

Meine Finger zittern, als ich es in die Hand nehme. Es ist eine *carte d'identité*, ein Ausweis aus dem Krieg. Das Bild im Pass-fotoformat. Eine junge Frau. *Juliette Gervaise.*

»Mom?«

Ich höre meinen Sohn auf der knarrenden Holztreppe, Schrit-te, die mit meinem Herzschlag übereinstimmen. Hat er schon vorher nach mir gerufen?

»Mom? Du solltest nicht hier oben sein. Mist. Die Stufen sind wacklig.« Er kommt zu mir. »Ein Sturz und …«

Ich berühre sein Hosenbein, schüttle langsam den Kopf. Ich kann den Blick nicht heben. »Nicht«, ist alles, was ich sagen kann.

Er geht in die Hocke, setzt sich zu mir. Ich rieche sein After-shave, dezent und würzig, und auch eine Spur Rauch. Er hat heimlich draußen eine Zigarette geraucht, eine Gewohnheit, die er vor Jahrzehnten aufgegeben und nach meiner Diagnose vor kurzem wieder angenommen hat. Es besteht kein Grund, meine Missbilligung zu äußern. Er ist Arzt. Er weiß es selbst.

Instinktiv will ich den Ausweis in den Koffer zurückwerfen und den Deckel zuklappen, ihn wieder verstecken. Wie ich es mein Leben lang getan habe.

Doch jetzt sterbe ich. Vielleicht nicht schnell, aber auch nicht gerade langsam, und ich sehe mich gezwungen, auf mein Leben zurückzuschauen.

»Mom, du weinst ja.«

»Wirklich?«

Ich will ihm die Wahrheit sagen, aber ich kann es nicht. Es macht mich verlegen, und es beschämt mich, dieses Versagen. In meinem Alter sollte ich mich vor nichts mehr fürchten – und ganz bestimmt nicht vor meiner eigenen Vergangenheit.

Ich sage nur: »Ich will diesen Koffer mitnehmen.«

»Der ist zu groß. Ich packe die Sachen, die du haben willst, in eine kleinere Schachtel.«

Ich lächle bei seinem Versuch, mich zu kontrollieren. »Ich lie-be dich, und ich bin wieder krank. Aus diesen Gründen habe ich mich von dir bevormunden lassen, aber noch bin ich nicht tot. Ich will diesen Koffer mitnehmen.«

»Wozu sollen dir denn die Sachen nützen, die da drin sind? Das sind doch nur unsere Zeichnungen und solches Zeug.«

Wenn ich ihm die Wahrheit längst erzählt oder wenigstens mehr getanzt, getrunken und gesungen hätte, wäre er vielleicht imstande gewesen, *mich* zu sehen statt einer verlässlichen, normalen Mutter. Er liebt eine Version von mir, die nicht vollständig ist. Ich dachte immer, das wäre es, was ich wollte: geliebt und bewundert zu werden. Doch jetzt denke ich, dass ich in Wahrheit richtig gekannt werden will.

»Betrachte es als meinen letzten Willen.«

Ich sehe ihm an, dass er sagen will, ich solle nicht so reden, aber er befürchtet, seine Stimme könnte schwanken. Er räuspert sich. »Du hast es schon zweimal geschafft. Du schaffst es wieder.«

Wir wissen beide, dass das nicht stimmt. Ich bin zittrig und schwach. Ohne medizinische Hilfe kann ich weder essen noch schlafen. »Natürlich schaffe ich es.«

»Ich will doch nur, dass du gut aufgehoben bist.«

Ich lächle. Amerikaner können dermaßen naiv sein.

Früher habe ich seinen Optimismus geteilt. Ich habe gedacht, die Welt sei ein sicherer Ort. Aber das ist schon sehr lange her.

»Wer ist Juliette Gervaise?«, fragt Julien, und es versetzt mir einen kleinen Schock, ihn diesen Namen aussprechen zu hören.

Ich schließe die Augen, und in der Dunkelheit, die nach Schimmel und längst vergangenem Leben riecht, schweifen meine Gedanken zurück in einem weiten Bogen, der über Jahre und Kontinente hinwegreicht. Gegen meinen Willen – oder vielleicht ihm zufolge, wer kann das wissen? – erinnere ich mich.